归墟圣殿

王秋声 著

贵州出版集团
贵州人民出版社

图书在版编目（CIP）数据

归墟圣殿／王秋声著. —贵阳：贵州人民出版社，2018.11

ISBN 978-7-221-14874-2

Ⅰ.①归…　Ⅱ.①王…　Ⅲ.①长篇小说—中国—当代　Ⅳ.①I247.5

中国版本图书馆CIP数据核字（2018）第245118号

归墟圣殿

王秋声／著

总 策 划	陈继光
责任编辑	陈继光
特约编辑	陈胤凡
封面设计	源之设计
版式设计	陈红昌
出版发行	贵州人民出版社（贵阳市观山湖区会展东路SOHO办公区A座）
印　　刷	长沙鸿发印务实业有限公司（长沙市黄花工业园3号）
版　　次	2018年12月第 1 版
印　　次	2018年12月第 1 次
印　　张	20
字　　数	300千字
开　　本	710mm×1000mm　　1/16
书　　号	ISBN 978-7-221-14874-2
定　　价	42.00元

序 言

文 / 王秋声

2018 年的元宵节，我在横店。

就在三天前，我刚完成了一部系列电影，看着装帧精美的剧本定稿我由衷地想：终于可以休息一下，喘口气了。

我有个习惯，喜欢坐在窗前，凝望着窗外或远或近的风景，看上半个时辰。我认为我可以在元宵节当天，吃着汤圆这么干。

当然，后来的故事不是这样。

就在我看着装帧精美的剧本一厢情愿地异想天开时，导演找到我，问我下一部电影写得怎么样了。我吃惊，没有人告诉我下一部电影的事啊。导演就说，你现在知道了，这个系列电影，你还要再写一部。

我问导演有什么要求，得到的回答是：我对你的剧本有感觉，你想怎么写就怎么写。

冲着这份信任，我还能怎么办？于是，马上推进下一部。

这理所当然地导致，元宵节的时候我没能边吃汤圆边完成那个习惯。

类似的对话，在三个月前同样发生过，那就是我和作家集团长陈红晓一起讨论这部书内容的时候。

只有极大的信任，才会说出这句话。但我知道，想怎么写就怎么写，并不是胡写，而是发挥出最大的创作自由，让每一个字、每一个情节都倾注自由的心血和灵性的光芒。

才华不被干扰时，它发出的光最恣意，也最明亮。

我写过诗，写过青春文学、历史传奇、恐怖小说、童话；我做过编辑，编过传统故事、言情小说，也尝试过把网络文学与纸质杂志结合。这些弥足珍贵的经历，都是一步步的积累，有了这些经历，我才能成为现在的自己。

我喜欢现在的自己。

我明确地知道自己想要什么，也会永远坚守自己的原则。

阳光涉过一点五亿公里的苍穹，照亮了这个独处宇宙一隅的地球，使它告别荒凉，使它诞生生命，我觉得这不是偶然。

我同样觉得，在我出生之前，这个宇宙没有我，没有我的思想，没有我的视角。现在，我在用自己的思想观察、感悟这个世界，在创作新的故事、流露新的感情、表达新的感动，这也不是偶然。

我有自己爱吃的食物，喜欢看的电影，想要共处的人，感兴趣的历史。

太平天国南王冯云山与蓑衣渡；西夏王陵与天国圣库；成吉思汗与李元昊；木里天坑与香格里拉；还有八瓣莲花状的香格里拉王国、柔丹王和太阳车的传说、苍莽无垠包围圣城的雪山。

这些都是引起我强烈好奇的所在，我想，如果把他们都放到一本书，那一定很好看。

简单地说，这就是这本书的由来。

每当在写作的道路上有一点小成就，我的脑海里就会反复映现一个画面。

是在我小学四年级的时候，那年的某一天，我开始写第一篇"小说"。当时的我完全是个小屁孩，搬着一把小凳子，蹲在爷爷家的院子里。爷爷在旁边抽着烟，微笑地看着我。那时时光静好，年华恬淡，明明灭灭的记忆里，似乎有大片大片的枣花簌簌地落下。

一转眼这么多年过去了，这个曾经小到极致的梦想胚芽终于落地生根，并随着我年龄的增长而一步步生长着。

我也会时常想起我的少年时代，在那时，我曾有过一段在外地求学的经历。学校离家并不远，骑上自行车，两个小时就可以赶回，但相对于学业来说，这两个小时尤其稀缺。每半个月才有一次回家的机会，而且还是在一天的课程结束之后，通常，我努力按捺着兴奋之情开始启程的时候，已经是黄昏了。所以，一个少年，一辆单车，一条把离愁渐渐缩短的路，所有这些共同构成的奔波，总是以一种落寂而又温暖的形象，一度明灭在我的成长历程中。被衬衫梳理过的晚风，被车轮碾碎了的月光，也成为驻守在我脑海中珍贵记忆的一帧。

每到课间，我因为想家而走神的时候，会纵容一下自己，站到窗边遥望家所在的方向。当然看不到，入眼是远处的树，不管高低错落，全都在视线里融为一体。树梢连绵成片，和天际紧紧相接，那种邈远而又深沉的样貌，轻而易举就勾起了我的所有情愫。

是一种心甘情愿的错觉，我下意识地认为，那片树梢，代表着家乡。看到它们，使我伤感，使我心安。我想家，可是天知道，我的家并不总是那么温暖，它也带给我很多创伤。

无论怎样，我一步步远离家乡，靠近梦想。

高中时代的我乏善可陈，但上了大学之后便脱了缰。那年冬天，在去上海的火车上，突然路过一场纷纷扬扬的大雪，隔着车窗，我看见它们在风中飞舞，以一种恰到好处的姿势掠过我的视野，碎碎的，却连接成漫天的雀跃。而那一刻在我的心里，正跃动着另一种热闹。

我身后的背包里，放着"全国新概念作文大赛"的复赛通知，那薄薄的两页纸，时时刻刻牵动着我的神经，提醒我这趟旅程的不同寻常之处。忐忑的豪迈，压抑的欢喜，各种复杂情绪犹如窗外的雪花般，在我温热的胸膛里激荡往返，呼啸来去。

再后来，又回到前面所说的，我写了很多类型的文字，出了很多类型的书，做过杂志社的编辑，又在机缘巧合下接触电影，当了一名编剧。

如果让我用一句话来总结这一路走来的经历，我会说：一直以来，无论陪在我身边的是晴朗还是阴霾，我都从来没有忽略过内心深处那个叫梦想的角落。过去不会，现在不会，在以后的日子里，也永远不会。这一点，我深信不疑。

梦想就像一棵树，不停地浇灌，就会接近更高的天空。每一点成就，都是新一段枝丫，变成让我继续攀向梦想天空的支撑。

谢谢我的妻子牛萌，她为此书贡献了智慧，从这个意义上来说，这本书是我俩共同的作品。

谢谢陈红晓作家集团，没有他们的努力，这本书也不会在这样的时机面世，以如此命中注定的方式呈现在你面前。

我很简单，如果用一段话总结我，那就是：特别喜欢书和电影，不光喜欢写而且喜欢看；特别喜欢人民币，不光喜欢花而且喜欢赚；特别喜欢安静无忧的日子，不光有我，还要有另一半。

最后，我想分享一个画面，这个画面是我做过的一个梦：

乌瓦青砖、雕梁木椽围成的简朴小屋，是我们的住所。

是深秋的夜晚了，屋里有暖黄的灯光，灯光笼罩着你的身姿，而我就站在灯光边缘，望着你。

我们的孩子就在隔壁，孩子年龄不大，我们也许刚刚哄他入眠。

你是贤妻的模样，我是位温和的丈夫。

我不忧不惧只余欢喜，你淡雅贤淑安于美满。

我庆幸这一世能娶到你，你也很确定你爱着我。我们都是对方确定无疑的唯一，我能感觉到在我身边的你很幸福。

我帮你解去蓝衣，你放下掩映面颊的乌发。

你告诉我孩子今天吃了几碗饭，我告诉你白天生活中的点滴。这是我们聊了无数遍的日常却丝毫不觉得厌倦。

我们吹灯睡下，相拥而眠。

窗外，是盛世安然的夜晚。

耳边是你香甜的呼吸，每一秒都那么安稳。

我们的爱，就像我们的呼吸彼此缠绕，似乎永远不被惊扰。

我希望这一刻，能延续到永世的时光。所以我幸福地希望自己不要睡着。

只是，我们会老，我们会走到这一世的终点。有一天我们步履蹒跚，也会坚强地搀扶着对方走完；有一天我们陡然分离，也会在别后的每一秒将对方挂念，亦思量，亦难忘。但这些后来可能发生过的事，我都忘记了。我只记得我们曾经深爱过，爱得太深，一世的灵魂无法消弭。所以千古悠悠，还留下袅袅余绪未消。只为了下一世我们相见时，用一次次微妙的巧合，安排我们认出对方……

归墟圣殿

GUI XU SHENG DIAN

目录

······ 第一章　千岛迷宫 ······

Chapter One　宠物　　　　　　　2

Chapter Two　刺客　　　　　　　4

Chapter Three　行动　　　　　　5

Chapter Four　闪电　　　　　　　7

Chapter Five　营救　　　　　　　9

Chapter Six　异禀　　　　　　　12

Chapter Seven　疑问　　　　　　14

Chapter Eight　真相　　　　　　17

Chapter Nine　计划　　　　　　　21

Chapter Ten　冒险　　　　　　　25

Chapter Eleven　初探　　　　　　29

Chapter Twelve　推理　　　　　　33

Chapter Thirteen　死局　　　　　40

Chapter Fourteen　恶兽　　　　　46

Chapter Fifteen　破谜　　　　　　50

CONTENTS

Chapter Sixteen　危情　　　　　　53

····· **第二章　天坑秘境** ·············

Chapter One　交易　　　　　　56

Chapter Two　内鬼　　　　　　58

Chapter Three　入彀　　　　　　60

Chapter Four　端倪　　　　　　66

Chapter Five　通衢　　　　　　70

Chapter Six　事变　　　　　　76

Chapter Seven　奇景　　　　　　84

Chapter Eight　卧底　　　　　　91

····· **第三章　云顶归墟** ·············

Chapter One　密谈　　　　　　94

Chapter Two　火拼　　　　　　98

Chapter Three　归墟　　　　　102

Chapter Four　梯子　　　　　104

CONTENTS

Chapter Five 怪圈 107

Chapter Six 真相 115

Chapter Seven 神兽 121

Chapter Eight 警惕 129

Chapter Nine 怪异画风 133

Chapter Ten 颠倒 143

Chapter Eleven 镜面效应 150

Chapter Twelve 幕后黑手 156

Chapter Thirteen 出口 160

第四章　西夏王陵

Chapter One 狩猎 164

Chapter Two 前因 170

Chapter Three 结界 176

Chapter Four 王陵初现 180

Chapter Five 妙音鸟 185

Chapter Six 逆反 190

CONTENTS

Chapter Seven   线索与脉络   197

Chapter Eight   世界观   203

Chapter Nine   缘分   217

····· 第五章　天池诡波 ·····

Chapter One   天池   248

Chapter Two   钥匙   251

Chapter Three   复生   256

Chapter Four   竟然是他   260

Chapter Five   熟悉   264

Chapter Six   奇异隧道   268

Chapter Seven   龙行   291

Chapter Eight   不一样的告别   302

Chapter Nine   宠物   303

Chapter Ten   刺客   305

Chapter Eleven   闪电   306

第一章　千岛迷宫

Chapter One 宠物

门锁、窗帘、阳台，所有的地方都跟我出门时一模一样。

我一如既往地松口气，来到咖啡机前，按照以往的定量，认认真真地冲了杯咖啡。

犒赏自己的时候到了，我坐下来享受咖啡的温香。经过牙齿与舌尖的咂摸，咖啡缓缓流下，喉咙里马上泛起一股奇妙感觉，就像美女手指的抚摸，脉脉透着温情。

就在这时，突兀的电话铃声响起。

正沉浸在平静中的手指不期然地悸动了一下，杯子里色泽浓郁的液体卷起一道细微的涟漪。

刚刚抬起苗头的平静被挤走，气氛马上陷入紧张的旋涡中。

电话就在沙发旁的扶手柜上，一伸手，就能捞到。

但我迟迟没有行动。

促使我如此谨慎的原因是：这个电话，平常只有两个地方会惦记它：电信公司；公司。

无疑，它们都会给我带来麻烦。

后者给我带来的麻烦更大，所以，接这个电话的时候，我倾向于前者。

事实证明不是。

听筒里是一个男人的声音，一般情况下，电信公司不会让男人来催缴话费。

这个男人的声音说："喂。"

我没有回应，但他肯定听到了我的呼吸。

"我想请你解决一个宠物。"

"宠物"是暗语，干我们这一行的，需要很多暗语。我已经认定他是真正有需求的人，谈话也就不再有顾虑："你怎么会知道我的号码？"

"朋友介绍的。"

不等我问，他很识相地接着说："这个朋友姓吴，你曾经帮他解决过宠物。"

我又问："你应该提供宠物的照片和资料，这一点他告诉你了吗？"

"告诉了。"顿了顿他说，"你现在看到照片了吗？"

我心里一紧，"照片在哪里？"

"就在你的电话机下面。"

Chapter Two 刺客

我是一个刺客，拥有着现代化精神和现代化装备的刺客。

就像一枝茁壮成长的牵牛花要依附于高大的树干，我依附于一家刺客公司。这家公司的运作模式是这样的：雇主给出被刺杀者——也就是宠物的资料，公司的联络人明察暗访，一旦落实，公司就安排刺客，刺客完成任务获得报酬。这一套程序走下来，除了死者，每个参与其内的人都能从中获利。

时间长了，我发现公司有一个明显的漏洞，这个漏洞如果不补上，将会带来无法估量的后果。它就是：缺少监督。我曾把自己的见解以年终汇报的形式递交给上级，可正如我在汇报里提到的那样，因为缺少监督，它在前往上级手里的过程中就戛然而止了。

等我意识到这种腐败现象的时候，理所当然地沮丧了好一阵子。后来我想通了，干吗这么愤世嫉俗？为什么不顺应时代潮流为自己想一下呢？

于是，我开始心安理得地利用这个漏洞。偶尔，我会接一下私活儿，这可以给我带来大把的收入，以及风险。两者相权，我觉得风险完全不值一提。

所以，我接到那个雇主直接打来的电话，一点儿也不感到稀奇。我只是感到惊讶，他是怎么把照片放到我的电话机下面的？

Chapter Three　行动

看完照片，我就知道自己要做什么了。所以，那天我专程去了一趟郊外。那里有一幢独栋别墅和一条通往别墅的小路。

据我所知，别墅里有个尤物在等待着一个人的宠幸，我也在等待这个人。只是我们等待的方式略有不同，那只尤物选择躺在床上脱光自己，而我，则把汽车横在小路中央，打开引擎盖，假装修车。

我猜，这条小路的另一端，一定有一辆车正分秒必争地开过来。开车的人心情一定很急切，我能理解。

果然，引擎声由远及近，向我的车靠过来，并最终停下。车窗摇开，一个肥头大耳的家伙冲我猛摁喇叭。

我没有理他，继续手里的活儿，现在，手枪的消音器已经装好了。

那个肥头大耳的家伙把自己挪下车，大腹便便的身体向我这边靠近，他刚张开嘴，我的枪就已经指在他的眉心。

他吓得几乎瘫掉："你是谁？想干什么？"

我腾出一只手，从口袋里掏出一沓照片，展示给他。

那是一组水下打捞工人惨死的画面。

看完照片，他的表情马上有了反应："他们死，那是因为他们罪有应得。是谁让你杀我的？"

"留个遗言吧。"

"慢着慢着。"他设法给自己争取时间。出于临终关怀，我没有剥夺他这个权利。

"我们可以谈谈。告诉我那个人是谁，说不定是场误会。"他的脸上浮现出一抹侥幸。

我问："这就是你的遗言？"

"你……你被利用了！"他脸上突然浮现出一抹讽刺和绝望的笑。

我受不了这种笑，我要让它停止。

子弹帮我完成了这个任务。

Chapter Four 闪电

处理完现场，我果断撤退。

汽车逆着别墅的方向飞驰，下一站是环城高速。只要上了高速路，我就完全湮没于车流中，杳不可寻了。

车顶有星星点点的雨滴落下，有变大的趋势。我打开雨刷。

一道闪电劈开了车灯前的空气，车子经过的时候，我甚至闻到了一股焦煳味。紧跟着是雷声，轰轰隆隆，像是有人在云朵上方点燃炸药包。

我在心里庆幸，下吧，雨水是我的帮凶，能冲走所有痕迹。它下得越大，我的顾虑就越少。

随着电闪雷鸣的节拍，汽车奔跑得更加欢快。高速路近在眼前，减速，右转。

就在我磨动方向盘，还没有完全转过来的时候，斜对着马路的那一侧车身突然袭来一道强光，还不等我看清楚，一道巨大的阴影直直地冲刺过来。

嘭！巨大的声浪转瞬间将我淹没。

在剧烈的冲击下，我的车完全身不由己，结结实实地撞在了路边的护栏上。

我感觉耳朵在向外涌血，头晕目眩。

眼角的余光中，那个撞过来的巨大阴影居然又一次把车灯正对着我，灯光和我之间的距离在飞快地拉近。

我猛然意识到什么，电光石火之间想把车子发动，却发现一切努力都是徒劳。想打开车门跳下去，可惜为时已晚。

耳朵里陆续传来钢铁撞击声、摩擦声、断裂声，玻璃破碎声，还有我若有若无的鼻息。

听觉还在苟延残喘，半秒钟过后，就和我的呼吸一起离我而去……

不知过了多久，我醒过来。

雨水从车顶漏下，淅淅沥沥地冲刷着我的额头，伸手一抹，全是殷红色的血。

汽车骨架已经完全变形，看起来就像一只被揉捏的玩具。我竭尽全力，从破损的车门间隙里挤出来。

脚步踉跄，趔趄着往前走。

人影幢幢，汽车呼啸，视线所及的一切都光怪陆离。我找不到出路。

有人对我指指点点，也有人不顾而去。

闪电隐隐约约，炸雷纷至沓来。它们像是在跟我打招呼。我弯腰弓背，抬起头来，企图和闪电对视。

马上，我就接收到了它们更进一步的问候。

炫目的白光直劈而下，从遥不可及的苍穹，一路延伸到我的天灵盖上。

一种无法言说的灼热感炙烤着我的头顶，顷刻演变成一道锋利的锯齿，当头划下，我感觉自己已经被一分为二。与此同时，一股前所未有的能量霎时贯注到我体内，四肢百骸间的每一个细胞，都在亢奋而又惨痛地号叫。

我的身体已经烧焦，可以上桌了。

闪电消失的刹那，我倒了下去。

不远处，有警灯在闪烁。

脑海里的最后一个意识是：但愿是救护车。

Chapter Five 营救

我做了一个长长的梦，梦见自己变成超人，拯救世界，无所不能。在我终于感觉到累的时候，我醒了过来。

睁开眼睛，就看到一张令人作呕的丑陋的脸。这张脸黑得像只鬼。我下意识地摆了摆手，露出厌恶的神色。

面前的镜子就这样被拿开了。

拿开镜子的是一位医生，他穿着白大褂，戴着白口罩，露在外面的皮肤也很白，这让我嫉恨不已。

他把镜子放到身旁护士手持的托盘里，安慰我说："你的视力没问题。"

我想开口说"浑蛋"，可张了张嘴，却没有发出声音，这大概是太长时间没有说话的缘故。医生真是好福气。

他又说："不用担心，你的肤色会好转的。"

我酝酿了好久，终于酝酿出了四个字："需要多久？"我感觉自己的声音听起来就像是一只变态的老鸹。

"半年吧。"他说。

"我……睡了多久？"

"一个星期。"

我舒了口气，幸好不太长。然后我挣扎了一下："我可以走了吗？"

"不可以。"

"为什么？"

"因为你的住院费还没交。"

我扫了一眼自己身上的病号服，突然想起了什么："我原来的衣服里有张卡，里面有钱，你们看到没？"

医生很诚实地回答："看到了，可惜我们不知道密码。"

我用那只离他最近的手，冲他招了招。这一招不打紧，我发现胳膊上有一副手铐。

医生没有理会我脸上的震惊，乖乖地把耳朵凑了过来。等我把密码说完之后，他带着护士转身就走。

现在，屋子里稍微有意思一点儿的东西，只剩下我和手铐。

我抓住机会，试图把手铐打开。3分钟后，我发现自己只能停留在试图的阶段。这让我很沮丧，更沮丧的是，我注意到门上的玻璃映出一张脸，是一张戴着大檐儿帽的脸。不用猜就知道，那是监视我的警察。

警察的脸贴过来，是想观察我的动静。令我万万没想到的是，他居然推门而入，难道他有一双火眼金睛，窥伺到我的不轨行动了吗？

警察进来的动作有点儿迟缓，与其说是自己走进来，不如说是被人推进来。我发现了端倪：他是闭着眼睛进来的！

第二只脚刚落地，他就斜着身子栽倒了。

从他身后闪出一位医生打扮的人，随手把门关死了。我马上感觉到，他肯定不是真的医生。

果然，他在我面前扯下口罩。

那一瞬间，呈现在我眼前的是一张我绝对想不到的脸。

我惊问："是你？"

他说："是我！"

我又问："你怎么知道我在这里？"

"我就是知道。"

这算哪门子回答？我用眼神表示不满，紧跟着问："你为什么救我？"

"我救你，是因为我要带你参加高中同学会。"

Chapter Six 异禀

一个月后。

自从被闪电光顾了之后，我已经一个月没有睡觉了！

我不需要睡觉，可是，我依然可以"做梦"！

这个恐怖的后遗症，我是这么发现的：

有一次，我用电脑看碟，因为突然感到内急，就随手摁了一下暂停，紧接着，我就灵魂脱壳般地做了一个梦。梦见我是一位秦朝的将军，奉命护送一位公主，路上，我们有很多机会可以乱搞，但是，每到关键时刻我都忍住了。我也不知道自己为什么这么浑。最后的最后，她在怪石嶙峋的悬崖边给我跳了一支舞，并且脉脉含情地问我，愿不愿意和她一起私奔？面对她漂亮的脸蛋，面对她泫然欲泣的双眼，我狠了狠心，咬牙切齿地说："对不起，我不能！我不能和你一起私奔，因为我有喜欢的人，她是我高中时期的班花。"

然后我下意识地大喊："我要醒过来！"

梦境到此结束，我真的在一片豪迈气氛中醒了过来，发现面前的电脑视频还在停帧阶段。原来，上面正在放映一部叫作《神话》的电影。

我确信，在我摁暂停之后，因为急着去排除内洪，根本没有时间打瞌睡。

我不是在做梦，我是穿越进了电影里！

经过后来的反复验证，我发现，我可以穿越进任何一部电影里，近身旁观或者代替其中某一位角色，只要我在看电影的时候摁一下暂停。如果想回到现实中，只需要大喊一声"我要醒过来"。

　　这就是传说中的特异功能吗？

　　可惜，任何看似完美的能力，都有自己致命的遗憾。我拥有这项能力的最大遗憾是，无论梦境多么真实，梦里的故事被我改写到何种程度，一旦我回到现实中来，一切都会回到原来的状态。我什么都无法改变，能带回来的只有记忆。

　　这项能力，我没有告诉魏星。

　　尽管他留在我家里，照顾了我一个月之久。

Chapter Seven　疑问

魏星就是那个赶到医院救我的人，我的高中同学。

在我的追问之下，魏星终于说出了他救我的原因："我也是公司里的人。"

"组织没有忘掉你，你要相信组织。"

我说："我相信组织。"

——我相信组织肯定饶不了我。

现在，公司把魏星送到我面前，他带过来一个消息：今天下午3点，是我们高三（8）班10周年的同学会召开的时间。

这个消息一点儿也不小题大做，它让我觉得自己是那么重要，好像如果没有我，同学会就没法儿举行。

"你救我，应该不仅仅是为了让我参加同学会吧。"

魏星是这么回答的："去了你就知道了。我还可以透漏一点儿信息给你，你还记得咱们的班花吗？她也去。你当初不是暗恋过她吗？"

我没好气地回答："我暗恋的是她，不是她妈！"

我和魏星被堵在了城市的马路中央。

就在我们忍受着巨大的痛苦等得死去活来的时候，我的手机响了。我掏出来一看，屏幕上显示的名字是曲向前，我们的老班长。

我们已经很久没联系了，现在之所以有他的号码，是因为在陪伴我期间，魏星有意无意地把局部同学的号码给了我，并暗示我熟记。

不过，即便没有他的号码，仅凭他的声音我也能直接猜出他是谁。

曲向前在电话里问："猜猜我是谁？"

我说："你是魏星吧？"

他颇为失望："不对，我是曲向前。"

我在这边咯咯地笑了："我知道你是谁。你在哪里？"

"我在赶往同学会的路上。你呢？"

"我也是，不过我被堵了。"

"真巧，我也被堵了。"

"你在哪条路上？"

接着他说出了一个地址，我心中一动，觉得这个地址真是太亲切了。我问："什么方位？"

"我也不知道具体什么方位，我只能看到前面有一辆红色轿车，车牌尾号是 808，都已经半个小时没动静了，我估计车主应该早已经睡着了。"

我认认真真地说："车主没有睡着，因为他正在跟你通电话。"

然后，我就把电话挂了，打开车窗，脑袋向后，直接喊他的名字。

他像是陡然在马路上发现了一沓人民币似的，兴高采烈地回应了我。就这样，我们你一嗓子我一嗓子，相互询问对方近来如何，为什么还没有死。这场景，真可谓肝胆相照。

谈话的间隙，我环顾四周，这才发现，马路上已经有不少司机在相互借香烟或者打火机了。

一个小时后，我们的车终于开出了市区。又过了 3 个小时，车子驶进一个名字很狗血的山庄：盗墓山庄。这就是我们的目的地。

这里安静得就像坟墓一样，没跑题。

我问是谁的眼光这么毒，选中了这个地方。曲向前回答说："是阿佐，他是这里的老板。"

我立刻不淡定了，感慨不已。高中时代，阿佐就是标准的阔少，家里的钱多得就可以买下整座学校。

"今天他也要来吗？"我问。

"不会，他还有任务。"魏星回答。

抛下这句没头没脑的话，他和曲向前相视而笑，笑容说不出的神秘。

我下了车，因为是去参加同学会，我觉得带枪不是那么一回事，就把枪留在了车里。

Chapter Eight　真相

魏星带路，我们朝山庄深处进发，走到一个偏僻得几乎能看见狼的地方，魏星停住脚步，指着面前的一座别墅说："到了。"

我搭眼一瞧，赫然看到一个人。他像守墓者一样站在门口的一辆车前。

他是我们的班主任。

就是因为他，我才走上刺客这条路的。

除了在课堂上教我那些用处不大的知识之外，他还在课下教我怎样做一名合格的刺客。

当初，也是他把我介绍进公司的。

当然，这是秘密。

两个男人之间的秘密。

现在我明白了，魏星也是被他领上贼船的人。

所以魏星才会去救我，就这么简单。

我同时也想通了另一个问题的答案：同学会的发起人。

见我们过来，班主任竟然沿袭魏星没头没脑的作风，问："都来齐了吧？"

我睁大疑惑的双眼，别墅静悄悄的，好像没有别人哪，怎么这么问？

魏星回答："到齐了。"

我的眼睛睁得更大。

等路过班主任身边的时候，他拍了拍我的肩膀，这种打招呼的方式，透露着一种蓄谋已久的味道。接着他便笑了，笑容里刻意为之的惊讶欲盖弥彰："听说，前段时间你受伤了？"

我的语气里洋溢着真诚，回答说："是的，一不小心从床上跌了下来，摔伤了腿。"

班主任摇摇头，那表情就像面对我高中时期的考卷："真惨！"

我们一起走进别墅。

突然，一张脸迎面扑来："欢迎光临！"

我抬头一看，心跳倏尔乱了节奏。

是班花。

嘭，别墅的门在身后关上。

班主任还特意检查了一下门锁，检查完了，他转过身来，朝除我之外的所有人做了一个奇怪的手势。顷刻间，每个人都像中了邪一样，一番七手八脚，把窗帘全部拉上了！

我站在突如其来的黑暗当中，就像站在一个精心打造的密室里。

然后我就听到班主任的声音："咱们开始吧？"

开始什么？我心里一惊。

"魏星，你来说。"

魏星在黑暗中正对着我。

我问："什么？你要说什么？"

"一个秘密。"我甚至能感觉到他脸上似笑非笑的表情，"这个秘密是关于公司的。"

这句话变成一只手，一下子把我的心攫住。

魏星一字一顿地说："我们，就是公司。"

我感觉自己在做梦。

"准确地说，我们是公司的核心组成部分。你接私活的事，我们都一清二楚。"

"我没接私活儿！"

"上次你是怎么受伤的？真从床上摔下来的？"班主任的语气咄咄逼人。

我倒吸了一口凉气："不会吧？你们是因为这个才把我骗过来的？想灭口？"

"你想多了。这个不重要，重要的还在后头，魏同学，你接着说。"

我连忙打断："不慌不慌，我想先搞清楚，我们真的是公司？"

曲向前抢答："你以为，班主任只给你一个人开过小灶吗？"

我眼瞅着班主任，向他求证。他果断地点了点头。

我像是从一个惊天的恶作剧中脱身一样，长长地呼了口气。然后，我指了指面前这几张欠揍的脸，问："只有我们这些人，公司是不是小了点儿？"

"不小，你还有学弟学妹，学姐学长。"

我感觉自己又坠入一场噩梦："为什么我什么都不知道？"

轮到魏星作答了："因为你是刺客，刺客是不允许知道的。"

"除了我，还有哪个傻瓜是刺客？"

"我。"班花的声音。

"阿佐呢？"

"他是专管善后的，有时候，刺客做事不太干净，他就帮忙处理。"班主任的回答。

我看着魏星的方向："可以告诉我更重要的部分了。"

"更重要的部分就是：公司遇到麻烦了。"

我立刻愤愤然："如果不是因为公司遇到麻烦，我就永远不知道这些，对吗？"

魏星回避了这个话题，更进一步说："难道你不想知道，上次是谁要置你于死地吗？"

"想。是谁？"

"是一帮盗墓贼。他们知道了公司的存在，想逐个消灭。你是第二个受到死亡威胁的。"

"第一个是谁？"

班花说："是我。"

我对她抱以强烈的同情，问："盗墓贼为什么要跟我们过不去？"

班花娓娓道来："半个月前，我去一家旅馆执行任务，因为不知道目标将要住在哪个房间，所以在每个房间里都安装上了摄像头。结果，就把一窝盗墓贼的行动计划拍了下来。他们盗墓成功之后，被警察通缉。不知从哪里得来的情报，盗墓贼居然知道了摄像头的事，为了保证自己不被暴露，他们就开始向公司下手。"

我说："那还不简单，既然他们要毁掉我们的组织，那我们就端掉他们的组织。"

班主任叹了口气："没那么简单，他们似乎比我们隐藏得更深，得想其他办法对付。这也是我把大家召集过来的原因。"

我突然想起什么："我可以看看视频吗？"

"什么视频？"

"偷拍下来的盗墓计划。"

Chapter Nine 计划

一间稀松平常的旅馆套房，一段对话，构成了视频的全部内容。里面有三个人，一胖一瘦，还有一个留着满嘴的络腮胡子。

他们所有的语言和行动，都集中在一件事上：策划盗墓。

我清晰地捕捉到一段对话。

"墓里面值钱的东西，挖出来之后怎么分？"

"老大已经谈好了，一半归那个老板，一半归我们。"

"我是说我们之间怎么分？"

"你怎么这么心急？宝贝还没见光，得手之后再说不迟。"

"亲兄弟明算账，还是事先摆明了好。"

这时候第三个人插话说："我饿了，咱们先去吃饭，边吃边聊。"

……

正看得津津有味的时候，班主任冷不丁地在耳畔发声，语气像是在评点："这帮盗墓贼盗来的东西十分贵重，而且破坏了整座墓。只要被抓，肯定重判。我们现在面临的问题是怎么和他们决一死战。"

他还想再接着部署，倏尔，一个念头从我脑海中闪过，我激动地叫了出来。

他们都被吓了一跳。

我镇定下来，说："不用跟他们拼命，其实，我们还有更好的选择。"

从实际出发，我想到了一个办法。

我有特异功能：只要在观看视频的时候随意摁一下"暂停"，就可以不分时间地点地进入视频中。

只要我进去，就可以干扰情节进展。

我为什么不事先藏在盗墓贼的房间里，设法获得他们的信任，和他们一起盗墓，套出他们的身份呢？

等把所有资料收入囊中，我再果断地选择回到现实。

这样一来，便可以出其不意地来个瓮中捉鳖，将他们一举拿下。

整个过程中，但凡有危险，我大可以喊一声"我要醒过来"，全身而退。纵观全局，这完全是一件有百利而无一害的事。

激动之下，我慷慨地把我的想法分享给了他们，当然，还有我获得特异功能的经过。

如你所知，没有一个人相信，甚至连一个将信将疑的都没有。他们的表情，如同一群6岁的孩子上马克思主义理论课。

而我，就是那位给他们讲课的老师。

我说："我可以证明给你们看，我摁暂停的时候，就能进入到视频中去。"

一双双充满求知欲的眼睛，在我和暂停键之间摇摆。他们大概觉得我疯了。

我心想：等着看好戏吧。拿定主意之后，我把视频倒过来重放，房间又回到空无一人的状态。

我面带微笑地摁了一下暂停，紧接着就感到一片缤纷的色彩包围住了眼睑，在一片奇异的旋涡中，我意识到自己消失了。

睁开眼睛，已经站在那个似曾相识的宾馆房间里。这证明我成功了。

不需要过多地逗留，我扭转身子，冲摄像头所在的位置打了个招呼，旋即喊了一句"我要醒过来"。

再次睁眼，自己又赫然回到原地——那栋别墅里。

面前的每一副表情都被强烈的震惊占据，一个个僵在那里。他们的潜台词是："天哪，我一定是在做梦。"

我环顾左右，问："有没有在里面看到我？"

他们依次点头，点完了头，魏星好奇地发问："我有个问题，你是进入了视频中，还是回到了过去？"

"都有可能。但有一点我可以肯定，无论是哪一种，都不会对现在造成影响。"

魏星认真地思索了一下："也就是说，你要是在视频里杀了我，现在的我依然没事？"

"应该是这样的。你的建议不错，我可以试试。"

一片沉默，班花的声音重新把我们拉回到关键问题上："等你超出这个摄像头的监视范围，我们是不是就看不到你了？"

我的心出其不意地咯噔了一下："应该是的。"

班花顿了顿，说："带把枪吧。"

说着，她把自己的枪摘下来，递给我。

我伸手想接，但我想，如果我真的接了，会在暗恋的人面前显得不那么男子汉。再说，我拿了她的枪，万一滞留在视频的画面里，她在外面遇到危险怎么办？这个闪念拉住了我的手。

我大方地摇了摇头："不用，你留着。"

班花又用表情坚持了一下。

"真的不用。"

"那好吧，你小心。"

做好了准备工作，我开始启程。

班主任突然拦住我："你进去之后，具体打算怎么做？"

"按我刚才说的做呀。"

"我是问，你怎么取得他们的信任？"

我想了想说："我一进去，就立刻打电话报警。"

"报警？"

"是的。等警车来的时候，我就从床下钻出来，他们肯定很意外，不过没关系，我会告诉他们我是通缉犯，外面的警察是来捉我的。同是天涯沦落人，容易套近乎。"

"你能保证他们不把你供出去？"

"拜托，我手里也有他们的把柄。"

"他们要是选择灭口呢？"

我想他的意思是——如果我在视频里被杀了，我还回得来吗？

我没想过这个问题。

经过一番考虑，我决定做一个把生死置之度外的人。

如果他们的速度真有那么快，在我来不及反应的时候就把我干掉，那我只能认栽。但只要我有机会喊出那五个字，我就是安全的。

魏星把手伸到我面前，放心不下地说："我帮你保管一下钱包。"

Chapter Ten　冒险

　　脚步声终于响起，由远及近，由低到高，每一下都像踩在我的心头。我的心是琴键，这些人是野蛮的弹奏者。

　　他们要进来了。

　　我在床底下屏住呼吸，等待他们推门而入的那一刻。

　　钥匙插入锁孔，扭动，锁芯跟着旋转。啪，门开了一条缝。

　　缝隙在扩大，三条人影陆续进入，然后是开灯的声音。

　　有人坐在床上，我能看到他的腿。这些都是已经发生过的事，而我现在却置身其中，感觉有些不真实。

　　该发生的都在发生，毫厘不差。

　　"我饿了，咱们先去吃饭，边吃边聊。"这句话说完的时候，突然，警笛声响起。

　　三个人明显感到意外，在同一时间惊坐而起。

　　时间到了！

　　咬了咬牙，我霍地从床下钻了出来。

　　"谁？你是谁？"

　　"怎么多了一个人？"

　　"别动！"

　　房间里霎时乱作一团。

我做出暂停的手势，设法让他们镇定下来。收效甚微，留络腮胡子的那个甚至拔出了刀子。

　　我后退一步，用最适当的声音说："我是通缉犯，外面的警察是来找我的，跟你们没有关系！"

　　"你怎么进来的？"络腮胡子咄咄逼人。

　　"从窗户爬进来的，我只是想躲一下。"

　　这是二楼，而且窗户是开着的，这种解释可信。

　　"可你听到了我们的话！"那个瘦子插嘴。

　　"我不是有意的，我发誓绝对不会说出去。我也是通缉犯，我们是一条船上的。"

　　"你犯了什么罪？"又是瘦子的声音，看来他比较谨慎。

　　"抢劫，抢了一个女人。"我在心里想着班花。

　　"什么时候的事？"

　　"两个小时前。"

　　警笛声越来越响。

　　这时候胖子突然说："别废话，干掉他！"

　　他眼里闪烁着阴鸷的光，迅速从腰里摸出一把手枪。

　　我心里咯噔了一下，天！

　　还不等我做出反应，络腮胡子和那个瘦子合身扑过来，一个人出其不意地反剪住我的胳膊，另一个人闪电般取出一件稀罕物品。

　　胶带！

　　他用胶带封住了我的嘴！

　　完了！我从没有如此绝望过。

　　枪口抵在了我的额头。

　　这只是一瞬间发生的事，而我完全无能为力。

　　扳机扣了一半，我看到死神在冲我招手。

蓦地，外面传来扩音器的声音："我们是警察，里面的凶手，请你缴械投降。"

——当初我的报警理由，就是这里有人被劫持了，我真的很有预见性。

瘦子提醒说："装上消音器。"

胖子皱了皱眉头："我的枪没有消音器。"

真是好消息。

络腮胡子问："怎么办？要不我用刀子吧？"

我顿时又看到死神招手。

胖子一脸焦虑："算了，我们不能杀他，因为有人看到我们进来；我们也不能把他留下，因为他听到了我们的话。"

他原地打转，纠结不已。

外面又喊："最后一次机会，请你放开人质，缴械投降。"

他终于下定决心："警察要上来了，我们马上离开，找个别的地方把他处理掉。"

翻过后窗，他们带着我一起逃。

越过一座土丘，蹚过一条小河，摔了无数个跟头，终于在山沟沟里停了下来。

真他妈的荒凉，不在这里杀人抛尸都觉得可惜。

"你觉得，他们还能听到枪声吗？"络腮胡子气喘吁吁地问。

"肯定听不到了。"胖子气喘如牛地回答。

"那还啰唆什么，开始吧。"络腮胡子在旁边怂恿。

胖子又把枪抵在了我的额头。

死神，你好，又见面了！

在这生死存亡的时刻，突然，谁的手机响了。

是瘦子。他手忙脚乱地接听，一番点头哈腰之后，把手机挂了："老大说，他来不了了。那个操蛋老板临时变卦，说要提高分成，老大要和他谈。"

胖子无奈地把枪收回来："他不来，咱们谁摸棺材？"

瘦子的目光不经意间落在我身上，眼睛一点点发亮。

胖子的眼睛也跟着亮了："你的意思是……"

瘦子冲他点了点头。

络腮胡子趁机紧了紧绑在我身上的绳子，问："咱们的家伙呢？"

瘦子指了指旁边一棵黑魆魆的树："就在下面埋着。"

他和络腮胡子一起奔过去，不一会儿，抬回来一个黑包。

两个人也不避讳，在我面前打开。里面的大部分东西我都不认识，但有一样东西却让我心中一跳——竟然是四套潜水服，还有配套的氧气瓶。

"欢迎千岛湖一日游。"胖子的语气故作轻松，但我听到耳中却感到异常惶恐。

瞬间，我明白他们要去干什么了。

Chapter Eleven 初探

翻过山，顿时水汽扑鼻，面前是一片泱泱的湖泊。我猜想，这应该属于千岛湖的一隅，而且是尚未开发的地方。

他们终于把我松绑，连带着把封在我嘴上的胶带也取了下来。走一步是一步吧，我反而不那么紧张了。

紧接着，我在他们的监视下换上了潜水衣。

是潜到水底吗？我在心里犯嘀咕。

我猜错了，他们竟然把我领到离水岸有一段距离的地方，然后，挑开一蓬水草，马上，一个黑乎乎的洞口露了出来。洞口的直径约有两米，一路倾斜着向下，不知道通往什么地方。

瘦子二话不说，打开额头上的探灯，一马当先地爬了进去，然后是我和胖子，络腮胡子殿后。

"别想玩花样！"胖子冲我晃了晃手里的枪。

越往前爬，空气越潮湿，甚至还有水滴从洞壁滴滴答答地渗下来。我隐约意识到，这是一条直通水底的盗洞，因为在水下打洞十分不易，他们才把洞口开在岸边。

可既然不通过水，为什么要穿潜水服呢？

就这样闷头不响地爬了有十几分钟，脚下的路面竟然霍地向上倾斜，而就在这个 V 字形的拐点，有一个深坑垂直着通往地下。我们从深坑旁绕过，向上爬了有两分钟，前面的瘦子突然往前一纵身，站直了身子，转过头来说："到了。"

我探头一看，前面是一块挖好的空地，一人多高，能同时容纳四五个人。就在空地的另一边，堵着一道弧形的墙。

我们都并肩站好之后，胖子用手指在墙上的不同方位画了几个叉，然后敲了敲叉的交点说："在这些地方分别打几个孔。"

瘦子的手里不知何时多了一把钻头和一条薄薄的刀片，他先是用刀片刮去墙上的一层封土，然后开始用钻头钻孔，不多时，能容纳一根手指的孔洞被陆续打了出来。

瘦子主动退开，让位给胖子。胖子贴着墓墙侧身站立，把右手的拇指和食指缓缓探进去，感觉捏实了之后，猛一发力，原本牢牢嵌在墙体里的砖券被牵了出来。

牵出来足足有一尺长的时候，我开始暗暗吃惊，一方面惊叹于砖的长度，另一方面又叹服于胖子的指力。

他长长地吸了口气，接着往外拉，这时，我感觉这块砖四周的缝隙里有水蹿出来，越往外拉，带出来的水越多。

最后，胖子挥挥手，让我们站到一边，他手下运劲，呼，那块砖被全部带了出来，紧跟着，一股激流顺着缺口喷薄而出。

流出来的水落到脚下，沿着盗洞淌了下去。这是怎么回事？我的心里有些乱。

胖子倒是不慌不忙，如法炮制，又从墙上拉下来几块砖，最后一块砖被拉出来的时候，蓦然传来哗的一声，一大块墓墙塌了下来，砖券散落一地，还没停稳，就被紧随其后的水柱狂卷出去。这突然涌出来的水柱有一米多宽，泱泱大水登时占据了半个盗洞。但说来奇怪，灌进来这么多水，盗洞却安然无恙。转念一想，我就明白了，这水肯定顺着 V 字形拐点旁边的那个洞窟流到了地下水层。

大约过了 20 分钟，水势才渐渐变缓，想来，里面的水已经被放得差不多了。瘦子迫不及待，第一个钻了进去，他一进去，只听扑通一声，整个人栽到水里不见了。

这情况似乎不在胖子的意料之中，他脸上骤然变色，用探灯往里一照，黑乎乎一片汪洋，水面和剩下的半截墙等高。

不一会儿，里面又传来动静，原来是瘦子浮出了水面，他摘掉呼吸嘴，大声咒骂："奶奶的，怎么一进来就是一坑水？"

胖子的表情稍稍放松："真不知好歹！有这些水，你才没有掉下去摔死！这个墓室深到家了，超出了我的想象，在这个方位只能放出一半的水，咱们就当是个水陆双用墓吧。"

说罢，他皱了皱眉头，一把将我推了进去。

说真的，这是我第一次潜水，还是被迫的，所以一时很难适应。在水里扑腾了几下之后，才渐渐进入状态。我把头往下勾了勾，探灯的光紧跟着打下去，朦胧中我看到了水底，离水面有 3 米左右。

身后扑通两声，胖子和络腮胡子也下来了。在胖子的带领下，我们向前游去。光线在一点点地往前推进，霍地，游在最前面的胖子停了下来。他一副目瞪口呆的样子，让我们悚然一惊。

顺着他的眼神望去，只见四道探灯的照射下，一面墙壁陡然横在眼前。墙壁被许多凹进去的洞穴密密麻麻地占据着，我搭眼数了数，不多不少正好 10 个。骇人的是，每一个洞穴里，都摆着一口棺材！

在如此幽闭古怪的环境下，一下子见到这么多棺材，饶是正宗的土夫子，也要生出几分胆寒。我当然更不必说了，如果不是身在水中，早就冷汗淋漓了。

胖子打了个手势，那意思是让我们冒出水面，他好像有话要说。我们几乎在同一时间探出头来，大口喘着气，眼巴巴地望着他。

胖子问："你们有没有觉得，这 10 副棺材的排列有点儿诡异？"

我管不了那么多了，直接潜进水里，仔细看了看。果然，它们在排列上很有些道道儿，10副棺材对称而上，形成一个梯形。

　　我再次冒出头，恰好听到络腮胡子问："诡异在什么地方？"

　　我回答："那是一个梯形。"

　　胖子若有所思地补充说："虽然是梯形，可它们给我的第一感觉，是一个人的肩膀，所以我想，它们像不像是在抬起什么东西？"

　　他这么一说，瞬间提醒了我，那个梯形的顶端，果然很像一个人抬起的双肩。而两边的直线，则像是张开的双臂。

　　胖子继续陈述自己的思考："凭我的经验看，这只是耳室，耳室里是不应该放这么多棺材的。"

　　我问："你说这是哪里？"

　　"耳室呀，它们处于主墓室两端，像人的耳朵，所以叫耳室。"

　　我灵机一动："你的意思是，肯定还有另外一间耳室？"

　　"当然有。"

　　"既然它们是对称的，那这两间耳室里放的东西，是不是也一样？"

　　"理论上是的。"

　　我说："我需要看看棺材，看看上面有没有铭文标记，推测一下朝代。"

　　胖子摇摇头："你不需要看了，从墓室的结构和风格上推测，我判断这是清代的墓，而且是晚清。你抬头看看宝顶上的绘画，有中西合璧的味道。"

　　"你敢肯定吗？"

　　"我肯定。"

　　我心里突然有了一个大胆的设想，刚才，这个设想只是雏形，现在，它基本成熟了。因为激动，我差一点儿叫出来："我想，我知道这是谁的墓了。"

Chapter Twelve 推理

他们都目不转睛地望着我，好像我的脸上写着真相。

胖子说："除了皇陵，清朝的墓十分出名的不多，你倒说说看，这是谁的墓？"

我问："你们认识冯云山吧？"

胖子吸了口气："当然认识，太平天国的南王啊！他的墓怎么可能在这里？"

不用组织语言，我几乎是脱口而出："冯云山牺牲的地方，是全州衰衣渡，他一死，太平军就退到了湖南永州，埋葬他的地方，传说就在永州境内，这两个地方与千岛湖看似风马牛不相及，其实，也并不是没有可能。据说，在冯云山牺牲当天，为了秘密埋葬他，洪秀全把他的尸体装入木匣，挑了20名壮汉轮流抬木匣，趁着夜色往东走，等凌晨时分听到第一声鸟叫，便就地深埋。不刻碑，不做任何标识，只记住大概方位就行了。办完事后，按照约定，这20名壮汉去另一个地方和太平军会合……"

"会合？"瘦子嗤笑一声，"哪个傻子会回去会合！"

我说："他们大概也是这么想的，如果回去，很可能性命不保。根据后来的传说，这20个人确实失踪了，有人说，他们和清兵狭路相逢，恶战一场，结果全部覆灭；当然也有人说，他们继续往东走了，在一个不知名的地方隐姓埋名留了下来。"

"你觉得他们留下来的地方是千岛湖？"胖子问。

"千岛湖形成之前，这里是两座古城，一座是狮城，一座是贺城，他们随便往哪儿一钻，就很难找到。我为什么猜他们会留在这里呢？是因为一个细节。后来，洪秀全的族弟洪仁玕曾经带兵在这里驻扎过。这次驻扎，当然有军事上的需要，但根据野史记载，一小部分太平军，在这里似乎还进行了别的活动。"

胖子惊问："你的意思是，太平军去寻找这 20 个人了？"

"他们寻找的，也许不仅仅是这 20 个人，很有可能，他们是以驻军为幌子，落实南王冯云山墓葬的下落，悄悄地迁墓。"

"你怎么这么了解？"

我说："我的高中班主任，是一位太平天国迷。"

"这只是你的推测吧？有些家族把祖坟建成这个样子也说不定。"

我说："是我梳理细节之后的推测，至于对不对，我们大可以进主墓室看看。我想，不管保密工作做得多好，总会留下一点儿蛛丝马迹。"

胖子说："我们现在就进去。"

我对盗墓方面的知识，本来就一知半解，听他这么一说，不禁犯起了嘀咕：耳室和主墓室之间，按说都有甬道相连，可这里放眼望去，绝对是一个黑黢黢的密闭空间。想去主墓室，该从哪里进呢？

我把疑惑问了出来，胖子轻描淡写地笑了笑说："既然没有明的，肯定有暗的，你放心，不管是什么机关，都难不倒我。我不光能找到，还能打开。"

瘦子在旁边补充说："他是开锁专家。"

言毕，胖子潜到水里，自顾自地开始观察棺材，那样子煞有介事。不一会儿，他似乎看出了眉目，身子一挺，朝前游了过去，把手伸进每一条棺材与洞穴之间的缝隙里。在摸索最上面那个洞穴的时候，他胳膊上的动作忽然顿住。

胖子转过身来，冲我们做了个"有了"的手势。

不约而同地，我们浮出水面。

胖子欣喜地说道："有门儿了，我摸到一块凸起的石头，拧一下应该就能打开。"

络腮胡子问："那你怎么不开？"

"够不利索，需要把棺材挪走。"

络腮胡子跃跃欲试："那就挪吧。有什么需要特别注意的？"

胖子沉吟了一下，说："我只是感到奇怪，这些棺材在水里稳如泰山，水的浮力都不能使它们漂起来，想必，里面肯定有定棺石之类的东西。"

"我们四个人呢，肯定抬得起来。"瘦子也蠢蠢欲动。

胖子皱眉整理了一下头绪，言简意赅地说："那咱们试试。"

我们再次潜下去，每个人负责棺材的一个角，然后盯着胖子的手势一起用力往外抬。试了几次，棺材竟然纹丝不动。

胖子摆手让我们上去，声音明显低沉了："太他娘的费事了，棺材下面要么扣住了，要么被钉上了，反正就是抬不起来，只能另想办法。"

瘦子也骂了一句脏话："依我的意思，干脆破了这个棺材，一不做二不休，直捣黄龙。"

胖子一言不发，好像在考虑。

我的心莫名地揪起来，猝然，一个想法出其不意地蹿出来。这个想法一产生，我不禁在水里打了个哆嗦。

下面的话几乎是冲口而出："不能破。"

"为什么？"瘦子马上瞪着我。

"如果这里面埋的真是那20个人，你想一下，这些人一旦被找到了，他们的结局，该是怎么个惨法？"

瘦子被这句话镇住了，一时找不到词儿反驳我。

胖子插话说："这个我也想到了，说不定，这些人是被活埋进去的，怨气自然很重，如果我们贸然破棺材，惊动了里面的尸体，一旦起尸，出来就是难对付的毒粽子。"

瘦子乱了分寸，也有一点儿泄气："那该怎么办？"

胖子说："我想想。"

他低头想了有3分钟，陡然眼睛一亮："有了！我们来问问路吧。"

"问路？"这两个字对我来说相当冷门。

胖子解释说："这是招魂御煞的一种手段，你等着瞧吧。"

我再看瘦子和络腮胡子，他们的表情都透着沉重，仿佛接下来要面对的，是吉凶难卜的棘手状况。

络腮胡子朝身后一摸，手里变戏法似的多了一把气枪："等会儿要是粽子不听话，我兜头给它一梭子。"

胖子不置可否，他从背后径直摸出四个黑驴蹄子，交给我们每人一个。我刚把黑驴蹄子接住，耳边忽然传来一声铃铛响。这声音听起来阴森空灵，在狭小的空间里回荡着，让人无端地紧张。

我循着声源望去，赫然发现那铃铛竟在胖子手中举着，他的另一只手里，则拿着一面铜镜。他带着这两件稀罕的玩意儿，凑近了那口棺材。络腮胡子抱着气枪跟进，气氛一触即发。

胖子接下来的动作，让我的寒毛在水里也情不自禁地竖了起来。他举着铃铛，从棺材的一个角出发，沿着四周缓缓移动，一边移动一边在手里左右摇摆。等绕了一圈之后，他又把铃铛伸到棺材盖中央，晃几下，突然收回。

胖子退开来，把手里的铜镜举到面前，像微型盾牌一样竖着，那只拿铃铛的手果断地朝瘦子一招。

瘦子的手指间不知何时攥紧了一根铁钎，他把铁钎伸进棺盖下的缝隙里，用力一拨。棺盖便错到一边，但幅度并不大，只是稍微移了下位。

做完这些，瘦子飞速撤离，他的眼神有点儿古怪。

与此同时，胖子的手开始发抖。似乎有一股诡异的力量，在震颤他手里的铜镜。

呼，从棺材所在的方向猛地袭来一股气流，直直地冲向胖子。压力之下，胖子向后退了两米有余，等他终于在水里站稳，我顿时发现了出现变故的原因。

那面铜镜上，竟然浮现出一幅怪异的画面！

我把眼睛贴上去，等看清上面是什么的时候，倏尔浑身发抖。铜镜里呈现出来的，居然是棺材内部的画面。我登时明白"问路"是什么意思了。

这还不是我吃惊的，最让我感到离奇和无法接受的是，这副棺材里，竟然有两具尸体！

我正陷于剧烈的惊骇中无法自拔，遽然，身后冷不丁地传来一声闷响，天哪，那张棺材盖竟然往上翻了起来！

呼，从里面冲出一只粽子！

这只粽子行动极快，还不等我们反应过来，已经扑到面前。我急着躲避，慌乱中没有看清楚，只感觉它身上的衣服有点儿熟悉。

说时迟，那时快，络腮胡子在百忙中发了一枪。但这一枪明显有失准头，从粽子身后半米远处擦了过去。因为水的阻力，打出去的梭子走速很慢，和粽子的速度相比，简直弱爆了。

电光石火间，粽子已经逼近了他。络腮胡子一紧张，都不知道该怎么开枪了。但说来奇怪，粽子只是逼近吓唬他，并没有动手，也没有丝毫逗留，摆着身子，径直朝盗洞的方向游去，眨眼游出去四五米。

络腮胡子还想再发一枪，还没瞄准，那只粽子已经跳出去不见了。

我们马上防备身后，万一再有一只粽子蹦出来，可不是好玩儿的！可等了很久，棺材里都没有动静。

我们浮出水面，瘦子马上惊慌失措地说："粽子为什么跑？"

络腮胡子颤抖着声音回答："可能，这里面有什么可怕的东西。"

胖子打断他们："它本身就是粽子，它有什么好怕的？别自己吓自己了，我刚才留意到这个人身上的衣服，龟孙子竟然穿着潜水服，如果是粽子，也肯定是只新粽子。它是怎么进来的？"

这句话似乎提醒了瘦子，他接口说："刚才我开棺材的时候，就觉得有点儿不一样，这棺材好像被打开过。"

胖子用最快的速度思考了一下，说："先不管这些，刚才铜镜显示，棺材里有两具尸体，还剩下一具没有漂起来，肯定是被定棺石牵引着。我打算先镇住这具尸体，然后用最快的速度在棺壁上凿个孔，先打开机关进主墓室再说。"

瘦子响应道："我来挖，镇尸的事就交给你吧。"

胖子摸出几道符，也不管我愿不愿意，直接塞给我一张，吩咐说："在水里，符贴不上去，必须用手按着。你把这张符按在他的脑门上。"

我说："啊！"

"啊什么啊！别婆婆妈妈的！麻溜子，你拿好枪掩护我们，别他妈的又打偏了。"

络腮胡子挠挠头，马上摆出一副戒备的表情。

胖子继续说："水是从耳室的宝顶灌下来的，宝顶上面就是湖底，我们进来之前，已经把宝顶上的裂缝堵住了。根据之前的勘察，主墓室的宝顶没有破，里面没进水，等会儿我打开机关之后，肯定有一股猛力把我们冲进去，你们做好准备。"

我顿时恍悟，之前通过盗洞放出来的水，原来是这么来的。

胖子部署完毕，我们即刻行动。

因为棺盖已经打开，等我靠近，里面的一切瞬间尽收眼底。刚看第一眼，我的心脏便提到了嗓子眼儿，全身上下的每一个细胞都在发瘆。

只见棺材里的这具尸体，仰面向上，两只胳膊高高地擎着，做挣扎状。再看他的脸，更是说不出的狰狞怪异，双目圆睁，口鼻因为歇斯底里的尖叫而错位。想必此人死前，必然经历过极大的痛苦。那目眦欲裂，张牙舞爪的样子，顷刻间便击破了我的心理承受极限。

虽然有一千个不愿意，我还是伸出了手。

把符贴在他脑门上的时候，我能感觉到自己的手指在往外冒冷汗。尽管隔着符纸，那种令人万分不舒服的触感还是立时贯透全身。

胖子把另外两道符按在它的两只脚踝上，冲瘦子点了点头。瘦子当然不敢怠慢，风风火火地干了起来。无论他赶得有多急，我都觉得不够。

终于，在我几乎要崩溃的刹那，一个碗口粗的口子被打了出来。瘦子转身朝我们使了使眼色，直接把手探进去。

我屏住呼吸，眼珠一动不动地盯着他的胳膊。

3秒钟后，他的胳膊一旋，触发了机关。

Chapter Thirteen 死局

锵锵……

虽然有点儿失真，我还是捕捉到了机关运转的声音。

声音刚刚响过，一股巨大的绞力便从斜刺里卷来，我一下子身不由己，只觉得前后空间飞快地颠倒了一下，紧跟着，噗一声跌倒在地。

围在身边的水压，忽而消失不见。

我被摔得有点儿迷糊，视线模糊了两分钟后，才渐渐清晰。借着探灯的光，我打量了一下附近，凭感觉，这里比刚才的耳室要大得多。

身边弥漫着另外三个人的呼吸声、哼唧声、咒骂声，想必他们和我在同一时间摔进来。一切发生在倏忽之间，我们谁都没有早到一秒钟。

看来，我们已到了墙壁的另一端，至于是不是主墓室，还有待观察。

脚下潮湿一片，应该是墙壁折转时带过来的水。既然不用潜水，我们便把氧气瓶和部分装备卸下来，集中到一边。

再回头看，墙面上的棺材也跟着转了过来，就在我们头顶悬着。看来，把它们固定在洞穴里很有必要，如果不固定，墙壁一转起来，它们很可能因为惯性而被甩出去。

突然，我听到啊的一声惊叫，是瘦子。

顺着他的视线望去，我注意到对过的另一面墙上，也转过来 10 副棺材。我心里咯噔了一下，感觉老大不舒服，20 具黑压压的棺材所造成的压力，当真不容小觑。

在胖子的带领下，我们迈开步子，每一步都走得小心翼翼，深恐一不小心触发了什么。刚走没几步，突然，面前多出了一根汉白玉柱子，四五人环抱那么粗，一米多高。我的第一感觉，这应该是用来垫棺材的，往上看的话，肯定会撞到一副棺材。可出乎意料的是，上面没有棺材。

走近了一看，旋即吓得腿肚子发软：那上面，竟然直接放着一具白布包裹着的尸体！

我的心跳登时就乱了，过了好久才平复下来。心里一平静，思维便跟着变清晰，我几乎是情不自禁地说："是了。"

胖子问："什么是了？"

"这确实是南王冯云山的墓。"

一听我这么说，他们立刻竖起耳朵。

"太平天国是从拜上帝会发展起来的，他们的教徒死后，就是这种埋葬方式，不用棺材，只用白布裹身。我记得，洪秀全死后就裹了18层。"

络腮胡子眼睛一亮："那他埋在哪儿？"

"他没有墓，因为埋葬不久，他就被清军挖了出来，烧成灰，放进大炮里挫骨扬灰了。"

"哦。"络腮胡子的眼睛里有点儿震惊，但更多的是失望。

我说："南王是位英雄人物，智勇双全，深邃睿智，可惜死得太早，如若不然，太平天国后期的格局不会那么糟糕。"

胖子搭话说："既然如此，我们应当拜一拜。"

说着，他率先跪了下去，嘴里念念有词："南王，我们今天来倒你的斗，并不代表不尊敬你，希望您老人家网开一面，不要让我们空手而归。"

我在他旁边跪下来，说："关于南王的墓，民间有一段顺口溜，我只记得后面两句，叫'谁若找着了，富贵三五辈'，想来，墓里面应该有不少好东西。可惜，不知道后来的太平军移墓的时候，有没有把这些东西带过来。"

胖子正准备说什么，突然，我留意到眼角一花，一道白影在汉白玉柱子上一闪，倏忽而逝。我赶紧站起来，试着用目光追踪。这一站不要紧，马上看到了让我胆战心惊的一幕。

石柱上的尸体，竟然凭空消失了！

这一惊非同小可，我浑身的肌肉都开始收缩，像是三伏天掉进了冰窖里。胖子一发狠，也不顾危险了，围着柱子转了一圈，愣是什么都没看见。

他问瘦子："看见尸体跑哪儿去了吗？"

瘦子一脸困惑地摇头："没，当时我也在地上跪着。"

没得到自己想要的答案，胖子不甘心，他转头去找络腮胡子，却发现身后空无一人。

"麻溜子呢？"他终于露出一脸的惶恐。

我们不知所以，显然，就在刚才那段时间里，麻溜子消失了。

气氛骤然紧张起来，像是紧绷的弦。

就在这时，传来訇的一声，面前的石柱突然长上去三尺，从石柱的中央竖着裂开一条窄窄的口子，一道石屉出现在口子里。

霎时，眼前一片炫目的缤纷。只见石屉里，整整齐齐地码着一摞摞的金砖。

目睹此等奇景，每个人的眼睛都在瞬间发直。瘦子也管不了那么多了，直接冲上去，手伸进口子，开始往外掏金砖。

胖子配合着他，把金砖放进准备好的包裹袋里。

掏着掏着，我突然发现了蹊跷，这道石屉是从中间隔断的，另一端也很长，只是它伸进了石柱里，看不清里面放的什么。蹊跷的地方在于，随着金砖的减少，露出来的这一端开始向上跷起，就像跷跷板一样，越来越高。

另一端到底是什么呢？我疑窦丛生，试着用探灯一照，霍地大惊失色。石匣的另一头，黑乎乎地吊着一个人，不是络腮胡子是谁！他倒挂在那里一声不吭，想必已经晕过去。而吊着他的那根绳子，正在一点点地往下脱落。

很简单，这头的金子被拿去得越多，络腮胡子就掉下去得越快。我不知道下面有什么在等待着他，但肯定不是好东西。

我拍拍正在专心致志地掏金子的两个人，让他们停下来。当他们转过脸看我的时候，我发现他们的眼睛已经泛红，脸上是狂乱的兴奋。就着探灯看了另一头的情景之后，他们立刻顿住手里的动作。

瘦子问："怎么办？"

胖子看了看兀自在往上翘的石匣，想当然地把手伸进去，单臂用力朝下压。没支撑多久，已是大汗淋漓。

他松开手，一筹莫展。

瘦子着急了："快决定，再翘下去金子也会掉！"

看到同伴吊在那里，随时可能脱落，他思考后的反应竟然是担心金子！我心里顿时横生出一股寒意。

胖子咬了咬牙："拿金子！"

我心里的寒意更浓了。

瘦子马上开始行动，好像这已经是他决定好的事，只等别人附和。利令智昏果然是没错，我情知不妙，赶紧退到一边，抢时间寻找出口。

我是按原路走的，等我来到之前放氧气瓶和装备的地方，不禁大骇：那些东西竟然不翼而飞了。我心里立刻产生一种不好的预感，这地面肯定有暗道，当一件东西待在原地长久不动的时候，暗道口就会突然开启，把它陷下去，然后恢复原貌。络腮胡子的消失，以及在石柱里不期然地出现，肯定就是这个原因。

想到这里，我不敢久留，抬头往上看了看，10副棺材悬在头顶。我想，既然进来的机关隐藏在那副棺材的后面，出去的方式肯定也一样，我去上面逆着原来的方向扭一下石头就行了。想通了这一点，我便开始往上爬，攀过下面的一个个洞穴，我在最上面那副棺材边停了下来。

因为急着出去，我也顾不上什么起尸不起尸了，伸手就朝那个凿出来的口子里摸索，幸运的是，一下子被我摸个正着。

而就在此刻，我的眼角下意识地捕捉到棺材里的那具尸体，不知怎么回事，我竟然觉察到他的嘴角有一抹邪异的笑，登时心底发寒。刚才一喜，现在一寒，变化太快，心脏便开始怦怦乱跳。

我转身想招呼他们快跑，一扭身，却只见他们愣愣地站在柱子边一动不动，仿佛中邪一般。我喊了两声，胖子才有回应，他扭头朝我这边看了一眼，拉着瘦子就走。

发现氧气瓶不见了，他们也很震惊，我懒得跟他们解释，急急摆手说："快上来！"

这句话刚说完，汉白玉柱子便唰的一声合拢。与此同时，地面开始摇晃，连带着那20副棺材也不停颤抖。

是时候了，我手下运劲，做出扭石头的准备，可惜还没用上劲，那块石头冷不防地从我手底下消失了。我不敢置信，慌张地四处摸了摸，都不见踪影。我一下子急了，说："没有了！"

"什么没有了？"胖子在下面喊。因为背着金砖，他的速度有点儿慢，气喘吁吁的。

"机关没有了。"刚回答完这句话，我一低头，视线又触碰到那副棺材，竟然发现尸体嘴角的笑更加明显了。

我着急不已，下意识地冲口而出："我要醒过来！"

睁开眼睛，天哪，我居然还在原地待着。

这时胖子已经爬到我脚下，他抬起头天真地说："我也想醒过来，但这不是梦。"

我深深地绝望了，口不择言："你相信吗？我有特异功能。"

胖子只当我是开玩笑："特异功能？你有我也有！我的特异功能就是用两根手指头开防盗门。可惜，在这里特异功能不管用。"说着，他指了指汉白玉柱，"这可不是普通的柱子，别名叫镇宫石，能挡住一切凶煞灵异之气，所以，任何的特异功能在这里都不管用。再说，你也没有特异功能，你只是吓傻了。"

我不想解释太多，惊惶四顾，想随机应变寻找解决办法。因为精神高度集中，我忽略了下面，正看着，突然一只冷冰冰的手一把攥住了我的胳膊。

天哪，这手是从棺材里伸出来的！

几乎是同一时间，20张棺盖都开始往上翻，好像有什么东西要冲出来。

胖子在下面惊声连连，一时乱了分寸。瘦子一遍遍地问"怎么办"，他都没有回答。

我感觉胳膊上的那只手越攥越紧，无论我怎么用力挣脱，都无济于事。而就在我专心对付它的时候，棺材里的另一只手陡然奋起，攥住了我的肩膀。

哗，耳边风声阵阵，20张棺盖在一瞬间陡然全部开启！墙壁像发生了地震一样，摇摇欲坠。

猛然间，胖子在脚下大喊："要起尸了，快把棺材里的尸体清出来，躲进棺材里！"

横竖是个死，不如拼一把，我咬了咬牙，把胆子放大，弯身去抱尸体。上半身刚倾进棺材，就听见嘭的一声，原来是我一直藏在身上的黑驴蹄子掉了下来，正好砸在尸体身上，它攥紧我的手指登时松了下来。

我丝毫不敢耽搁，趁机把它抱出来，也不管什么方位，远远地抛了出去。

摇晃更剧烈了，我二话不说翻进了棺材里。

Chapter Fourteen 恶兽

只听得耳边一片锵锵轧轧的声音，一股强劲的吸力狂卷而至，把棺材吸进了一条隧道内。头晕目眩中也不知过了多久，才戛然而止，然后重重地落了下去。

一时间，我的五脏六腑差一点儿被震碎，躺了几分钟，才渐渐缓过劲来。爬出去一看，却什么都没看见，这里黑黝黝的，感觉空间极为狭小。

旁边，胖子他们两个分别咳嗽两声，也一前一后地爬出来。三个探灯只剩下胖子头上的一个还管用，他转了转脑袋，光芒所到之处，不禁让我们心底一惊：天，那 20 具棺材全都落在了这里，不光是棺材，我们的氧气瓶也在这里乱七八糟地堆着。

胖子又转了一个方向，视线里，一张血肉模糊的脸猝然一晃而过，这场景，跟恐怖片里的镜头如出一辙。

胖子赶紧把光芒固定，只见这张血肉模糊的脸，依稀可以辨别出是络腮胡子。他圆睁着渗血的双目，幽幽说道："为什么不救我？为什么不救我？"翻来覆去就是这么一句话。

胖子低声说："麻溜子神志不清，估计撞邪了，留着是祸害。"

话刚说到这里，从麻溜子嘴里猝然发出一声呜咽，呜咽声中，他合身扑了上来，速度快如闪电。胖子被攻击得措手不及，只得硬碰硬地一拳挥过去。谁知，拳头砸在麻溜子身上，他竟然像没有感觉一样，丝毫不影响自己攻击的势头。更可怕的是，他竟然张嘴向胖子的脖颈咬了下去。力沉势猛，饶是胖子用力抵拒他的头，也奈何不得。

眼看着险象环生，蓦地传来嗖的一声，麻溜子的脑袋被击穿，所有力气消失殆尽。在他身后，瘦子举着之前那杆气枪，也不知道他是从什么地方蓪摸出来的。

胖子松口气，想要站起来，但动作只做了一半，就戛然顿住。我也在同一时间竖起耳朵。因为，我们听到一阵咝咝的声音和噗噗的摩擦声，好像有什么东西正朝这边游过来。

恍惚中，声音忽而顿住，时间仿佛在这一刻静止。

一片死寂中，不明所以的瘦子全身突然一震，被一股突如其来的猛力卷到黑暗中！

我看得分明，那竟然是一条花斑大蟒！

瘦子大喊："救命！"声音渐渐变得模糊不清。

我慌慌张张地拾起胖子掉在地上的气枪，胖子配合着我，把光打过去。这一照不打紧，我的全身上下立时被恐惧填满：瘦子的大半身已经被蛇吞进口中，只剩下两条小腿在外面挣扎。

胖子大喊："朝它的头开枪！"

我果断地扣下扳机，谁知，在这关键时刻枪竟然卡壳了！我着急忙慌地连拍两下，愣是不行。

情况危急，这条巨蟒一旦缓过劲来，肯定会向我们下手。胖子意识到这一点，两只手开始在地上摸索，很快，摸到一根铁钎。

他毫不迟疑地踊身而上，嘿一声，把铁钎扎进了巨蟒的头部。巨蟒吃痛，躯体立刻扭成一团，胖子想全身而退已经不大可能，不多时，已被巨蟒牢牢缠住。

因为胖子正对着它，探灯的光正好打在它的眼睛上，那两道眼神说不出的歹毒阴鸷，令人不寒而栗。胖子离它那么近还没有被吓死，真是令人敬佩。

陡然，巨蟒张开血盆大口，眼看着就要把胖子生吞下去。我一看情势不妙，也不管气枪好了没有，蹿上去就是两梭子，目标是巨蟒的眼睛。

谢天谢地，竟然射了出去，而且因为距离近，效果还很显著。那条巨蟒猛地一腾身，把胖子摔出去老远，然后，它开始不停地抽搐。半分钟后，终于奄奄一息。

胖子捂着胸口说："此地不宜久留，快跑！"

我问："往哪里跑？"

"有大蛇，肯定有蛇洞。我们找找看。"

我和胖子一道，在角角落落里梭巡，还真的发现了一条黑黢黢的洞口，目测有一米多宽。胖子也不啰唆，带上氧气瓶和装金砖的袋子，直接钻进去，我紧随其后。

漫无目地爬了有五分钟，也不知转了有多少弯，脚下突然出现水流。刚开始水并不深，蹚着就能过，慢慢地开始漫到胸口。

我们正准备进入潜水状态，胖子突然一仰头，发出咦的一声。

我问："怎么了？"

胖子的语气异常兴奋："有了！"

我顺着他的视线望去，立刻恍然，我们头顶有一个垂直的洞穴，看形态大小，和那个 V 字形拐角的垂直地洞很相似。

我正准备表达自己的兴奋之情，胖子忽然冲我做出噤声的手势。

然后他附在我耳边说："听，水下有声音。"

我后背发毛，仔细一听，不远不近的地方还真有一片穿水而过的声音。

胖子变得无比紧张："那样的巨蟒很可能有两条，我们赶紧跑。"

说着，他用胳膊撑住洞壁，一吸气想要蹿上去，无奈身上黄金太多，起不来。他哀叹一声，把袋子凌空一翻，倒出来一大半，等分量差不多了，再次背起来往上爬，很轻松地就爬了上去。这种千钧一发的时刻，我当然也不敢怠慢，像土拨鼠一样拼命前进，速度前所未有地快。

刚爬一半，脚下骤然水声大作，一股激浪攒射而出，就打在离我身下半尺远的地方。那条巨蟒的头破水而出，死命朝上冲，不过因为后继乏力，它转瞬又掉了下去。

虽然暂告安全，可我们一点儿也不敢懈怠，等终于爬出洞口的时候，才敢坐下来喘口气。

这里，果然就是 V 字形的拐角。

稍事休息之后，我们开始顺着盗洞往外爬。胖子爬在前面，身子一拱一拱的，就这样拱了有十多分钟，我感觉，应该到出口了。

谁知，胖子突然停下来，大骂一句："靠，谁他妈的把盗洞堵住了？"

Chapter Fifteen　破谜

我越过他的身体往前看，心里又是一紧：只见几块大石头把洞口堵得严严实实。

胖子仰天翻倒，大口喘着气，等情绪稍定之后，才说："没关系，等我歇好了，咱们可以再挖一个洞出去。兄弟，今天多谢你出手相救，之前的事多有得罪，希望你不要见怪！"

我笑笑说："我早就忘了，你也不要放在心上。在这种地方，互相帮助才能生存，所以我救你是应该的。"说这句话的时候，我倏尔想起他们罔顾麻溜子性命的一幕，心里多少有点儿不舒服。

胖子喟叹道："我发现很多事情，都是自己吓自己。"

我问："怎么突然有此一说？"

"那个柱子上的尸体突然消失这件事，你是怎么想的？"

一谈到它，我瞬间有点后怕，刚收进去的冷汗登时又冒出来："我差点儿忘了，它去了哪里？"

胖子嘿嘿一笑："它哪里都没去。事情是这样的：这个斗里的机关，多是旋转结构。那汉白玉柱子的顶面，肯定也有一个旋转的机关，到一定时候——很可能是地面的暗道开启，意识到有人闯进来的时候，顶面就会掉转，这就是那具尸体突然不见的原因。它当然没有消失，而是被旋进了柱子里加以保护，我和瘦子一抬头，就看见它了。"

我感到思绪一片明朗，感慨地说："原来如此！"

怪不得，我之前转身想招呼他们快跑的时候，却只见他们愣愣地站在柱子边一动不动，原来是看到了那具尸体。

"还有，你有没有留意到，之前从棺材里跳出来的那个粽子，穿的衣服很蹊跷。"

我说："不是潜水服吗？"

胖子出神地回忆了一下说："现在想想，他很可能不是粽子。"

"咦！怎么解释？"

胖子拍了拍我的肩膀："咱们一起出生入死过，我也不拿你当外人。我们来这里倒斗，是一位老板请我们来的，他是这一片的开发商。前两天，他手下的打捞工人在水底作业的时候，发现一个裂缝很古怪，一时好奇就潜了进去，没想到歪打正着，发现了这座墓。当时进去五个人，据说全死了，但只找到四具尸体。我估计，那个粽子不是真的粽子，而是那第五个人，他并没有死，一直躲在斗里，因为上面的裂缝已经被封住，他出不来。今天见我们来了，以为要灭他的口，情急之下便躲进棺材里。瘦子不是说，那棺材曾经被打开过吗？"

原来还有这一出！设身处地地一想，我不禁心惊肉跳："你的意思是，盗洞也是他堵上的？"

"正是。"

这个圈绕得真够大的，既然他不拿我当外人，有些问题，我似乎也可以借机问一下："你之前提起过你们老大，他应该更厉害吧？"

胖子也不避讳："他在摸棺材方面更厉害。这次本来说好要一起来的，谁知那老板出尔反尔，说要提高分成，老大去跟他谈判了。"

刚说到这里，无巧不巧，他的手机响了。

胖子拉开潜水服，从里面取出手机，接了这个电话。接完电话后，他脸上的表情云淡风轻起来："说曹操曹操就到，刚才的电话是老大打的，事情已经解决了。老大说，他认识一个杀手，让我联系这个杀手，把老板的资料送到他家里，雇他做事，一了百了。"

霎时，我心弦一震。

因为，我想起了那些在电话机下发现的照片，有人在没有破门而入的情况下，把照片送进我家里，现在想想，这个人肯定是胖子。他不是会开锁吗？

一切都惊人地巧合着。

胖子准备把手机装回去，我突然想起什么，对他说：借你的手机用一下。

我的手指犹豫着，最终还是拨出了那串号码。

打完了，我准备删除通话记录，然后把手机还给了他。蓦地，我手指一抖，因为我在通话记录的已接电话栏里发现了一串号码。它的备注是：老大！而那串号码我很熟悉，竟然是阿佐的！

阿佐是他们的老大！

阿佐同时又是公司里的人！

难怪，盗墓贼那么快就知道了被偷拍的事，那么快就确定了我们的身份！现在，班主任他们就在阿佐的山庄里……

这肯定是一个阴谋。

我赶紧把手机还给胖子，说："谢谢你，我要走了。"

"走？去哪里？"

我说："我告诉过你我有特异功能，你相信吗？"

他瞪大眼睛："这怎么可能！你别开玩笑了。你准备拿走多少金子？"

我摇摇头："我不缺钱，你忘了吗？我刚刚抢劫过一个女人。金子你们都拿去分吧，出了这个盗洞，我要继续逃亡。"

胖子顿了顿说："那好，祝你一帆风顺。我现在就开始挖盗洞。"

他转过身去，开始忙活，我在他背后偷偷一笑，然后，喊出了那句话。

Chapter Sixteen 危情

睁开眼睛，陡觉恍若隔世。

还是之前那栋别墅，一进一出，却已经历九死一生。

我环顾四周，突然觉得有些不一样。

房间里安安静静的，连个呼吸的声音都没有，他们都到哪里去了？我联想到一些事，不敢发声叫他们，只好一个房间一个房间地找。没有人，连个人影都没。

好像之前的一切，只是一场荒诞的梦。

突然，耳边响起清脆的手机铃声。是之前那个房间，我疯了一般地冲过去。

是我的手机，在穿越之前，我把它留在了这里。我一把抓在手里，抢在铃声结束之前，飞快地摁了接听键。

竟然是班花朵蓝的声音："王豆豆，是你吗？"

我马上回答："是！是我！"

她抢着说："你出来了？太好了！你被他们带走的时候，我担心死了。"

我感觉她的声音有异，好像很紧张的样子，就问："我没事。你们在哪里？"

"我们在别墅里等你的时候，突然遭了埋伏，他们都被抓走了，只有我一个人逃了出来。我也不知道这是什么地方，现在我的子弹快打光了。"

我震惊非常，一下子急了："不行，我必须去救你，快告诉我大概方位。"

"这里人很多，你救不了我。我给你打电话，只想告诉你一件事。"
我静静地听着。

"刚才我突然想起，我似乎做过一个梦，这个梦是那么真实，就像真的一样。在梦里，你给我打了个电话，你说……你说你一直喜欢我。"

我骤然想起在盗洞里借胖子的手机打的那个电话，心里开始翻江倒海，一连串地说："是的，我喜欢你，从高中开始就喜欢你了。我发誓不会让别人伤害你，我一定会救你……一定会救你……"

说着说着，热泪出其不意地滚落。我闭上眼睛，数不清的思绪在脑海里千回百转，几乎把我击晕。我努力定了定神，突然，一个念头在纷乱如麻的思绪里清晰地浮现，我灵机一动，说："朵蓝，你打开视频模式，把你现在的环境拍下来。"

她问："怎么了？"

"我穿越过去救你！"

"可以吗？"

"视频和真实时间是同步的，肯定可以。"

我等待着……

很快，视频开启了，我看到了朵蓝的脸，她一脸惊慌地躲在一道石柱后面。

我说："朵蓝，我爱你！我现在就过去。"

这句话刚说完，我突然发现一件诡异的事：朵蓝的旁边，居然多了一道白影。天哪，竟然是那具裹着白布的尸体！

我手指一动，飞快地摁了暂停键……

第二章　天坑秘境

Chapter One 交易

在摁下暂停键的下一瞬，我如神兵天降般，出现在朵蓝身边。她一扭头看到我，虽然在此之前做足了心理准备，还是吓了一跳。

第一眼，我就去寻找那个白色的身影，却发现已经了无踪迹。这白影移动的速度超出想象，显然比我更快。抑或，刚才只是我的幻觉？

我到来的速度如神兵天降，但是除了速度，我并没有给朵蓝带来更多希望。一场势不均力不敌的恶战之后，我和朵蓝被抓。

可能是怕我们两个眉目传情，我和朵蓝被强行分开，单独关押。

当天晚上，阿佐出现了，以一副欠扁的胜利者姿态。

房间里只有我和他两个人，他索性开诚布公，第一句话就是："没想到吧？"

如果不是因为被绑在椅子上，我早就打歪他的下巴了："你仅仅是为了不被我们揭老底，所以决定杀我们？"

阿佐意味深长地摇了摇头："你永远想象不到，我们这个盗墓团队牵涉到的利益有多大，不是我想杀你们，而是我上层的那些老板想除掉你们，他们一旦被曝光，损失就大发了。"

我转移了话题："朵蓝呢？班主任他们呢？"

"放心，我保证他们是安全的。不过，如果你想让他们一直安全，就必须帮我做件事。"

"什么事？"

阿佐不紧不慢地说："听说你有特异功能，只要在观看视频的时候摁一下暂停，就能进入到视频中去？"

我说："是的，但我无法改变已经发生的事。"

"不需要你改变。"阿佐绕到我身后，"事情是这样的，上次去过千岛湖之后，我损失了两个弟兄……"

我在心里琢磨，这两个弟兄，肯定是指瘦子和络腮胡子。因为不想让阿佐知道更多，我默不作声。

阿佐继续道："而恰恰在这个时候，我又发现了一个绝世好斗。因为人手不够，我便临时雇了几个外人。没想到，这几个人倒完斗之后，突然就失踪了，我想，他们是故意不联系我，想把好东西独吞……那些好东西，肯定值得他们这么做。"

"你想让我做什么？"

阿佐声音发狠："我想让你进去，追查他们的去向，把那些宝贝找回来。"

"你的意思是，他们留下的有视频？"

"是的，他们进斗之前，拍下了一段三分钟的画面。"

"什么斗？"

阿佐突然沉默了一下。

"如果你想让我帮你，必须告诉我你知道的一切。"

阿佐问："你听说过木里吗？"

"听说过，在西藏的边缘。"

"那是位于木里的一座天坑。"

我的好奇心一下子被勾起来了，但与此同时，心里也不禁泛起忧虑。那个地方我从来没有去过，它给我的印象只有两个字：神秘。如果我答应了，出生入死是肯定免不了的。

阿佐正要接着往下讲，我打断他："在答应你之前，我想见一见他们。"

阿佐微微一笑："当然可以。"

Chapter Two　内鬼

在一个中央放着一张圆桌的房间里，我见到了朵蓝、班主任、魏星，但没有曲向前。

我问："班长呢？"

魏星面色一暗。

我惊问："他出事了？"

"不是，比这个更严重。"魏星顿了一下说，"他是卧底，是潜伏在我们身边的卧底。"

我倒吸了口凉气："怎么可能！"

班主任的神情看起来有些尴尬："我们在别墅里等你，紧张又无聊，这时，曲向前掏出一盒雪茄，每人分了一支。除了朵蓝，每个人都抽了，才抽到一半，就迷迷糊糊地歪倒在地上，什么都不知道了。"

朵蓝接着说："我意识到不妙，敲破窗户跳了出去，这才发现别墅四周的埋伏，我在慌乱中开了几枪，抢了一辆车逃走，但没跑多远轮胎就被打爆了，没办法，只好向你求助。"

我唏嘘不已：这个世界，能信任的人又少了一个。等他们讲完了，我也把经历过的事一五一十地交代了，说得他们一愣一愣的。

最后我说："阿佐给了我一个新的任务，让我去盗一个更厉害的墓。"

班主任皱了皱眉头："这就是把我们放出去的条件？"

我知道无可隐瞒，便点了点头。

这时，魏星走到我身边，嘴巴若有若无地凑近我，对我说了一件事。

我一听，诧异立时覆盖了整张脸。

Chapter Three　入殻

时间到了，阿佐把我领进一个密闭的房间里。

投影机打在对面的屏幕上，画面很逼真，仿佛触手可及：

一座天坑。

三个人在顺着结好的绳索往天坑里下。

天坑深不见底。

突然，一片黑压压的翅膀冲着镜头扑过来，拍摄的人手一抖，摄像机掉了下去。

画面旋转，翻腾，戛然而止。

一片黑暗。

回放完了，阿佐问："你打算在什么时候进去？"

我紧锁眉头："这是下坑的过程，如果我突然出现在绳索上，里面的人肯定受不了。我决定在摄像机坠地的瞬间下去，这样，也许我能直接下到坑底。"

"那好，希望你能带着我需要的消息回来。"

我没有说话，精力专注在重复播放的视频上。

摄像机掉了……眼看即将坠地，我果断地摁了暂停。

呼，一个旋涡笼罩过来，我身不由己地跟着旋转。然后就听到嘭的一声，身下一实，砸在了地面上。全身的骨骼被摔得几乎散架。

我在剧烈的疼痛中睁开眼睛，四周黑漆漆的，别说五指了，连胳膊都看不见。我下意识地抬头，看到碗底大小的洞口，光线隐约，距离我似乎有十万八千里。

他们需要结一根多么长的绳子，才能下到这里呀！

我手按地面，用劲站起来，却一摸摸到了摄像机的残骸，它现在的状况，用七零八落已经不足以形容。

我在黑暗中耐着性子等待，大约过了半个小时，三个人才平安着陆。

他们一边做收尾工作，一把拿着矿灯凌乱地朝周围扫视。不多时，我的藏身之处便暴露出来，一道强光扫过我的脸，又惊惶地定在上面。

我避开光线说："自己人！"

但我还是听到一声清脆的子弹上膛声，枪口和灯光手忙脚乱地和我对峙。

突然，我捕捉到咦的一声。

一个人往前走了两步，这一声"咦"应该就是他发出来的。他身边的某个人立刻把灯光照向他的脸，像是在询问。

我朝这个走上来的人看去，逆着光线，只能看到一张刀疤脸。不过，他的身材倒是挺壮硕。

他胳膊一横，对身边的两个人说："慢着，这个人我好像见过！"

然后不等我说话，他便向我发问："你就是那个当地人吧？让你久等了。"

我一愣，想好的谎话看来派不上用场了，只能随机应变，点点头说："是，就是我。"

一个声音带着埋怨："你怎么自己下来了？手机也不通，我们一直找不到你。"

就像临场表演，我只好将计就计："我先下来探探路。"

刀疤脸走过来，冷不防地朝我递了个眼色，问："那你探得怎么样了？"

"马马虎虎。"

"你可别光拿钱不干活儿啊，我们老板把你请来，可是花了大价钱的。"他一边说着，一边手拿矿灯向周遭打探，想找到一条路。

没有路，面前只是一个和足球场差不多大小的空地，和狭小的洞口搭配起来，整个看上去就像一个大肚瓶。空地上怪石嶙峋，石头与石头之间的罅隙里，生长着厚达尺许的蕨类植物。一踩上去，嘎吱嘎吱乱响。

后面有个小个子说："但愿这里没有怪物，刚才那只怪鸟可把我吓得半死。"

另一个人的身材和小个子形成鲜明对比，如果小个子是麦田，那他就像一根竖在麦田里的稻草人。如果单独看，又瘦又高的样子浑似一根麻秆儿。

麻秆儿一出声，就是一副怨声载道的样子："他娘的，根本没有路嘛……"

刚说到这里，他手一抖，矿灯打在一个地方。那地方位于乱石丛中，光秃平整，泛着白光，距离我们的直线距离大概有30米远。

剩下的矿灯光线也全集中到那里，这下我看清楚了，那是一个直径为3米的圆，因为圆所在的地方材料迥异，所以看起来特别显眼。

刀疤脸犹疑了一下，带头往那里走。路虽然看起来很短，走起来却异常艰难，深一脚浅一脚不说，还时不时地有石头横亘在面前。石面摸起来滑腻腻的，就像蛇的皮肤。

离那个圆越近，足底就感觉越冷，好像踩在脚下的植物在不停地往外散发着寒气。再靠近一点儿，身体也禁不住地瑟瑟发抖。

终于，我们站在圆弧的边缘，勾头一看，每个人都发出一声惊叫——只见脚下的地面，赫然覆盖着一大块寒冰！

说覆盖其实不太准确，这更像是一座天坑中的小天坑，而那块冰，就像塞子一样封在坑口。冰有多厚，一时还目测不出。

冰面寒气升腾，迎面是一阵阵凛冽的气息，在旁边多站一刻，便连打寒噤。刀疤脸俯低身子，眼睛直愣愣地往里看，半分钟后站起来，连打了几个喷嚏，哆嗦着嘴唇说："冰下面有文章。"

我也弯腰看了看，发现这冰面纯度很高，像玻璃一样透明，往下面不知多远的地方，翻滚着一股股凌厉的气流，十分凶险。

小个子问我："入口是不是在这里？"

我硬着头皮说："应该是吧。"

麻秆儿显然对我的回答不太满意，哼了一声："什么叫应该！"

没想到，刀疤脸再次替我解围："别叽叽歪歪的，这个墓是第一次进，谁都没有经验，我们先把冰敲开了看看。"

小个子目光闪烁着："这下面……"

刀疤脸没理他，从随身的装备里摸出一把凿子，又随手捡了块石头当锤子，直接就开凿了。他下凿的方位很有讲究，点选得很好，符合力学里的崩塌条件。看来，他很擅长搞破坏。

我们当然也不能干闲着，都操起工具奋战起来，不多时，刀疤脸那边就有了进展。他目瞪口呆地瞄着自己凿开的空洞，脸上写满了不可思议。

我们凑上去，一起愕然了，只见那块冰已经被凿穿，可是，下面紧跟着又出现一层！

"敢情，这冰是一层一层的？"刀疤脸喃喃自语。

我们面面相觑，不知这种结构是怎么形成的，也不知如何是好。

刀疤脸索性不再多想，带头把最上层的冰揭开，继续往下凿。我留心了一下那层被揭开的冰，发现它的底面有凹凸不平的线条。

很快，第二层冰被揭起来，和之前那块一样，我在上面也发现了相似的线条。

我注意到，每减少一层，那幅云谲波诡的画面便弱上几分，当第九层冰被掀开的时候，只剩下些微的风云变幻。此刻，距离刚开始动手，前前后后已经过去 40 多分钟，刀疤脸挥手叫了暂停。我们顺着他的眼神看去，发现下面已经没有冰层，取而代之的是薄薄的一层冰膜。我伸出手指，小心翼翼地探下去，感觉风云就在手指下涌动，这画面瑰丽奇绝，相当不凡。

刀疤脸蓦地大叫一声："我明白了！"

我们一起求知若渴地望着他。

"这冰膜背后，没有风也没有云，只是一张锡箔纸而已。"

说着，他用手指找到一个空隙，一挖，一撩，咯吱声中，冰膜如头屑般脱落，一张司空见惯的锡箔纸便被他揪了出来。

我们探头一看，顿时讶异非常，呈现在锡箔纸背后的，居然是一个隐约泛着光泽的直洞！从看不见的洞底，涌起阵阵奇寒。

刀疤脸捏着这张锡箔纸，因为得意，声调也扬了起来："这冰盖是障眼法，大部分人一看冰下的情景，就直接放弃了。其实这块冰的作用就是充当镜子，把镜子里原有的画面透视出来唬人。不过，在冰层和锡箔纸上构图，再利用中空的间隙以形成幻象，这种手段当真匪夷所思。我还是头一次见到。"

我们正在惊叹，小个子突然大呼小叫起来："台阶！有台阶！"

顺着他的手指看去，果然，直洞的四壁有一圈圈的旋转台阶凸出来，一路向下，不知道通往哪里。锡箔纸的出现打破了僵局，而台阶的到来又给我们带来新的曙光，事不宜迟，我们选择继续前进。伸展出来的台阶有半米宽，脚踩在上面绰绰有余，我们贴着墙，一步步往下走，就像走在一座天然的冰窖里。

下了足足有 10 层楼那么高的时候，我已经浑身颤抖，连牙齿都在打战。这时刀疤脸突然在前面说："到头了！没台阶了。"

我往下看了看，黑黢黢的深不见底，心里不禁疑窦丛生，看情形，这才走了半截儿，怎么会突然没路了呢？

小个子走在刀疤脸后面，此时上牙磕下牙，口齿不清地说："看……看看有暗道没有。"

刀疤脸四处趄摸着，停了一会儿说："前面有个坑。"

"坑？什么坑？"

"墙上挖出来的坑。"

麻秆儿在我身后，莫名地振奋了一下："能不能进去？"

刀疤脸努力望了望："能进去，但不知道有多深。"

"我试试。"小个子自告奋勇地说。

刀疤脸往后靠了靠，给小个子留出足够的空间。

小个子冲自己的手心哈了口热气，嘿的一声，隔着刀疤脸跳了过去。

从我的角度，仅能看到坑的一角，这显然是不够的。在好奇心的驱使下，我赶紧又下了两个台阶，站在小个子刚才站过的地方，勾着脖子去看。

只见，小个子的身子扭曲地挂在坑沿上，两只刚刚吹过仙气的手死命扣住坑壁，费了好大劲儿，才磨正身子进入坑里。

小个子的身体没入坑口，但转瞬间又在坑口现身。他的声音变得沮丧起来："能个屁！不到一米深。这就是个坑，不是洞！"

话音方落，头顶霍地传来咔吧咔吧的爆裂声，像是有什么东西被扯裂，脱落下来。我顿时就有了不好的预感，想到了一个词——"兜头而降"。

我大喝一声："快钻到坑里去！"

Chapter Four 端倪

　　我的话音方落，前面人影一闪，刀疤脸已经跳进了坑口，在小个子的帮助下，站稳了脚跟。

　　我紧跟在后，脚下使劲一蹬，朝刀疤脸所在位置纵跃过去，他顺势撸了我一把，让我贴壁站稳。身后，袭来一股劲风，麻秆儿也跳了过来。仅仅出于人道主义，我拉了他一把。

　　狭小的石坑堪堪挤下我们四个，每个人都踮着脚，手指使劲扣住身后的墙壁。谁要是在这个时候打个喷嚏，准能把身边的人冲撞下去。

　　头顶又是一声脆响，而后是风的咆哮，一路嘶吼而下，某个庞然大物从高空中坠入直洞，台阶被砸裂，依次发出痛苦的哀号，纷纷掉落。半秒钟不到，訇，一块巨石擦着我们的面门滑落。登时地动山摇。

　　奇怪的是，那块巨石往下滑了有两米远，遽然停下来，卡在了直洞中央，不复动弹。

　　方才惊心动魄的一幕，着实把我们吓得不轻，如果不是事先跳进了这个石坑里，肯定已经被踩成齑粉了。等缓过神来，确定头顶再也没有动静，我们才敢动动眼珠重新打量四周。虽然握矿灯的手无法移动，但好歹洞里有自然光，周遭的境况依稀可辨。

　　几乎在同一时间，我们发现了更加鬼斧神工的一幕：对面偏下的石壁上，不知什么时候洞开了一道门！只消踏过巨石，就可以走进去。

小个子的眼睛里透着狐疑："这石头卡得结实吗？会不会是个陷阱？"

刀疤脸斩钉截铁地说："不管是死是活，反正就这一条路了，上吧。"

我抬头看了看，台阶已经不复存在，想原路返回肯定是不可能了，刀疤脸说得在理，就目前的形势看，只能迎头而上，走一步算一步。我站在最外面，便咬了咬牙，举步跳了下去。

脚一碰到石面，我的心倏尔就提到了嗓子眼儿，像是响应我似的，脚下的石头猛地一颤，我马上腿肚子发软，就差闭上眼睛等死了。幸亏它只是颤了颤，接下来便没了动作，饶是如此，我还是有一种刚从鬼门关溜一圈的感觉。

我跳这一下，算是把石头卡死了，他们三个都很平稳地落下来。在悬空的石头上，我们一起观察那个洞。

洞不宽也不高，只够一个人弯腰钻进去，里面黑魆魆的，像是一只巨大的瞳孔在瞪着我们。至于里面是别有洞天，还是暗藏杀机，只能钻进去看看。

刀疤脸拿矿灯往里照了照，深不见底，他打头钻进去，我跟在后面。前面一段距离，只能趴着往前走。大约 50 米过后，一个转弯，洞忽而变得开阔起来。我们直立着行走，还有伸展手脚的余地。

刀疤脸的矿灯左右摇晃，不经意间打在了墙壁上，我的眼睛跟上去，马上捕捉到一幅壁画，忙抓住他的胳膊，让他停下来。

因为年代久远，画有些斑驳了，但依然能看得清大概。我喃喃自语："十二宫？"

刀疤脸错愕道："什么是十二宫？"

"是天文术语，你看上面这些点，它们是太阳和月亮按黄道运行，每年交叉 12 次的地方。"

他若有所悟，把矿灯前移，去看接下来的图。

下面这张画的是一朵莲花，和普通的莲花不同，这些莲花花瓣的边缘，由一座座雪山构成。我仔细数了数，莲花共有八瓣。我心头不期然地冒出一个念头，不过，这个念头一闪即没，没停留太久，因为我也不太肯定。

接着往下看，在一座太阳形状的宫殿和一座月亮模样的宫殿过后，忽然一张肖像图夺住了我的眼球。

那是一个狮面人身的半身像，头戴金冕，器宇轩昂。一看到他，我的心便咯噔一下，脱口而出："不可能！"

刀疤脸转头问："什么不可能？"

"这不是香巴拉吗？"

"香巴拉？"

我说："就是香格里拉。传说它的王国，就是八瓣莲花状，花瓣的边缘全是凡人无法逾越的雪山。那里有一个王，叫柔丹王，也有人翻译成绕登王，他的模样就是狮面人身。"

刀疤脸表示很难理解："那不是传说吗？"

"所以，我也在纳闷儿。难不成，这个斗的主人，和香巴拉有关？"我费劲地想了想，还是一头雾水，便说："接着往下看。"

再看下去，我越来越震惊，后面的壁画，连起来居然是一个故事。这个故事我曾经听说过，它讲的是香巴拉的国王引进了一部经书，在讲经的时候，一个叫太阳车的人带头表示反对，他不惜以被驱逐出香巴拉为代价，翻越国界，带领自己的支持者奔赴印度。国王当然不肯就这么放他们走，他坐关冥想，用意念的力量把他们迷醉，然后派出成群结队的鸟魔将他们一个个叼了回来。

我把这个故事跟他们讲了讲，不经意间，小个子脸色一变："啊，鸟魔！"

我问："怎么了？"

他吓得结结巴巴："我……我们下来的时候，看……看见的怪鸟！"

我感到脑袋嗡了一下，各种想法纷至沓来，更加没有头绪了。

刀疤脸问："那这个国王是不是柔丹？"

我说："他们的国王是会投胎转世的，就好比西藏的转世灵童，所以，国王是不是一个人关系不大。"

刀疤脸若有所思："我有预感，这个地方非同小可。"

小个子在后面追问："那我们怎么办？"

"什么怎么办？接着往前走！"刀疤脸显然不高兴了，掉头就要走。他手臂一摇，矿灯的光线猝然打在前面的拐角处。

我猛地发现了异样，紧跟着心弦一震。

拐角处，居然有一道裹着白布的身影一闪而过！

Chapter Five 通堑

我一把抢过刀疤脸的矿灯，疾步冲上去，脚步一错，顺着拐弯的方向拿矿灯一照，空荡荡的什么都没有。

因为被我抢了矿灯，刀疤脸又拿出来一支强光手电，在我面前晃了晃，愠声道："怎么回事？一惊一乍的！"

我的魂儿还没回过来，有点儿愣怔，但心里却一点儿也不迷糊：自打我从千岛湖出来之后，这个裹着白布的身影已经第二次出现了，如果第一次是紧张之下产生的幻觉，那这一次肯定不是，他到底跟着我干什么？

我冲他们摇摇头，只说是看错了。他们埋怨了两句，这件事便被抛诸脑后。

再往前走，气息居然开始回暖，那感觉，浑似从冬天直接走向初夏。等我们开始觉得热的时候，耳边传来轰隆隆的声音，一阵接一阵，连绵不绝。再走过去一点儿，轰鸣声中渐渐夹杂哗哗的水声。

转了个角度极大的弯，面前豁然一亮，出现了一个洞口。我们情不自禁地疾步向前，等站到洞口边缘时，一个个瞬间呆若木鸡。

展现在我们面前的，是一幅世外桃源般的绮丽画卷：一座大峡谷摩天立地，峡谷的底部离我们有 50 层楼那么远，顶部则更加遥不可及。抬头往上看，只能看到一条胳膊粗细的裂缝，从裂缝处浇下来一片瀑布，仿若天河倾泻而下。瀑布是从对面悬崖的顶端流下来的，所以，从这里看过去可谓一览无余。它的宽度难以想象，几乎铺满了整个峡谷。水流从万仞的高空坠落，汇集在峡谷底部的河流中，朝一个方向汹涌而下。

这恢宏的气势，这霸气的场面，把我们全都震慑住了，足足有3分钟，我们都在保持张口结舌的状态。

刀疤脸第一个回过神来，用手一指："看。"

他指的是正前方，我密切地关注了一下，没有发现异状，便问："哪里？"

他的声音听起来亢奋不已："瀑布后面。"

我眯缝着眼睛，透过瀑布的水帘再仔细一看，隐隐约约中，注意到正对我们的地方有个洞穴。立马，我脑海里浮现出三个字：水帘洞。

瀑布的后面是水帘洞，它肯定不会平白无故在那里出现。既然它的出现是有原因的，我们就必须找到这个原因。

关键是，怎么到对面呢？这是我们接下来必须解决的问题。

麻秆儿提了一个方案，他建议我们从这边的峭壁溜下去，蹚水过河，再爬上对面的峭壁，进入水帘洞。他真是一个耿直的人，想出的办法比他更耿直。

刀疤脸一听就否决了："没门儿，我估计这一上一下，没大半天工夫拿不下来。即使成功了，也早累趴下了，还怎么倒斗？"

麻秆儿有点儿丧气，转头望向别处。

我听了刀疤脸的话，深以为然，也不禁头痛心焦，摆在面前的分明是一道天堑，除非插上翅膀……

骤然，思绪被打断，麻秆儿指着洞口旁的一块石头问："咦，这上面画的什么？"

我们一起欠身凑过去，原来是一块浮雕。小个子只看一眼，便控制不住地怪叫起来："魔鸟……是那种魔鸟！"

我贴近一看，上面雕着一幅缩略的形象图，似鹰非鹰，似鹫非鹫，在这种似是而非中，往外渗透着逼人的寒意。

　　小个子的反应已经提醒我，他见过这种鸟，并且对它深有余悸。

　　我怀着忐忑的心情贴上去细看，没看几眼，心里不由得横生一丝异样的感觉。如果按照比例来还原，这种鸟完全可以称得上体大如斗，两只翅膀伸展开来，5米应该不在话下。只不过，我的注意力不在这上面，而在鸟头的前端，那根看起来尖锐而诡异的喙。

　　那鸟喙正以一种说不出的离奇角度扭曲着，看仔细了之后，发现那不是扭曲，而是鸟喙断成了两段。上下两段之前，有一道明显的错位线，下半部分鸟嘴偏上了一点儿。刀疤脸也注意到这一点，他四处瞅了几瞅，打个手势吸引我们的注意力，说出了自己的想法："这石头里肯定有机关，我们把鸟嘴磨正，看看会出现什么。"

　　这句话提醒了我，在刀疤脸的带领下，我俯身抓住石头的一边，手上吃住劲，配合着他用力一扭。

　　只听咔嚓一声，鸟嘴下半部分所处的石块竟然被我们硬生生地拗下去一段距离。与此同时，耳边若有若无地传来一声短促的乍响。不过，因为太过轻微，我们都没有在意。

　　再打量整幅图，那根长长的喙瞬间感觉契合了不少。恍惚中，我又发现了异常，喙的尖端似乎在指着一个方向！我往悬崖边靠了靠，顺着这方向望去，就在我视线左下角的石壁上，不经意间发现一个直径不到5厘米的椭圆形凹槽。

　　这是干什么的？我矮下身子，好奇地探出手去，就在这时，刀疤脸突然凌空抓住了我的手，我转头一看，就撞见了他一脸凝重的表情，着实被唬了一下。视线里，他支棱着耳朵，像是在全神贯注地听着什么。

　　我慌忙敛起心神，在心惊肉跳中竖耳静听，很快就捕捉到了动静。先是一阵急促的破空声由远及近，接着便是噗的一响，像是有什么东西破水而过。

大脑里闪出一道白光，后脑勺被劈得一麻，我冲口而出："不好！"往前一纵身，带头趴了下去。

刚把脑袋抱住，只听得叮的一声，听起来清脆而尖锐，像是铁器扎进了石头里。声音响起的地方，就在我之前的立足处附近。

虽然没有伤着，我还是感到一阵惊心动魄，忙掉转头去瞧，就在刚才手忙脚乱的瞬间，视线的斜下方竟然凭空出现了一条白绳，这条绳被一段梭子状的铁器牵引，而铁器则深深地嵌在了之前的凹槽里。

我顺势看了看白绳，天哪，它竟然穿过瀑布，连接了这两道对峙的悬崖。看来，它应该是从对面发射过来的。

我正想得入神，小个子忽然在耳边说："刚才你们磨石头的时候，我好像看见有什么东西，从凹槽里飞到对面去了。"

我出神地想了想，登时心里一亮，应该是我们拗石头的动作，牵引了这边的装置，原本安放在石壁上的活机关便弹了出去，这边出现了一个凹槽，而那边，则被这弹出去的东西击发了另一道机关，机关里藏着白绳。这应该就是白绳出现的原因。

我不由得咋舌，如此精准强劲的力道，必然经过事先的仔细测量与揣摩，不知道设计这个的人是怎么做到的。

刀疤脸把我拉开，伸脚小心翼翼地踩在白绳上，控制着力道试探了几下，还相当结实。他回过头来，脸上跃动着轻松的神采："这摆明了是想让我们过去，盛情难却呀！"

小个子的脸一下吓得惨白："就这么倒挂着爬过去？"

"还能怎样？"刀疤脸回答着，已经开始了行动，看来他着实不想耽搁了。只见他手攥住绳子，身体凌空一个侧转，双脚离开石壁，已经挂在了绳子上。

我悬着的心落到实地，心里旋即惊叹：那扎进凹槽里的梭子，肯定有反扣的装置，这样才能承受住绳子巨大的牵力。也不知道这绳子是哪个年代的，韧性竟然保持得如此完好。

刀疤脸手脚并用，顷刻便已爬出去3米远，他空出一只手冲我打招呼："上来，绳子结实着呢，还能承受住一个人。"

我踟蹰了一下，咬紧牙关，依言翻身而上，身体如飞猱般悬挂在白绳上。爬了两步，我告诉自己不要往下看，可眼睛还是不受控制地瞟了两眼，身下，说是万仞高空有点儿夸张，但此情此景，带来的恐怖感觉却有过之而无不及。这一看不当紧，手指直打哆嗦，全身的肌肉都在颤抖，我慌忙排除杂念，强迫自己收摄心神，等稍稍缓和了，赶紧脚蹬手拽，赶了一段距离。

仰头一看，刀疤脸已经停在瀑布水帘的前面，正在为穿过瀑布做准备。看着密集的水流倒泻而下，冲在绳子上，使绳子变得又湿又滑，我不禁为他捏了把汗。

刀疤脸镇定了几下，开始往前爬，可能是心里早已设想好了步骤，他爬得有条不紊，几下就穿了过去。这给了我极大的信心，之前的惊惧消失了大半。

接近瀑布的时候，已经有零星的水滴飞溅下来，等我的额头贴近水帘，那些水滴已经开始肆虐，砸得我满头满身都是。我做好准备，一只手作势要往前抓，恍惚中，却听到前面的刀疤脸发出一声惊呼。

我心头一凛，冷汗马上蹿了出来，穿过水帘的间隙仰头一看，天哪，对面的山洞边站着一个人，身上被层层白布包裹着，更可怕的是，他手里拿着一把短刀，正向那根绳子割去！

我一下子感觉到铺天盖地的恐惧，这里进退两难，他这一刀下去，把绳子割断，我们即便没脱手滑下去摔死，撞到对面的峭壁上也得给拍死。看来，只能在摔成西瓜和拍成黄瓜之间做选择了。而我停留的地方则更为尴尬，临死之前，还要承受瀑布的浇灌。

在这千钧一发的危急关头，刀疤脸伸手一抄，从背包的夹层里摸出一把手枪，乒乒，冲着山洞边那人连开两枪。

奇怪的是，在受了两枪之后，那人没有倒下，也没有趔趄着后退，而是卟的一声直接消失了。

啪，那只短刀落在地上。

刀疤脸收起枪，手攀着岩壁，用力往上一纵，爬了上去。他转瞬又把枪举起来，四处戒备。

我哪里还敢迟疑，一闭眼，咬紧牙关，把力量全都集中到手指上，一头扎进了瀑布中，兜头而降的水帘哗啦啦从我耳边掠过，急急如催命。我手上运劲，抵抗着砸在上面的水流所带来的麻木感，拼死向前冲。

等我的身体全部从瀑布里冒出来的时候，全身上下已经没有一处干的地方，我学着刀疤脸的动作，姿势难看地爬进山洞。

洞的深处黑黝黝的，看不出里面有什么。我正准备回头招呼那两个人，乍猛的，刀疤脸做了一件让我万万想不到的事。

他径直捡起脚下的短刀，唰，削断了那根绳子！

Chapter Six 事变

　　我神色一变，刚想出声质问，他随即神神秘秘地冲我做了个噤声的手势。

　　那边，理所当然传来了咒骂的声音，各种生僻的词语不堪入耳，但经瀑布一过滤，传到我们这边就微乎其微了。刀疤脸浑然不理，拿枪在我面前比画着："知道我为什么要这么做吗？"

　　我看他的表情有种说不出的诡异，心里不禁疑窦丛生，一边提醒他小心走火，一边拿疑惑的眼神看他。

　　"我们先来解决一个问题，然后我再向你解释。"说这句话的时候，我突然觉得，刀疤脸的嗓门儿好像变了，没那么低沉了，反而有些轻飘，听起来也比较自然。我心中一动，难道，他一直在刻意粗着嗓门儿说话？

　　"这个问题是，我们之前到底有没有见过面？"

　　说着，他的手指霍地探向自己脸上的刀疤，抓实了之后，用力一揭，大半张脸皮居然给他揭了下来！

　　我看得瞠目结舌，连气都喘不上来。

　　揭完了一边，他又马不停蹄地去揭另一边，连带着脑门儿上的头发也一并捎了下来。等揭得差不多了，他揪着脸皮用力一提，脖子里的一大片皮肤跃然而上,那情景,就像是他一时想不开,活剥了自己的上半身。

　　更震惊的还在后面，他那张躲在皮囊后面的脸显露出来之后，我一下子僵在原地，如受雷击。

是胖子！

我在千岛湖底见到的胖子！

我忍不住倒吸一口气，想说"怎么是你"，幸亏反应得快，要不然，这句自爆家底的话就脱口而出了。

但胖子还是发现了蹊跷，扔掉皮囊后说："从你的反应看，我们确实见过面。但具体在什么地方、什么时候，我完全想不起来，希望你指点一二。"

我一时乱了头绪，寻思要不要跟他说实话，如果说实话，又该从哪里入手解释。片刻后又觉得太麻烦，而且说出来他也不见得会信，信了也难保不会往别的方面想，就直接搪塞说："你不是说，我是那个当地人吗？"

"别敷衍我，你不可能是那个当地人？"

"为什么？"

"因为那个人，已经被我杀死了。"

我倒吸了一口凉气。

"这个待会儿再解释。我看你第一眼，就觉得异常熟悉，如果不是在现实中见过你，那一定是在梦里。你的出现一定是有原因的，我再最后问你一遍，希望你实话实说。"临末他又加了一句，"别想糊弄我，枪口是不长眼睛的。"

我知道再也瞒不住了，只得把发生在千岛湖底的事简要地说了一遍，当然也不能全盘交代，只要让他明白前因后果就行了。

"也就是说，你利用特异功能，进入过我以前盗墓的视频？"

"是的。"

他陷入短暂的思索，表情也跟着变了好几遭。我在旁边耐心等待，给他时间消化，好不容易，我才等来一句话："现在我们有了共同的敌人，那就是我的老大阿佐。"

这一惊非同小可，我问："此话怎讲？"

"当初我去千岛湖倒斗的时候，三个人进去，只有我一个人逃了出来，出来时还发现盗洞被堵上了，我以为是以前的打捞工干的，后来证明不是。是我的老大阿佐。"

我心里一悚："他为什么要这么做？"

"刚开始，我想了好久想不通，最后才在麻溜子的电脑里发现了端倪。麻溜子你记得吧，他是和我一起去千岛湖倒斗的。他的电脑里有一段偷拍的视频，视频里是阿佐不可告人的秘密。就是这个秘密，促使他下决心把我们灭口。"

我问："什么秘密？"

"抱歉，我现在还不能告诉你，因为我还没有证实。从千岛湖出来之后，为了提防阿佐，我一直以易容后的身份示人，试图接近他。机会终于来了，他支了一口锅，想找人下斗。我就想方设法和他取得联系，对面那两个人，也是他找来的。至于那个当地人，他是阿佐特意安排的眼线，目的就是监视我们。"

"所以你把他杀掉？"

"是的。我正愁无法解释那个当地人的下落呢，你出现了。对面这两个人，我也搞不清他们是什么来头，有他们在，我接下来的事就不好做了。"

接下来什么事？我心头一颤："你想逃跑？怪不得阿佐说，你们带着宝贝失踪了，原来就是这个意思！"

胖子叹了口气："阿佐的秘密，和这个地方有关。他是不会让别人知道这个秘密的，哪怕是蛛丝马迹。这次如果我们出去，肯定会被他灭口，所以我必须消失。对面那两个人，其实我是在帮他们。"

听他解释到这里，我心里顿时跟明镜似的，一片豁然澄澈。不过有一点我不敢苟同，胖子所谓的帮，在我看来更像是落井下石。

我提起一件事："刚才那个裹白布的人，你有没有印象？"

胖子皱了皱眉头："他不是千岛湖底的那只粽子吗？"

我也不再保留："其实，我已经不止一次见过他了。他突然出现又突然消失，我实在搞不懂是什么目的。"

胖子凝神思索了一下："这个暂且不用管他，等他下一次出现，咱们再做打算。当务之急是解决这个墓。"

我听他的语气里颇有几分把握，就问："难道你已经有想法了？"

他嘿嘿一笑说："刚进来的时候，为了装糊涂，我一直听你瞎掰，你说的也对也不对。我在进这个墓之前，做了很多功课，现在给你做一下补充吧。香巴拉的国王派出魔鸟，把那些想远走他乡的反对者叼了回来。有记载说，他们回到香巴拉之后，面对国王如此巨大的能力，随即表示臣服。但有一点值得怀疑，太阳车当初那么坚决地站在对立的一面，甚至为此不惜离开香巴拉，那可是天堂一般的地方，怎么可能突然就臣服了呢？我怀疑这其中有猫儿腻。"

"你是怀疑，还是肯定？"

"我相当肯定。关于香巴拉，只流传出来这么一件事。后来我通过研究藏传佛教，才知道太阳车拒绝接受的，是《时轮经》，而《时轮经》是密宗修行的最高境界。要通晓其要义，需要经过一道特殊的仪式——灌顶。"

我吃惊不小，怎么还有这一出？对于灌顶，我略有了解。它最原始的含义，是密宗中的一种传承仪式，通过它以达到开智和点化的作用。

看我没多问，胖子也没做解释，只是说："灌顶通常在上师和弟子之间进行，所以，它还可以在隐约中确立一定的从属关系。"

"你的结论是？"

"太阳车的团队从香巴拉逃出来。国王坐关冥想，用意念的力量把他们迷醉，派出鸟魔一个个叼回来。这是经过，我怀疑，太阳车他们被迷醉的时候，已经被悄悄进行了灌顶。"

"然后呢？"

"然后回到香巴拉之后，自然很容易就臣服了。"

我若有所悟，心里说不出是什么感觉。

"关于太阳车，还有一个传说，他好像有一对天眼，能预知福祸，洞晓天地之外的存在。"

我疑惑丛生，听他慢慢道来。

"以下只是我的猜测，太阳车如果真的有天眼，那他在离开香巴拉之前，肯定能预测到未来会被抓回去，只不过没想到会是那种方式。既然能预测，那他必然会有防备。所以我猜，被魔鸟驮回去的，不一定是真的太阳车。"

我失声道："啊！你有什么证据？"

"证据是那些机关。这里的机关虽然凶险，却处处给人留下生机，你想是因为什么？很可能，是机关的建造者预感到将来有一天，这里会被人闯进来，他在这里留下了什么东西，等着被带出去。"

我陷入失神的状态，一个字也说不上来。

"这座墓如果不是太阳车的，也跟他相去不远。阿佐那么急切地想得到这个墓里的东西,证明这件东西非常重要,跟他的秘密有很大关系。"

我惊服于他的推理，但隐隐又觉得不妥，至于不妥在哪里，一时也说不清楚。

胖子继续讲述："我们在下坑的时候，碰到了那种魔鸟，幸亏只是幼鸟，否则，我们肯定吃不了兜着走。关于那种鸟，有一种说法，其实它们是隼龙，最早出现的年代谁也说不清，很可能是上古神兽的一种。"

我听得惊心不已，一时无话。我们打开矿灯，打量这座山洞。有了光，我就安心了许多，之前因为过于紧张，忽略了身上的感受，现在情绪平复下来，倏忽感到手心热辣辣地疼。我也没怎么在意，心想可能是刚才攀绳索时摩擦导致的。

想起绳子，我不禁心里一咯噔，叫住胖子说："你把绳子割断了，我们怎么出去？"

胖子云淡风轻地一笑："会有出路的。"

我看他仿佛胜券在握，也不好意思追问了，跟着他一起扫视山洞。

这个山洞说穿了就是一条甬道，只是比对面的那一条看起来上档次一些，胖子在前，我在后，蹑手蹑脚地往里走，生怕触发了暗器。

山洞两侧画满了壁画，经过年深日久的水汽侵蚀，油彩已经斑驳不堪，但仔细看，还能辨出两幅图里的画面。

先说第一幅图。

画面上似乎在进行一项仪式，参与其中的人，全都各守其位。他们的表情严肃庄重，呈闭目冥思状。从神态到服饰，再到坐立的方位，无不透着怪异。更让人觉得不寻常的是，被他们围在中间的，居然是两只隼龙。

之所以一眼就能认出它们是隼龙，是因为，它们的形态，和对面石头上的浮雕魔鸟一模一样，似鹰非鹰，似鹫非鹫。

这两只隼龙都不是寻常体态，看起来硕大无朋。

它们肯定是焦点，是故事的主角。

我拿目光向胖子询问，胖子也是一副不明就里的表情。

我便大胆地猜测："这两只大鸟在里面干什么……有没有这么一种说法，人向动物灌顶？"

我的意思是，画面里的人群之中，有一个人是太阳车，他在向两只隼龙灌顶。之所以选了两只，当然是为了以防不测。

胖子沉吟着，过了片刻，才给出自己的想法："从这上面的影画看，应该是在进行某种神秘仪式，但是不是灌顶还不能下定论，而且我从没听说过灌顶还可以在人和动物之间进行，那未免也太神奇了。还有一点，太阳车反对接受密宗，他应该不会灌顶，但像他那样的高手，肯定精通移魂术。"

"移魂术？"

"就是把自己的灵魂和知觉，转移到别的事物上去。我读过的很多典故里都描述过这种法术，比如某些修行得道的方士，在临死前把自己的灵魂转移到石头上去，这块石头因为灵力的汇聚，就会显得与众不同。就是因为有这些先例，我才怀疑被带回香巴拉的，不是真的太阳车。"

我灵台顿感清明，听得张大嘴巴，半天合不拢："你是说，太阳车把自己的灵魂，转移到了其中一只隼龙身上？"

"有这种可能。"

"可是这里有两只隼龙，一只隼龙分一半灵魂吗？"

胖子做苦恼状："你的这个问题有点儿深刻，我不是太阳车，不懂得怎么操作移魂术。也许，移魂术可以把灵魂一分为二，移到两个动物身上；也许，他叫来两只隼龙，一只用来移魂，另一只过来打酱油。这些都有可能。如果我是太阳车，要转移自己的灵魂，肯定要做到万无一失，所以多叫来一只备用，也合情合理。"

可是，有一点我想不明白，香巴拉的国王派出魔鸟，把太阳车叼了回去。我们已经达成共识，魔鸟就是隼龙。那么，隼龙是对太阳车不利的，太阳车怎么可能会把自己的灵魂转移到隼龙身上？

太多谜团了，越想越困惑。我能肯定，这个疑问胖子也无法解答。

我强迫自己打住，问了另一个问题："那这幅画上，到底谁是太阳车？你能看出来吗？"

胖子摇摇头："这些人的面貌没有明显的区别，所以无从判断。也许画这幅画的人，因为某些原因，刻意不让他出场。"说到这里，他突然咦了一声，手指其中一只隼龙的额头。

我注意到，这只隼龙的额头处鼓起一个怪异多角形，看起来诡谲而突兀，不知道是怎么回事。另一只隼龙的额头上则没有这个多角形。

顺着这幅壁画往前看，映入眼帘的下一幅图很有延续性，就像连环画。

这下一幅图，跟上一幅比起来，在气势上虽然弱了一些，却看起来更为精致，线条也更显明朗，内容是那两只隼龙的特写。

我的目标很明确，凑上去看隼龙的额头，赫然发现，那个多角形也出现在了另一只隼龙身上！现在，两只隼龙额头上都有了多角形。

这使我百思不得其解，胖子也做出一副想破头的样子，最后苦恼地一摆手："别想了，继续往前走。"

这条甬道并不长，10米之后，眼前的视线霍地一松，出现一片开阔的领域，竟然还有光！

身体里有一股力量泉涌而出，催促着我们奋步向前，脚步一踏出甬道，我们在同一时间呆若木鸡，眼珠子几乎要蹦出来，下巴颏儿几近脱臼。

Chapter Seven 奇景

呈现在我们面前的是一座圆形石室，说大不大，说小不小，石室的中央，是一片潋滟的水光，色泽炫目，缤纷流转。顺着水光往上看，天哪，那不是简单的水光，甚至可以说是一道光柱，连接着洞底与洞顶，流光溢彩，超乎寻常地美丽。洞顶也出乎意料地高，结合着它再重新审视这座石室，更觉得像是一口通天的竖井。

更难以想象的是，洞顶有一道透明的晶体，在晶体上方，流淌着浩浩汤汤的河水！这片河水，必然是倒灌而下的瀑布的前身，河水流经这道晶体，垂落成瀑布。而那道贯穿于竖井中央的水光柱，想必就是河水透过晶体后折射而成。

这一系列奇景，用巧夺天工都不足以形容。我和胖子早已叹为观止，差一点儿忘了身在何处。

我粗略地测算了一下，石室的直径有 10 米，越往上越小，呈收缩的态势；水光柱的直径有 5 米，是一个标准的圆柱体。在石室的顶端，两者的直径无穷接近，相差不到分毫。

等我们从无与伦比的震撼中缓过神来，胖子立刻发现了疑点，他连忙指给我："看，光柱里有片阴影。"

我仔细一打量，果然如他所说，那束投射到石室底部的光柱中央，有一片不规则的阴影，我顺着阴影往上看，发现它是在光柱的中段开始出现的，但到底是什么阻挡在光柱中心，进而演变成阴影，就看不出端倪了。

这很奇怪，明明有东西挡着，却看不见。

胖子站到水光的边缘，不由得惊咦出口，我跟过去一看，登时也乱了方寸。

只见那片阴影，活脱脱是一个张开双翼的隼龙形象！

胖子失神地想了想，说："我明白了，就是因为有东西挡在中间，水光才不能通透地显现出来。难道挡在水光里我们又看不见的东西，是……"

我们对视一眼，都知道对方在想什么。

我看他因为激动，连声音都变了，下意识地就觉得接下来肯定不寻常。果然，胖子沿着光柱仰天端详了一周，说："不管它是什么，我敢肯定在它的外部有一层隐性材质，只有用特殊的方法才能看到它。"

"什么方法？"

"我猜是水。"

我一下子失去主张："什么意思？"

胖子的声音凝重起来："这间石室，明显是一个玉石俱焚的结构，要想让挡在中间的东西显现出来，必须引来水……"

我听出了大概，不由自主地啊了一声。

"而引水的唯一方式，就是打破石室顶部的那道晶体，让河水灌进来。"

我目测了一下晶体所在的高度，又观察了晶体上方声势浩大的水流，不禁心底一寒，万一真的倒灌进来，造成的破坏力我连想都不敢去想。

见我面色忧虑，张口欲言，胖子抢先说："我知道你在担心什么——我们怎么出去。放心，我自有办法。"

好吧，那我就不问了。可是，即使不用考虑这一点，单单打破晶体，就是一件棘手的难题了。能想到用这种布局来设置障碍的人，真可谓挖空了心思。

胖子看出了我的担忧，说："也不是没有办法。"他举了举手里的枪，"这种盒子炮威力不小，可一旦距离太远，就白瞎了，我必须往上爬一段，开枪轰开那层晶体。"

我看了看周遭的石壁，每隔不远就有一块石头凸出来，应该不难爬，但饶是如此，心里依旧没底。

我不置可否的态度并没有影响到胖子，他刚才的语气显然不是在征求我的意见，而是在告诉我他打算怎么做。接下来，胖子和我交换了一下眼神："希望藏在里面的东西，值得我拼命。"

说着，他径直就爬了上去，蹭蹭蹭，眨眼蹿出了十几米。

两支烟的工夫，胖子就变成了一个小黑点，估摸着距离差不多了，他停了下来。先在原地绑了一根绳子，垂到地面，方便在危急关头逃生。

一切安排妥当，他在上面喊："我要开枪啦！"

我本能地闪开，惴惴不安地仰头看，半秒不敢分神。

乓，第一发子弹射出去，在晶体边缘炸开。

没有太大动静。

胖子毫不气馁，又连发了两枪，都选好了角度，刻意打在边缘上。

这两枪一过，我马上捕捉到晶体上方的水流出现了微弱的波动。这给了胖子很大鼓励，他马上一鼓作气地扣动扳机。

耳边仿佛传来隐约的爆裂声，我知道这肯定不可能，距离这么远，有声音也不可能听见。但晶体上崩开的细纹，我却看得清清楚楚。细纹恣意地扩张，蔓延到极限之后，訇，终于全线崩溃，一股强劲无比的洪流喷薄而下，犹如兜头而降的天河。

水在呼吸之间就已降到和胖子同一水平线上，在那里，水势暮地受阻，朝四周分泻而出。水流的中央，出其不意地涌现出一只隼龙！

看见它，一种似曾相识的感觉登时扑面而至！

我的讶异刚刚从心底蹦出，这只隼龙竟然凌空打了个哆嗦，扑动双翼，眨眼复活了！接着，它乘着水势，朝着我所在的方向俯冲而下。

汹涌的水流箭一样迸射下来，而它，则像隐身在水里的箭镞，在我还来不及做出任何反应的时候，已经闪电般覆盖到我的头顶。最后一刻，我的目光敏锐地捕捉到它额头上的奇怪多角形符号——这就是似曾相识的原因。

我眼睛一闭，完了，肯定被砸扁了。

谁知，除了天灵盖上传来一股史无前例的不适感之外，我竟然没受到别的创伤，我又惊又骇，睁眼一看，面前竟然一片空明。

我坠入了另一个空间，或者说，思维坠入了另一个空间。

四周隐隐被雪山包围。

雪山绵延挺拔，直入云霄，雪线以上的部分，和云朵混为一体，整个世界变成澄澈的白色。

一群人围簇在我的周围，他们的表情萎靡而憔悴，昏昏欲睡。

黑压压的隼龙阵出现在山与天交会的地方，狂风般席卷而至，从那一个个妖异的喉咙里发出阵阵灵魅的叫声，所到之处，仿佛要把雪顶掀翻。

走过来一个人，他对我说："主人，您确定要开始吗？"

我茫然四顾，一低头，就看见自己的身体，那竟然是一只隼龙的样子。而我的旁边，站着另一只隼龙，除了额头上些微的差别——我额头上有多角形符号，它却没有——我们几乎一模一样。

此时，另一只隼龙面对着我开口了："主人，我愿意一直做你的替身。"

它为什么也叫我主人？

下意识地，我摸了摸自己的额头，手指触及那个多角形符号。摸到它的时候，我不知道自己是什么身份，思维时而清晰，时而模糊，脑海里如同被植入别人的记忆。它和我的记忆混淆着，此起彼伏。

当然，这些只是电光石火中的闪念，用不到万分之一秒的时间。之后，各种仿佛来自前生的记忆次第闪烁，一张张破碎的面容在我眼前跃动，我陷入回忆重现的状态下无法自拔。

明明灭灭中，突然感到肩膀上被人狠狠拍了一把，我的视线一下子被拉回到现实中来，转头一看，胖子正火烧火燎地冲我摆手，歇斯底里大喊："快跑！"

我回过神来，只见当头砸下的洪水已经淹没脚踝，当下不敢有半分迟疑，收摄心神，跟着他往甬道的方向急退。

水催命般地在后面紧跟不舍，我和胖子拼尽全身之力，飞步冲出了甬道。

在山洞口顿住脚步，看着前面的悬崖，听着背后的水声，我一时急火攻心，恨不得肋生双翅，直冲上天。但这是不可能的，唯一的退路，也给胖子割断了。

水从双腿间漫过，差一点儿把我冲下去，我死死扣住崖壁才得以幸免。冲出去的水霎时形成一道小瀑布。而之前的那道大瀑布，正对洞口的地方水势明显减弱。看来我的推测不错，河水的确是流经晶体后垂落成瀑布的，此刻晶体被打破，河水灌进石室里，此长彼消，洞口外的瀑布水量便减少了。

我在窘迫中转头去看胖子，他之前不是一副稳操胜券的样子嘛，不知现在会有什么办法。一看之下，不由得开始佩服他。原来胖子从石室逃出来的时候，没有忘记把绳子收回来，此刻，他正急急巴巴地把绳子的一端接在被切断的白绳上。看来，这家伙还真有个心眼儿。

我想去帮忙，一摊手，却看到掌中血糊糊一片，骤然，我想起爬完那道白绳之后，手心里不知何故出现的热辣辣的感觉，难道那道白绳有猫儿腻不成？

胖子已经打好了结，见我发愣，大吼一声把我震醒，说了声"快走"，接着把绳子贴着悬崖一丢，一马当先地溜了下去。

绳子虽然够不到崖底，但可以把我们缒到半山腰再另谋打算，看目前的情形，也只有这一个办法了。我二话不说，跟了上去。

刚缒到绳子上，身后已经有一大股猛烈的水流灌了出去，如同开闸泄洪一般。

我惊魂未定，手脚战栗着往下飞快地移动。

胖子在下面说："那道白绳上有毒，我刚才没有告诉你，是怕吓着你。等出去之后，不知道这种毒能不能解。"

我脊梁骨发毛，心里也袭来一阵恶寒，但转瞬间又想起另一件事来，我担心再出变故，不能和胖子继续并肩作战，就马上说："我想通了一件事。"

"什么事？"

"太阳车是只隼龙。"

"什么？"

我也不管他是不是听清楚了，自顾自地接着说："既然国王可以是狮面人身，太阳车也可以是隼龙。太阳车一直有个替身，在被国王灌顶之前，他把自己的魂力转移给了替身。我们看到的那两幅图，两只隼龙额头上都出现了多角形符号，那应该就是转移之后的情景。这个墓里埋葬的，应该就是太阳车的替身。替身的身体，太阳车的灵魂！"

胖子听得入神，竟然在半空中顿住了。我打算继续说下去，却听得他响亮地怪叫一声："我懂了！那额头上的多角形，是眼睛！是天眼！"

"你怎么想到的？"

"按你的推断，太阳车是只隼龙，传说里正好有种说法，隼龙上可接天，下可入地，故有天眼。这全都对上了。"

我忍不住感叹并发问："你不是说，这里的宝贝和阿佐的秘密有关系吗？宝贝就是天眼？"

"八九不离十。"

我惊骇不已："天眼在哪里？"突然，我始料不及地打了个激灵，想起一件事来，那只石室里的隼龙复活之后，以让我措手不及的速度扑向我的天灵盖，然后就凭空消失了，再然后，我的脑海里开始闪现奇怪的回忆，难道，它扎进了我的天灵盖里了？这意味着什么？

我低下头看胖子，胖子也抬起头看我，转瞬间，他的脸色一变，指着我的脸说："你……你……"

我预感到什么，伸手一摸，两只眼睛上方，额头中央，赫然是那个多角形！

我震惊不已，差一点儿就脱手掉下去，还不等我镇定下来，恍惚中感到绳子荡了一下，手心的力量一下子变空了。

绳子和身体一起直坠而下！

我在恐惧中抬头一望，不得了，那具裹着白布的尸体又出现了！他割断了绳子，正以一种极端诡异的姿势居高临下地望着我们。

这一下，我们凌空扑腾，彻底手足无措了。下面是令人绝望的深渊，一路下来，没有任何生机。

坠落的过程中，我看见被我们甩下的那两个人，正趴在对面的崖壁上，缓慢向下攀爬。看到我们沦入这种地步，不知道他们会不会幸灾乐祸。

看来，该和胖子说再见了。希望在真实的版本里，没有出现这样的情节。

我大喊一声："我要醒过来！"

Chapter Eight　卧底

同样的穿越归来，同样的恍如隔世的感觉，但和上次不同的是，这次站在我面前的是阿佐。

见我回来，他假模假式地猛拍手："特异功能，真是不同凡响！"

我没有搭理他，努力平复意识里的不适感。

阿佐突然说："我对你的特异功能有所了解，你每次通过视频回到过去，就会带出来一样东西，这次你带回来的天眼。这，正是我需要的。"

每次都会带出来一样东西？这句话引起了我的注意，却没有时间深想。

我摸了摸额头，马上知道自己中招了，脱口而出说："你……"

阿佐撇着嘴角邪笑，冲门外招手："带他进来。"

门缓缓打开，一个人被推搡着押了进来。

天哪，竟然是胖子！

阿佐满脸得意之色："从一开始，我就知道是他。他化装得再厉害，怎么可能骗过我的法眼？他逃得再远，又怎么能逃过我的手掌心？其实从天坑出来后，他早就被我抓回来了，但他没有能耐带出天眼，所以我才想方设法把你抓过来。谢谢你的配合，很快我就有新的任务交给你，完成了任务，才会考虑放你们走。"

我对他怒目而视，却一句话也没有说。在这样的时刻，面对这种人，说什么都是多余。

我实在想不明白，胖子是怎么走出天坑的。

极端的愤怒和突如其来的疑惑使我的脑子一片混乱，世界变成一个旋涡，瞬间将我吞噬。

迷迷糊糊中，我看了一眼胖子。

突然，他冲我眨了眨眼，意味深长。

他的眼神，瞬间让我灵光一闪，随即心里开始掀起狂澜。

我想起在我穿越进天坑之前，魏星悄悄告诉我的话。

他说："别担心，我在班长身上偷偷放了跟踪器，会有人来救我们的！"

班长是潜伏在我们身边的卧底，魏星在他身上放了追踪器，那么，只要外面还有我们的人，就有可能知道我们被抓到了哪里。

此刻，从胖子的目光中，我似乎读到了四个字：我是卧底。

他是哪门子卧底？

第三章　云顶归墟

Chapter One 密谈

我和胖子被关在一起。

我感觉他就像一颗定时炸弹，不知道什么时候会被引爆。

我下意识地坐得离"炸弹"远一些："你是怎么被阿佐抓住的？"

胖子哼了一声："你的特异功能，对你是有益无害，对我却有百害而无一利，你每次穿越进我之前的经历中，我都会生成新的记忆，新记忆和老记忆相互交错，就像梦境和现实混淆在一起，傻傻分不清楚。我已经记不清楚哪些记忆是真的，哪些是你穿越后形成的了。我只记得，绳子被割断之后，我从悬崖上掉了下来，也不知道是不是巧合，竟然落在一只隼龙身上，这只隼龙驮着我，直冲上天，那感觉就像——大鹏展翅，扶摇直上九万里。"

他突然文绉绉起来，我有点儿不适应："你瞎掰的吧？"

胖子不满意了："你又不是没去过天坑，在那里，什么离奇的状况都有可能出现，再说，我也没有骗你的理由。"顿了顿，他接着说："这只隼龙带着我，往上一直飞一直飞，也不知道过了多久，竟然一头扎进云里，我一伸手，就能摸到云彩。视线被阻隔，一片白蒙蒙，感觉像是天地初开时混混沌沌的样子，然后隼龙一声怪叫，从这片混沌中冲了出来，我眼前一片豁然开朗，那画面神奇到了极致。我看到了五彩霞光，看到很多在凡世看不到的颜色，还看到天际像是镶了一道金边，魔幻又瑰丽，真是开天辟地，前所未有，反正我用语言形容不来。最后，这只隼龙驮着我进入一座形状怪异的宫殿，沿着神道往前飞，飞到头的时候，我注意到那里坐着一个人。这个人面目模糊，像是隔了一层纱幔，他就在纱幔后看了看我，说了一句话：'不是你，我等的人不是你。'"

我听得下巴都快掉了，这也太玄乎了吧？

"听完这句话之后，我就失去了意识，等我醒来，已经在天坑外面。后来的事你就知道了，我还没跑多远，就被阿佐派来的人抓住了。"

我表示困惑："他这么神通？"

胖子叹了口大气："神通倒是说不上，只是太精明了。原来在出发之前，他已经悄悄在每个人的装备里放了跟踪器。"

提起跟踪器，我的脑子里霍地跃出一道光：魏星告诉我，他在曲向前的身上也放了跟踪器，意思也就是说，曲向前既然是阿佐安排过来的卧底，那么，他必然经常跟阿佐接触，我们的人只要追踪到曲向前所在的位置，也就等于确定了阿佐出没的方位。看来，我们还是有希望出去的。

胖子突如其来的话打断了我的思绪："如果我说我也是公司的人，你相信吗？"

"什么？"我本能地问。

"你不要以为只有阿佐才会安排卧底，我们也会，我就是班主任安排在阿佐身边的卧底。"说到这里，胖子高深莫测地一笑，"其实论辈分，你该叫我一声学长。"

我不理他这一茬："班主任很早以前就怀疑阿佐？"

"是，但不全面。他怀疑所有人，既然戳破了窗户纸，咱们索性把天窗也打开吧，我告诉你个秘密，在公司内部，有一半人直接替班主任卖命，另一半人，则负责监视这些卖命的人，我就是其中之一，我的任务是监视阿佐。一有风吹草动，班主任就会第一个知道。"

我脱口而出："这个老浑蛋！"

胖子神秘兮兮地说："还有一个人，他也是卧底，这个人的名字叫魏星。"

我的身体抖了一下："他？他卧在谁身边？"

胖子默然不语，脸上的表情似笑非笑。

我在心里琢磨了一下，马上一股寒气沿着脊梁骨贯穿脑际，瞬间袭遍全身，但我还是不甘心："难道是我？"

胖子点了点头。

我的心完全凉了，失落、愤懑、忧伤，各种情绪彼此混杂，在脸上不停地跳跃。

看到我几乎抓狂，胖子拍了拍我的肩膀，试着抚慰我受伤的心："你不要往心里去，这属于管理学层面，作为新时代的刺客，应该理解。"

我愤愤然："理解个屁！我现在不是刺客，成职业盗墓贼了。"

见这个不奏效，胖子迂回着说："其实，卧底也是一种保护的方式，魏星给你的保护肯定多于监视。你再回想一下，在千岛湖，我当时拿着枪，为什么迟迟不向你开枪。"

我惊问："那时候你就知道我是自己人？不对呀，如果你知道，干吗还在天坑里跟我说那么多废话？"

"我是最近才知道的，那时候不杀你，是因为你看起来熟悉，我们肯定在高中时代见过面，只是没有机会认识。这都怪班主任，他把我们每个人都独立起来。"

我恍然大悟，原来这小子不仅仅是一坨肉，还是相当有思想的。说到这儿，有一点我还是想不通，既然胖子是卧底，在我去千岛湖之前，班主任为什么不告诉我呢？

我转念一想，也许，他不想当着那么多人的面，暴露胖子的身份吧，当时曲向前就在身边，他不告诉我是对的。这么一想，我心里就舒服多了。

忽然，我又想起一件事，马上问："你手上的伤呢？怎么样了？"

胖子轻哼了一声："没大碍，但后来我分析了一下，那可能是一种致幻剂，药效并不长久。所以我很头疼，那只隼龙驮着我飞往天堂的经过，到底是不是真的？如果不是真的，我又是怎么出来的？对了，你的呢？"

我摊开手掌炫耀了一下："我没受伤。"

胖子叹息："有特异功能就是好！"他突然灵机一动，"如果现在我能搞到视频，你能不能从这里穿越到视频里？"

"当然可以。但我最终还是会回到这里来的，再说，你也搞不到视频。"

胖子神情懊丧："我只是说说，广开言路而已。"

我哑然失笑，心想，要是他的意见有建设性，不是属于聊以自慰的性质该多好。不过，胖子的乐观还是值得提倡。

紧接着我又想，既然我每穿越一次，就能带回一样东西，那么，如果现在能穿越进一个有枪械的视频里，搞过来几把枪，也是相当美好的一件事。如果有手榴弹之类的爆破工具，当然更好了。

我摇摇头，停止幻想，最近也不知道怎么了，脑子里总是冒出一些没头没脑的妄想。这也许是特异功能的副作用吧。

下意识地，我摸了摸额头上的"天眼"，一个困扰我很久的想法随即涌了出来：阿佐那么处心积虑地想得到它，它到底有什么作用呢？

那边的胖子也沉默下来。

不过，那不是彻底的沉默，因为他的嘴唇一动一动，自顾自地念念有词。

我仔细看了看，发现很不对劲，那种状态，根本不是喃喃自语，看起来倒像是……默数倒计时。

"五、四、三、二、一……"

"轰"。

先是一声始料不及的巨响，紧接着，地动山摇。

在我还完全搞不清楚状况的时候，胖子冷不丁地推了我一把，直接把我推了个狗啃泥。我趴在地上，感觉身下的地面强烈地抖了几抖，耳鼓也跟着战栗，差一点儿没给震晕过去。

等稍稍回复了一点儿神智，我在纷飞的烟尘中举目望去，赫然发现屋顶被炸出一个大洞，一根绳子垂了下来。

胖子揪住我的后颈，把我提溜起来："我们的人来了，快走！"

我晃了几下脑袋，结束愣怔的状态，跟着胖子一上一下地沿着绳子往上飞爬。

刚爬到一半，身后有人破门而入，举枪向我们瞄准，射击的姿势还没摆好，就被从房顶射下来的子弹爆头了。紧跟着，陆续有人端着枪冲进来，等待他们的都是相同的命运。

在房顶狙击手的掩护下，我和胖子毫发无伤地爬了上去，还顾不上喘口气，视线的左侧又有一团爆炸云腾空而起。

不多时，班主任从黑云中爬出来，紧接着是朵蓝和魏星。

我们这边有两位枪手，其中一位递给我和胖子每人一把枪，我接过来一看，是国产 88，不由得皱了皱眉头。

这里是阿佐的盗墓山庄。他的手下在别墅间穿梭，我们果断地开枪。因为是居高临下，视线开阔，几乎例不虚发。

我们这边和班主任那边的火力彼此呼应，相互交织，再加上别墅下面埋伏好的枪手，阿佐队伍的人数飞速递减。

看来这次，公司的人全部出动了。

突然，我在对面别墅的窗帘背后看到一张脸，这张脸时不时地探出头来，似乎在判断形势，以确定自己要不要出来作战。

那分明是曲向前！

这个叛徒！我心里立刻有一股无名火蹿了上来，几乎没有半分迟疑，把枪口移了过去。等他再次探出半边脸的时候，咬牙扣了扳机。

玻璃碎裂的瞬间，我看到一抹鲜血夹杂着白色的脑浆溅到了窗帘上。曲向前的身体委顿下去，瘫在地上像一摊烂泥。

我心里有一股畅快和怅惘混杂的感觉，难以言表。

这场火拼持续了两个小时，等到最后我们清空战场的时候，依然没有发现阿佐的踪影。

现在，盗墓山庄是我们的了。

班主任向我解释了一切。

原来，阿佐的所作所为，全在班主任的设计之中。很早以前，班主任就开始怀疑阿佐，他故意不动声色，给了阿佐为所欲为的空间，为的就是发现他背后更大的阴谋。这次，他的阴谋被曝光，这家伙终于按捺不住，向我们下手了。当然，在被阿佐抓住之前，班主任就已经安排好了一切，就是因为这次被抓，他才知道阿佐真正想要什么。阿佐给我们摆了一道，班主任也给他摆了一道，在这些道道的共同作用下，才促成了今天的结局。

我问胖子，他怎么那么神通，知道救我们的人会在那个时候引爆炸弹，胖子笑着回答："这是约定好的，他们来了之后，会在房顶敲三下，你没听见吗？"

我回忆了一下，当时大脑完全在想别的事情，思绪漫散，还真没留意这个。

胖子面有得色："我被阿佐抓回来，其实也是故意的，他在我身上放的跟踪器，我很早就发现了，只是一直装作不知道。我被抓过来，我们的人才能更准确地找到地方。"

看来，双保险才是最大的保险，这太像班主任的做事风格了。知道自己一直被蒙在鼓里，而他们一直在外面敲鼓敲得生龙活虎，我心里隐隐有些不舒服，但还是欣慰居多。班主任觉察到我表情的变化，马上说："你还有什么疑问，大胆地问出来吧，我们保证不会再有隐瞒。"

我还真想起了一件事，转头问胖子："你提起过阿佐有一个天大的秘密，现在有眉目了吗？"

"有了。"回答我的是朵蓝，"秘密就在这个盗墓山庄里。"

"盗墓山庄？"我睁大眼睛，愣怔了一下。

"是的。"朵蓝接下来的话，让我的震惊无以复加，"这里名义上是座度假山庄，但从来不接待游客，从它建好之日起，就一直空着。我们侵入过阿佐的电脑，很意外地发现了一份文件，里面是盗墓山庄建造之前这里的地貌图。原本，这里是一个风水线的龙头，但阿佐有意用山庄来把它掩盖起来，破坏了走向，这说明，山庄下面肯定有不为人知的秘密。但奇怪的是，我们在探测之后，并没有在地下发现任何陵墓存在的迹象。这让人百思不得其解，阿佐这么做，到底是为什么呢？就在这时，阿佐有了新动向，他要组织盗墓贼去天坑，于是，胖哥以新人的身份加入。第一次去天坑没有收获，阿佐就想到了你，你带回来的东西，就是阿佐的目的所在。"

他们一起看向我的额头。

一种接近真相的紧张感无端地涌来，我喉咙哆嗦着问："然后呢？"

班主任发话了："风水龙头，向来是墓葬圣地，但这里却没有墓葬，这是问题之一。阿佐做那么大动作，肯定也不可能是为了给自己抢一块风水宝地，这是问题之二。这两个问题加起来，使我怀疑，这里有座墓，但它藏在我们看不见的地方。"

"啊！"我只能用这个字来表达此刻的心情。

朵蓝一字一顿地补充说："你的天眼，就是找到这个地方的关键！"

Chapter Three 归墟

听到这里，我的脑神经感觉疲惫无比，这家伙太玄乎了，完全超出了我的想象力范围。

"你听说过归墟吗？"班主任不懈追击。

"归墟？"我惶恐地点了点头，"那不是《山海经》里才有的吗？"

"是的，你文化课学得不错。"班主任面向大家，恢复了当初在讲台上的神韵，开始给大家普及知识，"《山海经》里第一次提到了归墟，但只是寥寥数笔，在后来的《列子·汤问》里，又一次出现了关于归墟的介绍，这次十分详细，里面说，在渤海之东，不知几亿万里的地方，有一座无底深谷，那里是万水归聚之处。值得玩味的是，这两种古文提到的归墟，是同一个地方。察觉到这一点之后，我对归墟产生了兴趣，大量翻阅典籍之后我发现，世界上有记载的归墟，一共有三座：一座在渤海之东，是万水之源，说它有几亿万里远有点儿夸张，但具体在哪里，还有待考察；一座在喜马拉雅山系，是万气之源，关于它，我有个大胆的猜测，很可能，它就是香巴拉所在的地方；最后一座的确切位置尚未提到，它是万土之源……"

我心里一惊："你觉得这里就是那座万土之源的归墟？"

班主任停下来，略作思忖："也不一定，但至少应该是归墟的通道。每座归墟，都有不止一个通道，而且每个通道都是风水绝佳之处，这也许就是不少人使出浑身解数，把自己的坟墓建在龙头宝穴的原因之一，进入归墟，可能有意想不到的好处。"

四下里鸦雀无声，每个人都沉浸在这些话语营造出来的神秘气氛里。

班主任接着进行他的讲述："这些都是传说，但事实证明，有些传说并不是空穴来风，它们曾经真实存在过，只是后人很难找到它们存在的证据。而归墟，是其中无比灵异的存在，要想看到它，恐怕只有借助天眼。"

兜兜转转，原来是这个目的，此刻最感惊异的恐怕就是我了。登时，我心弦一震："可我什么都看不到。"

"要想看到它，只有站在龙睛的方位。"班主任一锤定音。

"在哪里？"

"你还记得我们开同学会时，最早待过的那栋别墅吗？"

我吃惊不已："难道，你们选在那里，就是在打龙睛的主意？"

班主任点了点头。

老谋深算哪！我暗中感叹。

Chapter Four 梯子

我们站在了那栋别墅前。

与之前不同的是，现在我有了天眼，因为不确定推门进去之后会看到怎样的画面，我的心里忐忑不已，忐忑中又夹杂着澎湃的激动。

勇气在指尖一点点汇聚，终于，我推开了门，举步走进去。剩下的人也全都跟了过来。

一抬头，我突然就站住了。

"看见什么了？"班主任紧张地问。

我如实回答："一把梯子。"

——是的，我看到了一把梯子，就在别墅的正中央。颜色是深褐色，看不出是用什么材料做成的。

身后的人纷纷嘀咕，显然，这不在他们的想象之内。

班主任问："还有什么？"

"梯子上面是一片云，再上面就看不见了。"

班主任咦了一声，说："我想到一件事。在中国，有一个传统魔术，玩魔术的人把一根绳子往天空中一抛，绳子上端就会出现一片云，乍一看，这根绳子就像是从云端垂下来的。然后魔术师就顺着绳子往上爬，也不知最终爬到了什么地方，但回来的时候，总会拿下来一些原本并没有带在身上的稀罕玩意儿。据说有一位胆大的观众想一探究竟，在魔术师下来之后，找人把魔术师控制住，他自己就开始往上爬。也不知爬到什么时候，突然听得头顶一声咆哮，仰头一看，乖乖不得了，头顶竟然站着在一个青面獠牙的鬼，就是它一直拉着绳子。这只鬼废话也不多说，抓住这个人，直接扔了下去。后果可想而知，这个人摔下来的时候，每一个部位都七零八落，连人形都找不着了……"

我听得牙关发抖："那是什么鬼？"

"是梼杌，上古神兽的一种。"班主任话锋一转，"这个故事并不能说明什么，我主要是想提醒你，上去之后一定要小心。"

"你们不上去吗？"

班主任无奈地看了我一眼，问："梯子在哪里？"

我指给他看："就在我面前 3 米远的地方。"

班主任径直走过去，就站在梯子下面，然后他挥手，踢脚，做出了一系列挑拨的动作，梯子都纹丝不动。他总结说："看到了吧，只有看到梯子的人，才能上去，我们是爱莫能助。"

好吧，我承认自己有点儿弱智。

我回头看了一眼朵蓝，她没有做出我期待中的表现，只是波澜不惊地望着我，这让我多少有点儿失望。也许，碍着这么多人的面，她不方便表达情感吧。

我冲他们挥了挥手，转身抓住梯子，开始往上爬。

很快，我就穿进了那层云朵之中。视野里全都是触目惊心的白，茫茫然一片，看不到尽头，也辨不清来处，完全是一种不明就里的迷瞪状态。

闷着头一路向上，也不知过了多久，直到手臂发酸发软，腿肚发麻发胀，还是没有看到出口。我停下来稍事歇息，一边去擦满头的大汗，一边连声感叹。

唉声叹气过后，还得面对现实，因为不清楚前路还有多远，没法儿一鼓作气，只好一步一个脚印。

就这么爬着爬着，心里突然涌出一个奇怪的想法：此刻我爬梯子的过程，怎么和胖子描述的被隼龙驮上天宫的过程那么相似呢？同样的白蒙蒙，同样的混沌，难道两者有什么联系不成？

也许是太累了才产生的臆想，我没有在意，就在这时，让我意想不到的状况出现了。

耳边，竟然传来一声鸟叫。

我心里一咯噔，这声音里透着一股莫名的熟悉，我肯定在哪里听过。

正想着，呼的一声，有什么东西擦身而过。

我用尽最大的努力凝神看去，依稀之中，目光竟然捕捉到一只大鸟！

这只鸟还驮着一个人！

怎么回事？怎么会这样？立时，我摸不着头脑了，慌乱不已。

Chapter Five 怪圈

　　幸亏，没过多久我就从这片白色的混沌中探出头来。

　　面前的场景差一点儿让我下巴脱臼。

　　五彩的霞光、天际那道魔幻的金边、各种在凡世看不到的瑰丽色彩……天哪，竟然和胖子的叙述一模一样！

　　我当下就失去了主张，惊慌到极点。这到底是什么地方？

　　再往上看，头顶竟然出现一道悬崖，梯子就是从悬崖边缘垂下来的。我咬紧牙关，一口气爬上去，翻身就上了悬崖。

　　这是一道横放的锥子形悬崖，我就站在最尖端，脚下有一条狭长的路，静默地铺展着，看起来无穷无尽，不知道最终延伸到哪里。

　　刚开始的一段路，路两边什么都没有，慢慢地，开始出现一些石柱，奇形怪状，就像风干后的尸体，垂首立在路边。有些石柱身上还有风力侵蚀后的窟窿，看起来就像一只只眼睛，传神而可怖。越往里走，空气就越寒冷，我的毛孔随着深度的增加而一点点地收缩。这些都是我能直接感受到的变化。

　　正全神贯注地走着，猛然间，一阵翅膀的扑棱声迎面而来，一只神出鬼没的大鸟在我头顶盘旋两圈，然后停在了路边的石柱上。

　　我看过去，发现它正在和我对望，就那么一动不动地瞟着我，目光和身体都仿佛定住了一般。在它目光的注视之下，我不禁有些发寒，特别是当我发现，这只大鸟居然是一只隼龙的时候，心底的寒意愈演愈烈，顺着神经传遍四肢百骸。

它这个动作，不知是什么用意，想表达什么，还是单纯地只是好奇？我不敢再看下去了，那目光层层透着诡异，多看一眼便无法消受。我强迫自己转过头来，挪动脚步，接着往前走。等走出十多米之后，停下来，顺势回头看去，发现那只隼龙还在盯我。我心头又是一凛，脊梁骨瞬间冰凉。

还不等我从恶寒中缓过劲来，更离奇的事情发生了，那只隼龙在我眨眼的刹那间，蓦地消失了。只是眼睑开合的一霎，它便失去踪影，仿佛从来不曾出现过。

有了这种心悸的经历，之后的每一步，我都跨得比较谨慎。

嶙峋的怪石一点点增多，在路两旁形成不容忽视的压力，我的眼角必须不时地瞟上几眼，以防侧面有什么阴影突如其来地跳出来，所幸一路无事。

眼前出现一座大殿，我正准备松口气，突然察觉，大殿的正中央似乎有一团黑压压的东西，正被雾气萦绕着，看不真切。

仔细打量这座大殿，发现它横贯整条路，左右绕不过去，殿檐和廊柱上雕龙刻凤，栩栩如生，中间还间杂着一些我不认识的异兽图腾，整座大殿从里到外散发着一股灵怪之气。目光穿过殿门往里瞧，一片阴森，还未靠近，就给人一种不寒而栗的感觉。

我接着往前走，随着我和大殿的距离拉近，那团黑压压的东西逐渐清晰，等我能分辨出大概的时候，不禁骇然站住。

那是一口棺材！

意识到是这个东西，我本能地向后趔趄了半步，心脏快节奏地跳动着，全身上下立时挤满恐惧：大殿后面还有路，在这里出现棺材，会是什么用意？

看情况是绕不过去了，既然绕不过去，一不做，二不休，干脆打开来看看吧。

我忍住后脑勺发麻的感觉，一步步靠近缭绕在棺材边的凉雾，等钻进去的时候，浑身感到一股彻骨的寒意，心脏不是怦怦跳，而是咚咚跳了。

稍微踌躇了一下，我心一横，手扣在棺盖上，横向里推。

一种令人极不舒服的声音传来，棺盖应声而开。

我手指战栗着，出于本能地想停下来，可理智还是强迫自己继续推。缝隙在一点点扩大，等大到足够让我看清棺材里面的情形时，我顿住手臂，迅速朝里面浏览了一下。

只一眼，我便吸了一口凉气，不知所措。

躺在里面的，竟然是班主任！看状态，应该刚刚死去不久。

我怕自己看错了，又凝神注视了一下，没错，就是他。这么一来，我彻底混乱了，一百万个为什么霎时涌入脑门儿。

强烈的刺激使我闪身到一边，举目四望，开始怀疑自己是不是身在梦境，等绞尽脑汁地想了无数遍，才敢确定之前的经历并不是虚幻的。

那现在是怎么回事呢？我起了一身鸡皮疙瘩，一个个地往下掉。

后来我想通了，之所以会出现这种状况，证明这里必然存在着我无法控制的力量，到底是什么力量呢？我决定一探究竟。

接着往下走，很快又碰到另一座大殿。

一副棺材摆在相同的位置。

因为有了心理准备，这次我不那么慌了，径直走上去打开了它。

里面躺着的是魏星。

疑惑在升级，我完全摸不着头绪，但惊吓的感觉消失，心里反而有谱儿了。所以，当第三副棺材被打开，朵蓝的面孔跃入我眼帘的时候，我心里空荡荡的，没有了任何波澜。

我摸了摸朵蓝的脸，冰凉，没有一丝体温，感觉是那么真实，差一点儿，我就以为她真的死了。但心里有个声音告诉我，这是假的！

我接着往下走，似乎走在一个无穷无尽的怪圈里。

又一座大殿出现了，不同的是，大殿里的棺材旁边，竟然俯身站着一个人。这个人保持着一种诡异的姿势，正在往棺材里瞅。

我猫着脚靠近，躲在廊柱后定睛一看，天，这个人的身形太熟悉了，是胖子！

因为不敢确定此胖子是否彼胖子，我没有贸然现身，而是选择继续猫着，眼含戒备地观察他的下一步动作。

他只是静静地凝视着棺材内部的情景，好像有什么东西强烈地吸引着他的目光，半晌过去了，他依旧一动不动。

我忍耐不下去了，晃身从廊柱后走出来，为了不让他太吃惊，故意在远处叫了他一声胖子。

他吓得明显一哆嗦，飞快地转身望过来，一看是我，满脸都是讶异。但他并没有立刻和我对话，而是转身合上棺盖，这才向我走过来。

"怎么是你？"他指着我问，脸上的惊诧倒是情真意切，不像是装出来的。

"我也搞不懂。"因为他刚才的举动有异，再加上他又是不明不白地出现，所以我有所保留，"你是怎么来的？"

他挠头想了一下："我记得，我们在天坑中掉下来，然后就有一只鸟驮着我到了这里。"

我心里愕然到了极点，却装出一副完全不知情的样子，也挠着头说："我一醒来，就到了这里，正搞不懂是怎么回事，结果就撞见了你。"

"难道，这里是天堂？"胖子疑忧参半，接着又改口，"不对呀，根据我以前做的事判断，我应该下地狱才对。"

我假装漫不经心地问："你怎么会站在这个棺材边？"

胖子一脸茫然，不知道是不是装的："我也是一醒来就在这里了，看到棺材，就好奇地走了上去。我还没出这个大殿呢。"

"棺材里面是什么？"

胖子马上接口："一个我认识，你不认识的人。"

我瞬间起疑，这家伙回答的速度太快了，明显是事先构思好的，棺材里面是谁，他肯定不想让我知道。不过，他既然有心搪塞我，我也不好追问，想必，里面的人是谁也无关紧要，关键之处在于搞明白这状况是怎么出现的。

"什么鬼地方！"胖子嘴里嘟囔着，扭头四顾。

我提议往前走走看，胖子积极响应。

一边走，我一边暗中思索胖子神出鬼没的原因。看他现在的表现，应该不知道后来盗墓山庄里发生的事，这就带来一个矛盾，按刚才胖子自己的讲述，他是从天坑直接来这里的，时间上对不上啊。难道说，胖子在山庄跟我讲的话，是因为他有未卜先知的能力？这也太扯了，倘若他真有这能力，我们也不至于在天坑里掉下来了。

那唯一可能的解释是，时间混乱了。很可能归墟之中有一套自己的时间运行规则，而我初来乍到，还不能适应。如果真是这样的话，那现实中的胖子和眼前的胖子，他们哪个是真的？

想到这里，我皱了下眉头，真是太乱了，不是我能够理解的，还是走走看吧。

恰好此刻胖子转过头来，看到我若有所思的样子，便问我是不是想到了什么。

我赶紧把思绪拉回来，装得若无其事，摆手说："没什么，乱想而已。"

这话一出口，我突然心血来潮，冒出来一个想法，这个想法肯定能带给胖子惊喜。我权衡了一下，又觉得为时尚早，便打住了没问。

没想到胖子却叫了一声："我想起来了。"

"什么？"我停下来，静待下文。

胖子的神情透着一缕不易捉摸的惶恐："我想起我醒来之前的事了。再往前走，会有一个宫殿，宫殿里坐着一个人，这个人看不清楚脸，但是声音很可怕。我在醒来之前见过他，当时我就站在他面前，他对我说了一句话，他说，我等的人不是你。"

我心里一紧，莫名地紧张起来："这个人是谁？"

"不知道，看神态，应该是这里的主人。"

"你不是看不清楚脸吗？"

"感觉到的。"

这种悬而未决的话题，越讨论心里越发毛，我们谁也没有心情再猜下去了，便接着往前走。后面的路上，没有看到大殿，却在本该有大殿的地方，看到一个形态骇人的山洞入口。洞口被修造成一个怪兽嘴巴的形状，为了逼真，竟然还有上下两排牙齿和突兀出来的獠牙。乍一看，就像一只巨大的怪兽脑袋横陈在路上。

在怪兽耷拉下来的唇角边，有一道近乎垂直的台阶，一直往上延伸，可以通过它从上部翻过这座山洞。在走哪条路这个问题上，我和胖子产生了分歧，他认为不入虎穴焉得虎子，想进去看一看，我认为要管住自己的好奇心，绕开这个洞为妙，正愁不知如何决断，突然，和之前很多次一样，我的视线里白影一闪。

紧接着，一根尖利獠牙的背后人影晃动，眨眼消失在山洞的黑暗当中。

这一来，我的好奇心被吊了起来，再也克制不住，和胖子一样跃跃欲试。我们相互递了个眼色，追了进去。奔跑间，胖子从随身携带的背包里掏出一支强光手电，打亮光，光线径直扎了进去。

出乎意料的是，光线带着我们往前跑了没几步，就一下子被阻断了，我心里咯噔了一下，怎么山洞这么浅？疑惑刚涌上心头，还来不及刹住脚步，就感到足底一滑，噗，身子仰面跌倒，脊梁骨贴着几乎垂直的石壁溜了下去，任凭我怎么扑腾，都停不下来。

身后，胖子也享受到了跟我相同的待遇，落下来的时候，他在我头顶手舞足蹈，把光线拖得一片凌乱。我心里一凉，这下糟了，不知道下面有多深，照这种势头发展下去，落下去不被摔死，也肯定被他砸死了。

幸运的是，这个担心刚一冒出来，我就感到脚下一实，触碰到了地面，几乎在同一时间，身体便起了本能的反应，借势一个打滚，远远地滚了出去。

嗳，胖子结结实实地落在我刚刚滚出来的地方，那声音，着实让我后怕不已。他哼哼唧唧地站起来，拾起掉在地上的手电，朝四周慌乱地照了两下，全是石壁。他不由得嘀咕了一声："他娘的这又是什么地方？跟个布袋似的。"

因为是在逼仄的空间里，他的声音听起来瓮声瓮气，给人一种莫名的压抑感。我也看不出名堂，不知道该怎么回应，一头雾水中，只得凭自己的感受来判断。我摸了摸身旁的石壁，从上面马上传来一种奇怪的手感，不是石材，但又摸不出是什么质地。我大胆联想了一下，突然心中一动，这东西怎么和平时的冻肉那么像？

紧跟着，我马上否定了自己的念头，没见过用冻肉来搞工程的，再说这里也没冷到那种程度，肉不可能冻住。不管是什么，要想按原路爬回去肯定是不可能了。这么寻思着，我又矮身摸了摸脚下，感觉是一样的。既然看不出端倪，我便不再瞎琢磨，给胖子打了个手势，让他把手电往前照。

这一照不打紧，马上就发现了异样，正对我们的位置似乎有一个微型洞口，紧贴地面，因为石壁和周围的空气都是纯粹的黑色，如果不是无意间照到，还真的很难发现。

脚下的地面有一定的坡度，我们拿捏着步子往前走，等靠近那个洞口的时候，胖子不禁哦了一声。

我问怎么了，胖子回答："就算这是一个出口，我也出不去。"说着，他用双手拢了拢自己的腰围。

我瞬间明白了，洞口太小，他的腰围太大，不配套。我安慰他说："咱们可以凿开一点儿。"

胖子用手电照了照洞的深处，摇着头说："也不知道这洞有多长，凿到猴年马月是个头啊？"

我打量了一下，确定自己可以钻进去，就说："我可以先进去探探。"

"那你进去吧。"胖子回答得极爽快，顺便把手电递给了我。

我没怎么迟疑，接过手电就开始行动。洞是倾斜着向下延伸的，坡度较陡，胳膊要用来控制力量，我便用牙咬住手电，匍匐了进去。

胖子在后面说："你小心点儿。"

我含混不清地嘟囔了一声，算是回答，然后抬起头来，准备正式开始爬。可就在这一仰头间，视线里突然闪出一团白光！

天哪，那个裹着白布的人，脑门儿贴着我的脸出现了！

还不等我做出反应，他手一翻，已经把我的手腕紧紧地箍住，随后就是一股劲儿地向洞的深处猛扯。

一声惊叫还是从我的口中爆发出来。

身后的胖子察觉到异样，猛扑上来，想要扣住我的脚踝，他的动作是很快，但已经来不及了。所有的努力加起来，也只是脱掉了我的鞋。

接下来，我就像一只流水线上的零件，被拽着向看不见的深渊挺进，脑门儿凉飕飕的，速度前所未有地快。也不知道过了多少个急转弯、整了几次坠落，当我的五脏六腑都颠得七荤八素的时候，还是没有尽头……

我的状态已经不能用晕头转向来形容了，感觉自己像是坐在火箭上，焦虑、慌乱、恐惧等一系列情绪全被强风带走，连存在感也找不着了，心里空荡荡的只剩下郁闷。

Chapter Six 真相

终于，在挤过一段狭窄通道之后，这场令人发疯的旅程结束了。

我试着睁开眼睛，马上一阵天旋地转侵入脑海，痛苦得想死。我闭上眼睛强迫自己静下来，静下来，可浑身上下的每一根神经都不听使唤，每一个细胞都在拼命地叫唤，不管我怎么竭力控制，都无济于事。

就这么闭着眼睛躺了足足有十多分钟，才终于缓过劲来。眯缝的视线里，我看到一张脸。裹白布的脸。

"你……是……谁？"我半死不活地问。

这个人没有回答，但他做了一件比回答更有意义的事——他在解脸上的白布。

一圈又一圈，白布被一点点去除，他的脸露了出来。我不知道该怎么形容看到这张脸时我内心的震惊，只能说，当它出现在我眼前时，本来萎靡不振的我一下子清醒了。

是曲向前！班长曲向前！

恐惧、惊慌、疑惑，各种情绪在一瞬间全都归巢。我胳膊撑地坐起来："你……你……"

他微笑以对，不说话。

我吭哧了半天，终于把意思表达出来："你不是死了吗？"

他说话了，声音不紧不慢："是的，我死了。被胖子杀死的。"

我感觉像是在做梦，一点儿也不真实，心里愣愣地想，不可能，忽悠人也不带这么忽悠的，你明明是死在我枪下的。

不管我的表情是多么混乱，他依然保持着不动声色的神态，甚至还不忘拉我一把，让我以最舒服的姿势坐着。等我坐好了，他也在我旁边坐下来，幽幽地说："现在，你心里一定很混乱，想不清楚这一切都是怎么回事。不用着急，这里没有人打扰我们，我会慢慢把真相告诉你的。你先来回答我一个问题。"

我定了定神，等着他发问。

"你觉得，班主任和阿佐，他们谁是好人，谁是坏人？"

这个问题，我还真的难以回答，苦思冥想一阵之后，我摇了摇头。

"那我给你讲个故事吧。有一位老板，他有一个手下，这个手下天生就有特异功能，可以穿越进任何一个视频中。老板为了实现自己的一个阴险目的，用尽各种手段，想让这个手下配合他，可惜，这个手下知道他的目的是什么，拒绝了。老板怀恨在心，于是，他设了一个局，让这个手下进入一段正在播放的视频中救一个人，这个人早就和老板串通好了，当那个有特异功能的手下进去之后，被他开了黑枪，死在了视频中。你猜这个死去的人是谁？"

我牙齿打战，回答："是你？"

他点了点头，又问："老板呢？"

"是阿佐？"

他摇了摇头。

"是班主任？"

这次，他点了点头。

我的心被揪住，狂跳着。

"现在，你知道你的特异功能是怎么来的了吧？"

我在脑海里回忆着那次雷击，彻底手足无措。

"特异功能可以用技术手段从一个人转移到另一个人身上，转移的方式有很多种，但绝对没有雷击。你回忆一下，有没有人对你做过什么？"

我心弦一震，脑海里浮现出在我被撞之后，魏星照顾我的那一个月，难道……我已经喘不过气来。

"在你没有防备的时候，他们已经做完了一切。我的特异功能转移到你身上之后，班主任重新启动自己的计划，这个计划，从同学会开始。"

原来是这么回事。这也就解释通了，阿佐为什么要向我们动手，为什么抓我，那是因为他知道了曲向前的特异功能转移到了我身上。我始终不相信，阿佐会因为担心曝光而置我们于死地，原来背后是这个原因。

我蓦地想起一件事：我拥有特异功能的时候，意味着曲向前已经被杀，可是，在那之后我明明很多次地见到过他，最后还在山庄里杀了他，这怎么解释？我把这个疑问问了出来，当然，没有说杀他的事。

"你传承了我的能力，在心里分裂出一个我，也不是没有可能。班主任他们为了蛊惑你，也为了掩饰自己的罪恶，所以一直没有拆穿，你在现实中看到的我，都是幻觉。"

我一下子恍然，魏星曾经告诉我的那些话——曲向前是叛徒，他在曲向前的身上安装了跟踪器——这些都是没影子的事，却在无形中给自己留好了退路，如果我问起曲向前的下落，可以回答我他们已经把他杀掉，如果我看到曲向前，他们就让我去杀，"曲向前"死在我手里之后，幻觉自然也就跟着消失。看来，他们骗我的手段不是一般地高明。

"现实中的你是幻觉，那现在呢？"

曲向前苦笑了一下："现在的我，我也不知道是什么。我只知道一件事，在穿越中死去，只能在下一个穿越者的穿越过程中短暂地出现。"

"所以，你就利用这短暂的时间，向胖子报复？"

我能想到这一点，曲向前对此表示意外："是的，千岛湖里的机关，是我引发的，天坑里剪绳子的事，也是我做的。当时你也在场，不过，你有特异功能，这些手段奈何不了你。"

"可是，就算你真的杀死了他，现实中的他会死吗？"

"如果你足够了解你身上的特异功能，你就不会这么问了。你能穿越的视频分两种，一种是虚构的视频，比如电影，穿越进这种视频之后，你可以代入某个角色，出来的时候什么都无法改变；另一种是真实发生过的视频，你只能以新角色穿越进去，不能代入已经有的角色，在这种视频中发生的任何事，都会对现实产生影响。杀死一个人，这个人就会在现实中死去。"

我想起胖子说过他的记忆出现混乱，原来是这个原因，看来，我已经改变了他的经历。我说："现在，你实现了杀胖子的目的，他在山洞里必死无疑。"

"你知道那山洞是什么地方吗？"

我摇头表示不知道。

曲向前面目阴沉了下来："你可能认为那只是一座山洞，那就大错特错了。其实那是一种上古神兽，它的名字叫梼杌，很早以前有人占领了这里，把它冰冻了起来。"

我惊骇非常："什么人这么霸道？"

"埋在这里的人。"

我回想了一下刚才的过程，难道那个疑似山洞口的地方，是梼杌的嘴巴？怪不得那些獠牙如此逼真。这么说，我们在梼杌肚子里游了一圈？这个想法实在让我不敢相信，便向他确认："我们是怎么出来的？"

他下巴一仰，把我的目光牵向右首。

我站起来，把视线放远，等看清他让我看的事物的轮廓的时候，不禁骇然站定，嘴巴再也合不拢了。

眼前是一只巨型怪兽，足有 10 层楼那么高，姿势呈前扑状，从上到下散发着一股慑人的压力。而我们所在的地方，居然是……梼杌的臀部！

一想起之前坐火箭的经历，我心下连连作呕："我们是从……"

曲向前肯定地点头。

我呼吸了几口新鲜空气，转移话题问："埋在这里的是什么人？"

"一个你绝对想不到的厉害人物。"

"那为什么还有别人？"我迂回着问。

"你是说路上那些棺材是吧？哈哈，那是我的想象。"

我立刻不淡定了："你的想象？"

"在归墟中，一个人最强烈的期待会凝聚为实体。我无时无刻不盼着那些算计我的人躺在棺材里，那些只是我的想法凝聚而成的实体而已。"

我联想到胖子，恍然大悟，他看到的那副棺材里躺着的，肯定是另一个胖子，所以他才会那么紧张，一看到我靠近就把棺盖合上。我试探着问："算计你的那些人，也有朵蓝？"

曲向前似笑非笑："那次你救朵蓝的时候，我出现了一下，当时我就想告诉你，只是没有机会。"

"告诉我什么？"

"其实，朵蓝和班主任，他们很早以前就在一起了。"

一种强烈的失落感袭击了我的心脏，我感觉整颗心空空落落，无处着地。他们竟然这样利用我！

我问："班主任的目的是什么？"

"这要从阿佐说起。阿佐发现了归墟的秘密，以为自己隐藏得天衣无缝，可惜从一开始，他就是一颗被班主任利用的棋子而已。他们的目的是一样的，就是在归墟中找一样东西。"

"什么东西这么厉害？"

"天珠。传说拥有它的人，可以号令天下。"

我想笑，但没有笑出来。正想再问些别的，突然感觉脚下的地面晃了晃。

"怎么回事？"

曲向前也是一脸紧张。

又是一股剧烈的颤抖，我几乎站立不住。颤抖过后，是一声震天的咆哮。

面前梼杌的脊背，竟然直立起来……

Chapter Seven 神兽

这变故来得太快，我们谁都没有反应过来。等梼杌耸着脊背往上挣，原本蜷曲的上半身绷直的时候，我们才意识到发生了什么。

我本能地撤了一步，做出逃跑的姿势，颤声问："怎么回事？"

"复活了！这家伙复活了！"曲向前没有看我，嘴里念念有词。

"死得好好的，怎么突然复活了？"

"我怎么知道！"

"那怎么办？"

"跑！"

这一声号令刚刚响起，还不等我把它付诸实施，梼杌便不失时机地做了一个大动作：一个剧烈的抖动！无疑，它想让自己舒服一下，却转瞬间给我们带来了灭顶之灾。

随着这个动作，数不清的冰凌碎屑兜头而降，其中还不乏尖锐的冰溜子，那种铺天盖地的气势，堪比一场不大不小的雪崩。

我们再也不敢迟疑，扯开箭步飞奔，想赶在这场冰雪灾害到来之前逃出包围圈。虽然已经尽了全力，可我们跑出去的距离相比梼杌的体形还是短了点，冰雪风暴的先头部队依然没有放过我们。先是气流，再是各种纷至沓来的大雹小雹，不管怎么左冲右突，都避不开这汹涌的热情。后来我学乖了，既然避不开，就闷着头沿直线往前冲吧，主意一定，脚步随即跟上，所有纷乱的思绪全被撇到一边，心里只剩下夺路狂奔的念头，就这么眨眼之间，便冲到了包围圈的边缘。

雪下得小了，我赢得了喘息的机会，想回头看看曲向前情况如何，刚一转身，迎头扑来一团黑影，曲向前毫不客气地撞了我一个满怀。

噗，我仰面栽倒在地上，感觉比所有冰雹压在身上还疼。那小子正处于飞驰的状态，被我这么一刹车，也有点儿晕头转向，扶着脑袋好半天没缓过劲来。

他已经去掉了裹在身上的白布，里面穿的是一件黑色紧身衣，现在看起来，像是刚刚游泳归来。他伸手把我拉起，问："没事吧？"

我揉着后腰做丧气状："自然灾害终究还是比不过人为灾害呀。"

曲向前一脸焦躁："我说你是不是摔蒙了，现在是什么时候，你居然还有心情开玩笑！快跑吧！"

经他这么一提醒，我霍地想起自己正身处险境，马上回过神来，打了个哆嗦继续往前冲，也不管前面路上有什么。

大概每个人在逃跑的时候，都有回头张望的习惯，这大概是人类的本能，跟智商没有关系。我跑着跑着，发挥本能向后观瞧，入眼便是一副极端惊悚的画面：那只梼杌凌空扭转身子，正朝我们虎视眈眈。

我的大脑飞快地转了一下，马上就是一个激灵，这家伙如果成心要来抓我们，那它跳一下比我们不要命地狂奔一百步还远，怎么算都绝无胜算。我心里一凉，知道这次是在劫难逃了。

尽管绝望袭来，脚下的速度还是丝毫没有变慢，我知道这得归功于另一种本能——求生本能。它瞬间赶走了绝望，带着我悲壮地跑下去。

突然，我看见一路领先的曲向前戛然而止，就像一部画面紧张的电影突然被摁了暂停。

等我冲到和他齐肩的位置，马上意识到发生了什么，下意识地顿住脚步。脚步是停下来了，身体却还在往前冲，超出了我的控制，眼看就要栽落。

就在这一线之间，身后有一只手揪住了我，使劲往后一扯，抵消了前倾的惯性。我颤颤悠悠地站定，僵着脸看了看脚下，冷汗霎时就蹿了出来。

没路了，一条深壑把路拦腰斩断，离地面约莫百米远的地方，翻滚着层层叠叠的黑雾，时不时地变幻出各种形状，像是地狱之手一样蠢蠢欲出。悬崖壁立，没有攀援的可能，即使有，我们也铁定不敢下去。

这下惨了，后有追兵，前有断崖，如果说现在还剩一条路，那就是死路。

身后传来一声咆哮，因为声音太大，激起一股澎湃的气流，如浊浪排空，眨眼冲刺到脑后。我刚做出扭头去看的动作，脚下就地震般地摇晃了一下，一个巨大的身体凌空而降，就砸在我的面前。

它的脸离我不到一毫米。

我的整个身体只有它鼻子那么大。

更糟糕的事，它竟然出了口气。

我扎稳脚步，身体努力往前撑，这才勉强抵挡住这股刚从它体内循环出来的气流。

因为离得太近，看不清它的表情，我只注意到它龇了龇牙，嘴唇抽动着，似乎在犹豫用什么方式把我吞下去。它的皮肤已经解冻，毛发根根竖起，这么一龇牙，我就感觉有一根毛发蹭到了我的脸上，像针一样扎得生疼。

接着，它便张开了嘴。上下部分的牙齿分开，将我拢在中间，只消轻轻一咬，我就能断为两截。即将成为食物的惶恐让我绝望得想死。

它咬了……咬了！

我奋力往上一蹿，双手一阵乱抓，也不知道是幸运还是不幸，慌乱中竟然给我攥住了一绺鬃毛，马上，我就像一只苍蝇一样缠住了它。

梼杌可不是吃素的，也没有什么幽默感，见我在它耳垂下荡起了秋千，一时怒气勃发，开始狂甩脖子，那动作，敢情真把我当成了苍蝇。

我被这一通折腾，感觉五脏六腑都移了位，方向感完全消失，眼前的世界飞速地旋转着，像进入了一个滚筒洗衣机，而我，则像是衣服上的尘埃，身不由己地被甩离。

尽管我已经竭尽全力地攥紧了手心，可还是不停地往下脱落，眼看就要脱到最末端了，再被甩一下，指定不知道身在何处。危急关头，我急于改变形势，结果一个大意，犯了致命的错误。我不经大脑地飞起一脚，踹在梼杌的鼻梁上，借力往上一纵身，手上配合着，用鬃毛在胳膊上挽了个结。

这下肯定不用担心被甩掉的问题了，但一个更严峻的问题不期而至：梼杌的脾气完全被我激发出来，它朝天吼了一声，仿佛在声称："小子，你摊上大事了！"

随着这一声狂号，局面瞬间恶化。

它倾斜着脸颊，恶狠狠地向地下砸去！这一下完全没有留活路，力量也没有保留，照这种势头发展下去，半秒钟之后我就会变得比纸还薄。

我当然不甘心就范，可除了认命，似乎没有别的选择了……不，还有一个！

这完全是不得已而为之的办法，但无疑也是唯一可行的办法。电光石火中，我放开另一只手，揪住了它脸上的毛发，顺势揉身而上，藏在了它的鼻翼和脸的夹角里。

嘭，这肯定是我听过的最响的声音了。梼杌的脸砸在地面上，崩飞了悬崖边的几块大石。跟它们比起来，我简直比鸡蛋壳还脆弱。

不过，在鼻子和脸颊的保护下，我这颗鸡蛋居然完整无缺，它们就像突然弹出来的气囊一样，用自己的受伤换来了我的安然无恙。

戏剧性的一幕出现了，从梼杌的鼻孔里，猛然蹿出一股鲜血。

你见过神兽流鼻血吗？这种破天荒的奇景，就在我眼前真切地发生着。我不知道自己是该感到荣幸还是该哭。

那血有一股奇怪的味道，如同……刚解冻的红豆沙。

现在，我终于知道蚊子为什么敢于挑战狮子了，不过，这种侥幸没有持续太久，恐惧又重新占了上风。我悲哀地意识到，和蚊子比起来，我还不如它，因为我不会飞。

刚才那股排山倒海的攻势只是前奏，被我激得脾气爆发到极点的梼杌决定痛下杀招，它空出一只爪子，专心致志地对付我。

尽管气急败坏，可一点儿也不失准头，这一抓，我肯定会被直接摁死在它脸上，而且我不能松手，太高了，摔下来非死即残。没有转机，必死无疑。我急昏了头，病急乱投医，那句话便冲口而出。

没有用！当然没有用，我又不是在穿越。

梼杌的爪子眼看就要拍过来，我已经做好闭目受死的准备，就在这当口，耳边突然传来一声清啸。

清凉空灵，却含着一股不容抗拒的威慑力。

梼杌的爪子凌空顿住，身子一颤，向声源处张望。

我的视线也被带了过去，一眼就看到身后不远处，刚才梼杌盘踞过的山崖上，出现了另一只怪兽。

我的第一感觉，这是一只人面虎，不过，它的个头儿太大了，比我日常认知中的老虎足足大上 100 倍，而且我从来没见过长翅膀的老虎。我立刻联想起在电影里见过的个头儿最大的恐龙，如果它来到这里，见到这只怪兽也该自惭形秽了。

它挥动双翼，飞了过来！顷刻间，头顶黑压压地袭来一片黑影。

这家伙似乎是梼杌的天敌，它一飞来，梼杌马上就蔫了。它根本没有做出任何迎战的准备，往后一撤步，就要逃之夭夭。

它逃命的过程对我来说，相当惊心动魄。在我还搞不清楚往哪里跑的时候，它竟然纵身而起，跳出了一个我绝对无法想象的高度，然后，直接跃过了悬崖！

风太急，我的身子向后飘飞，一种任凭摆布的无力感。

梼杌的两只脚一着地，就开始夺路狂奔。路上有不少嶙峋的怪石，对它来说完全不值一提，纵跃起落间如履平地。它跑得倒是畅快，却着实害苦了我，那种剧烈起伏的颠簸感前所未有，我相信以后也不会再有，再颠下去，我的身体铁定要散架了。

正寻思该怎么办，恍惚中又是一声清啸，声音在头顶响起，一路往前延伸，等彻底消失的时候，那只大老虎俯冲下来，抄住了去路。

梼杌来了个急刹车，这一下惯性太大，再加上这一路我都使出了吃奶的劲，现在已经完全没有力气。惯性引来的剧烈一荡，竟然直接把我给荡了出去。

身体在空中划出一个漂亮的弧度，然后……天哪，终点竟然是那只大老虎，准确地说，是它的脖子！

我叫苦不迭，开始在半空中手舞足蹈，可不管我怎么抗拒，撞过去的命运已经无法改变。嘭，我跌落在大老虎的皮肤上，以为自己要摔死了，谁知竟然一点儿也不疼，这肯定是它皮肤上那层软毛的功劳。我庆幸不已，求生的本能促使我伸出手来，抓住了软毛一路往下溜去。这种吃了熊心豹子胆的做法，我以为必然会激怒怪兽，它一发火，我势必死得更惨，事实证明是我想多了，它的注意力完全在梼杌身上，根本没空理我。

我的胆子越来越大，在溜到它大腿窝处的时候，索性抱着腿直接下来了。有惊无险，还相当惬意。双脚一着地，我就火速逃离现场，不给它秋后算账的机会。

我躲进一个连它的爪子都伸不进来的石缝里。然后，一心一意地看热闹。

两只怪兽正式开始对峙，怪石丛中响起了它们此起彼伏的呼喝，一个听起来信心百倍，一个听起来明显是在充大头。这让我不由得窃喜，从我的利益出发，我当然希望梼杌能被狠狠地教训一顿。那只大老虎看起来很凶猛，但似乎很好相处的样子，希望这不是错觉。

一股气浪急涌而来，大老虎振动双翼，腾起身子开始进攻，一上去就是致命的杀招。面对它锐不可当的攻势，梼杌选择了避让，它跳跃起来，侧开一个身体的距离，然后急速转身，攻击大老虎的腹部。

当然没那么容易得手，大老虎动作极快地扇了一下翅膀，把身子提高，梼杌扑了个空。

这是第一个回合。

大老虎在把身子往上提的时候，竟然没有走空，它后足一蹬，结结实实地踏在梼杌的颈部，力沉势猛，硬生生地把梼杌从半空中蹬下去，掉在地上打了半个趔趄。

中招之后，梼杌的斗志被完全激发出来，它勾着脖子发出一声震耳的狂哞，激起的气浪足足荡开 50 米远。接着它后足蹬地，用力一弹，身体如同踩了弹簧似的嗖一声飞起来，凌空抱住了大老虎。

落下来的时候，一声前所未有的巨响几乎震裂了我的耳鼓。等我从地动山摇中回过神来，贴身的肉搏已经开始了。看来梼杌是发了狠，无论大老虎怎么挣揣，都脱不开身，它们滚在地上，你上我下，你来我往，一拳一爪虎虎生风。

暴戾凶狠的目光、时不时地被揪下来的毛发、迸射的鲜血，次第在我眼前闪烁。

打着打着，一副极端不可思议的场景突然出现：大老虎抓住一个机会抽开身，振翅而上，竟然硬生生地把梼杌提了起来！

等离开地面有 10 米远的时候，它运劲一丢，梼杌发出一声悲鸣，被远远地抛了出去。

嘭一声巨响，异常沉闷。梼杌的身体撞在了我旁边的山壁上，给我的感觉，就像是一座山飞了过来。

山崩地裂中，梼杌很长时间不再动弹。不过三个回合，它就吃瘪了。

大老虎没有给它任何绝地重生的机会，冲上来一记重拳，打在梼杌的下颌部位，那一瞬间，我仿佛听见骨节碎裂的声音。

看来，梼杌是没救了。

大老虎发完了威，一撤身，开始四处张望。我的心马上提到了嗓子眼儿，大气都不敢喘一下，生怕一喘气，就把怦怦跳的小心脏给带出来。

饶是如此，我还是没能躲过。大老虎抽动鼻翼嗅了嗅，很快就发现了我。

它径直来到石缝跟前，硕大的眼睛凑过来，目光就像一座恐怖的深潭，透过石缝，就这么一动不动地盯着我。除此之外，没有任何表示。

我心底发毛，头皮发麻，浑身剧颤，一种死亡逼近的熟悉感觉又袭了过来。

幸亏石缝很窄，我可以苟安片刻，但时间一长，就只有等死的份儿。我下意识地向后退去，只退了两步便动不了了，石缝太窄，根本没有挤过去的可能。电光石火中，我想了无数种逃脱的方法，没一样行得通。

大老虎还在看我，连眼皮都不眨一下，看得我全身上下一阵阵地发寒，心里说不出是什么滋味。

乍猛的，它晃了晃身子，我以为它要有所表示，心里一咯噔，谁知，它一晃之下，竟然凭空消失了。

Chapter Eight 警惕

这么大一个怪兽，没有任何前兆地突然消失在我的眼皮子底下，这怎么说得过去？我一下子慌了，不知所措起来。

等了半晌，还是没有见它回来，看来是真的化为乌有了。我带着强烈的不明所以的表情，提心吊胆地从石缝中朝外走。为了以防万一，在走出来之前我还小心翼翼地探了探头，确定没有危险了才继续抬脚。

我站到那只梼杌面前。

它龇着獠牙，死相很狰狞也很彻底，应该没有经历奄奄一息的过程。刚才还生龙活虎的样子，瞬息之间就横陈于地，可见生命是多么脆弱。

正在发愣，蓦地从不知什么地方传来一声闷哼。我吓了一跳，以为这声音是梼杌发出的，它死而复生了，不由得往后蹦了出去。

马上，我就知道自己判断错了，因为又有同样的声音传过来，听起来像是一个人。

这时候我才想起，曲向前那小子不知哪里去了。这声音是他发出来的吗？好像不是。我凝神静听，所幸这声音没有让我等太久，它再次出现的时候，我的耳朵把它揪了个正着。

声音是从梼杌的嘴巴里发出来的！

"愣着干吗！快来帮帮我！"

我定睛一看，天哪，是胖子！看到他的那一刻，我的脑子一阵晕眩，世界观整个儿崩溃了。

他正从梼杌嘴巴的间隙里探出头，龇牙咧嘴地使劲往外挤。

我哪里还敢犹豫，两步冲上去，揪住他的肩膀猛扯。胖子哎哟、哎哟地叫唤着，指挥我说："别来猛的，想害死小爷是不是？快把嘴抬起来。"

不事先知道情况的人，乍然听到这番对话，肯定是一头雾水，说不定还会以为我们是神经病。胖子的处境很尴尬，我也很尴尬，为了尽快摆脱这种局面，我立刻转战梼杌的上唇，使出吃奶的劲往上掀，累得晕头转向，才把裂缝掀开一点点。

胖子半死不活地往外爬，在我几乎支撑不住的时候，终于全身而出。

他颤颤巍巍地站起来，张口就骂："娘的！幸亏小爷脑子转得快，再迟一步就被消化了！"

我觉得这句话里有故事，便问："关你脑子什么事？梼杌复活跟你有关？"

胖子顿了一下，摆摆手说："别提了，我在里面见走投无路，就用上了凿子，这边凿凿那边敲敲，不知怎么就把梼杌给激活了……"

他在说话之前顿了一下，我觉得肯定有内情，而且，他的话只解决了我的一半问题，我有必要继续追问："你说你脑子转得快，什么意思？"

胖子见搪塞不过去，神色瞬间变得庄重起来，好像准备说一件极端严重的事："我告诉你真相，你可别怕。"

"你说吧，我不怕。"

"刚才那个怪物，叫英招，从《山海经》里来。它喜欢多管闲事，是梼杌的克星。"

我张大嘴巴，只说出了两个字："什么？"

"它是我幻想出来的。"

我脑袋一凉，彻底说不出话来了。

"如果我猜得没错，这个地方应该叫作归墟。很早以前我就听说过它，相传在归墟之中，人最强烈的期待会凝聚为实体，他娘的居然是真的！"

我脸上没有他想象中的震惊，这让他觉得挺意外的，看着他疑惑的脸，我问："你到底还隐瞒了我什么？"

他眼珠子转了转："怎么突然这么问？"

我突然想起那个足以让胖子震惊的问题，当时心血来潮，想说而未说，现在没必要顾忌什么了。我冷冷地看着胖子："我什么都知道了。"

"你知道什么？"

"你是卧底，是班主任安排到阿佐身边的卧底。"

到了这种地步，胖子也不想再委婉了："你是怎么知道的？"

我盯着他的眼睛："刚才我碰到曲向前了。"

他啊了一声，大惊失色。

我看着他惨白的脸，更进一步地说："在这里见到他，你一定想不到吧？他把一切都告诉我了，包括你们杀他的事。"

"他在说谎，我没有杀他。他人呢？"

"我也不知道去了哪里，他神出鬼没的。不过你不用担心，他也不知道自己是什么类型的存在。你和班主任的阴谋我都知道了，至于你们究竟做了什么，我不想追究。现在我只想问清楚一个问题，你是怎么来到这里的？"

"我不是说过了……"

"真的是从天坑中直接进来的？我可不信。"

胖子摇摇头，摆出一副徒劳的样子："信不信由你，我也不多解释。我只想告诉你一个问题，我们的处境很危险。"

"我知道。"

"你不知道！那只梼杌是怎么来的，那些大殿是怎么来的，还有脚下的路，它们都是怎么形成的，你知道吗？"

我沉住气，没有吭声。

"这些都是想象，这些想象凝聚而成的实体共同守护着这座墓，所以我有个大胆的猜测，这里所有的存在，除了我们，都是陵墓修建者，或者干脆是墓主人想象出来的。"

我吸了口冷气："墓主人肯定死过了吧？"

"人死了，想象还在。"

这个话题有点儿伪哲学，我干脆不予理会。突然，我想起什么问："你怎么知道这里是座墓？"

"我猜的，这里应该就是阿佐的终极秘密所在，我们稀奇古怪地出现在这里，肯定是有原因的。"他迟疑了一下，突然抬起头来，"对了，我还没有问你，你是怎么进来的？我一直以为你和我一样，都是从天坑里上来的。"

没想到胖子会来这一招，我心里有了些许的慌乱，但很快又镇定下来。胖子很值得怀疑，所以我是绝对不能告诉他实话的。拿定主意后我说："你是对的，我跟你一样，就是从天坑里上来的。"

"那你干吗还问我？"

"我不确定，所以问一下，有什么不妥吗？"

胖子狡黠地一笑："没什么不妥，我只是觉得你过分纠结于这个问题了。"

为了证明他想错了，我回避这个话题说："接下来怎么办？你有主意吗？"

"没有。"

"那接着走吧。"

正式往前走的时候，我提醒自己，要警惕胖子。

Chapter Nine 怪异画风

乱石丛的路没有持续太久，不过因为没有免费的怪兽车可乘，我们还是累得够呛。眼看就要走出乱石地界的时候，胖子突然伸手一指："快看！"

其实不用他提醒，我已经注意到了，石林的背后，升起一大片腾腾的白雾。不过这雾跟平常所见的雾区别很大，看起来倒像是……滚烫的水汽。

这么一联想，我登时感觉到身上热了起来，马上要冒汗的样子。我想问胖子有没有类似的感觉，话还没出口，就见他抹了抹额头上的一把汗说："奇哉怪哉，怎么突然热起来了？"

带着疑惑，我们加快了脚步，越走越是灼热，就像在向一座正在喷发中的火山靠近似的。约莫半公里之后，才算彻底走了出来，搭眼一看正前方的画面，两个人不由得愣住了。

我们看到了一座大坑。

大坑的上面，架着一口大锅，锅底燃烧着熊熊的火焰，火焰噼里啪啦，似乎无穷无尽地烧着。

因为我们所站的位置较高，能看到锅里的情景，那里一片白茫茫，水汽的起处，依稀是一些随着水的沸腾而不停涌动的黑色斑点，甚为密集，看得人头皮发麻。

"听。"胖子神色大变，扯了扯我。

我竖起耳朵静听，只一下，全身的神经就开始打战。那沸腾的水声之中，隐隐约约还夹杂着一迭声的哀号，像是成千上万张嘴巴一起压抑着哭天喊地。

这种声音多听一刻，心里就极不舒服，我强迫自己转移注意力，去看锅的底部，那里密密匝匝地堆着干柴，不知从何而来，更加奇怪的是，它们似乎是无限循环的能源，怎么也燃烧不尽。好一大会儿过去了，柴火愣是没有一丁点儿变化。

面对如此蹊跷的事，我表示无法理解，便扭头去看胖子，希望他能给我指点迷津，哪怕是歪理邪说也好，至少能给我一点儿头绪。果然，胖子没有让我失望，他目不转睛地瞅着那口大锅，像是自言自语似的说："没想到能见到这个，太意外了！"

我一听有门，马上心中一动，问："意外什么？快说！"

胖子面呈忧虑之色，考虑了一下才说："这是行军大镬。"

"镬？"

"我只在古画上见过这种东西，煮饭用的，跟鼎差不多，不过少了一条腿。只有古时候的军队才用得着，真是见鬼了，放在这里干什么？"

我不甘心："就这些？"

"我只知道这些。至于锅里煮的是什么东西，我一时半刻还看不出来。"

我略作思忖："行军大镬是什么时候的东西？"

胖子突然一击掌："有了，小爷我想起来了，我看到的那幅画，是蒙古行军图。这应该是蒙古军队才用的东西。他们本就是游牧民族，带着这东西行军也相当合乎情理。只不过，画上面的镬没有这么大。"

我心里泛起凉意："难道，这也是想象来的？"

"有可能。"

我又端详了一遍这东西，深感郁闷，它从路中间向两边铺展，把整条路堵得严严实实。要想继续往前走，必须过它这一关。

胖子肯定跟我想到一块儿去了，他面色一沉，哀叹道："娘的，成超级玛丽了！"

就在这时，从半空中传来一声嘶鸣。

那是货真价实的嘶鸣，声音划破长空，带着凄凉高亢的尾音，让人不由自主地发怵。我仰脖子望去，看到一头从来没有见过的怪鸟，从远处朝着镬俯冲下来，因为它的体形实在太不成比例了，超过了一只鸟应该有的范畴，所以我只能用头来形容。

这头大鸟径直俯冲进蒸腾的水汽当中，停留不到半秒，便闪电般跃起，沿对称的那条线冲出。我不禁为它捏了把汗，这么高的温度，它竟然安然无恙。

可等我看清它嘴里衔的是什么的时候，我马上抛弃了这种乱七八糟的想法。太可怕了，那竟然是一颗人头！

难道，镬里黑压压的，全是人头？

我连打了几个激灵，哆嗦着舌头问胖子："你看见了吗？"

胖子也给吓傻了："看……看见了。"

"煮……这一锅人头干什么？"

"他娘的我怎么知道？"胖子嘴里骂着，神志开始慢慢恢复，视线随着鸟越飞越远，半晌后蹦出一句话，"我认识那鸟。"

我暗暗称奇："说说看。"

"这家伙叫雪號鸟，一对翅膀，两条腿……"

我忍不住抗议道："我不是瞎子，说重点。"

"重点就在它的腿上，不，是脚上。它的脚不是平凡的脚，是一种超乎想象的脚，因为脚掌上长满了荆棘。"

"什么？长满了什么？"

"荆棘。因为有了荆棘的存在，雪號鸟只能一直飞一直飞，累了也不能停，一停就钻心地疼，十指连心嘛！所以，它的翅膀看起来才那么奇怪，身材才那么走样，跟变异了似的，其实那只是锻炼太多的缘故。"

　　我听得心脏一抽一抽的："这么玄乎？"

　　胖子没有理我，自顾自地继续进行科普："后来，痛苦不堪的雪號鸟终于找到了适合自己的地方，那就是塞北极寒之地，那里经常下雪，只有在雪地里，它们才能停留，因为雪很柔软，可以温柔地承受身体的重量。这也是雪號鸟这个名字的由来。"

　　我不禁跷起了大拇指："教授，你太博学了。"

　　胖子很受用，一点儿也不客气地接受了我的称赞："我喜欢研究奇怪的东西，越稀奇古怪越好，这也是我参与盗墓的原因。"

　　"不是班主任安排的吗？"

　　"是我自愿的。"

　　"真的？"

　　胖子顾左右而言他："没听说过雪號鸟吃人头啊，八成是饿的……咦！它又回来了！"

　　我定睛一看，安慰他说："别慌，不是刚才那一只。"

　　胖子神态稍定，正准备开口说什么，突然表情又是一变："它朝我们飞过来啦！它朝我们飞过来啦！"

　　听到这声音，我一仰头，就看到了雪號鸟疾冲过来的动作，那双眼睛冷峻而幽深，暗含着一种令人不敢逼视的威慑力。眼睛是看向我们的，这一点毋庸置疑，只不过，它把我们当成目标，是想干什么？

　　马上我就知道了，但我不想知道了之后马上死。两只脚跃跃欲试，已经拉开了逃跑的前奏，只要大脑一声令下，立刻就可以抱头鼠窜。

　　促使我没有立刻跑起来的原因是，雪號鸟飞到我们面前，居然停了下来。那不是普通意义上的停，而是一种如果没有亲眼见到就决计想不到的姿势：它侧躺在地上，两只爪子伸了过来，就伸到我们鼻子底下。眼神里，闪烁着若有所求的光。

我和胖子面面相觑，不知如何是好。

这时候，面前的雪骦鸟出其不意地鸣叫了一声，声音低低的，哀哀的，像是婉转低回的诉求。我霎时明白了，它是在用这种方式交流，表达自己的想法，而它伸出的爪子，绝不仅仅是为了握手那么简单。

它的真实想法是什么呢？带着疑问，我鼓起勇气看向它的爪子。

那是一副惨不忍睹的画面，趾间鲜血淋漓，布满了大大小小的伤口，新旧不一，这应该是经常站立的缘故。看来，眼前这家伙如果不是个懒蛋，就是个不甘心向命运就范的硬骨头。

我再仔细看，就发现了更加不可思议的一幕：它掌上的荆棘，竟然有一个个凹槽，我稍加思索便恍然大悟，那分明是啄过的痕迹，而且只可能是天长日久留下的。它不是经常想偷懒停留，而是一直在试图用自己的力量拔下荆棘！

我不由得肃然起敬，也霍地明白它想让我们干什么了。

我在震惊之余看了眼胖子，在他眼里找到了不谋而合的光。没有做任何商量，我们便一起动手，试图帮它脱离苦海。

为此，胖子拿出了背包里所有的工具。

我选了锤子和凿子，胖子选了一把军用匕首。我们一人负责一只脚，埋头苦干起来。

自始至终，那只雪骦鸟都没有吭一声。这种说不出是勇敢还是习惯了逆来顺受的精神让人望而生怜。

工程进行到最后，为了尽可能地减少它的痛苦，我们决定一起来。

我和胖子丢掉手里的工具，一人抱着一块荆棘，喊了三声之后，猛然发力往外扯。

噗，荆棘被撕扯开来。两股血紧跟着涌出，势如井喷。

雪號鸟闷哼一声，挣扎着飞了起来，直接冲向那口巨大的镬。我以为它忍受不了痛苦，想要寻短见，正担心着，蓦地一副触目惊心的场面出现了。

靠近镬的时候，雪號鸟在半空中直立起来，翅膀扇动着维持平衡，然后把两只脚掌猛然贴在了镬壁上。

嗞嗞……

一股煎肉的味道传来，它就用这种方式，把伤口烙了起来。

看到这一幕，我的心脏如同掉肉般地不舒服。胖子的反应更厉害，他干呕了一下。

雪號鸟飞离镬壁之后，在天空中跟跟跄跄地环绕两匝，最后又飞回到我们面前。它停了下来，这次是真正意义上的停。

然后它掉转头背对我们，俯低身子，示意我们上去。

我问："上不上？"

胖子回答："我看它不像是恩将仇报的类型，上！"

第一次坐这种露天飞机，我和胖子都不免有些紧张，不过雪號鸟看起来一点儿也不紧张，即使是在穿越水汽的时候，它表现得依然是那么镇定自若，一点儿也不担心我们。

真正置身其中，才体会到到底有多热，等终于穿过水汽之后，我和胖子就像被蒸馏过一样，差一点儿虚脱。

从高处看镬里的东西，跟之前完全不一样，除了畏惧，体会更多的是那种庞大恢宏的气势。这么多人头丢在这里一起煮，不知道是出自谁的手笔，抑或是出自谁的想象。到底为了什么要这么做呢？

"这是去哪里？"我问。

胖子先是愣了愣，继而四处张望了一下说："我似乎有点儿眉目了。"

我问："什么眉目？"

胖子皱了皱眉："你真不善于观察，喏。"他指了指前方。

我偏了偏身子，努力把视线和他保持一致。雪號鸟飞得正稳，我这么一动弹，它的身子马上开始倾斜，我顺着倒下去，直接侧撞在胖子身上，我们差一点儿就顺着翅膀滑下去。雪號鸟怪叫一声，像是在责备我们不让它省心，责备完了，它赶紧矫正身子，把我们摆正。

我学乖了，只动脖子不动身子，伸得尽量直，像长颈鹿一样跟随胖子的目光看过去，一眼就看到了一片幽深的蓝色。那是一座湖。胖子之所以第一个发现了它，还真不是因为他善于观察，他比较幸运，鸟脖子没有挡住他的视线而已。

雪號鸟直奔湖面而去，我的第一反应是坏了，这雪號鸟八成是想以身相报，拉着我们一起殉情了。谁知，雪號鸟投湖之后，竟然直接漂浮在上面。原来，它是一只会游泳的鸟！不仅精通医学，还懂游泳，真是多才多艺。

入水的刹那，水里传来一丝丝异响，就像铸剑时把滚烫的剑身投入冷却水里发出的声音。登时，我也恍然明白了雪號鸟这么做的原因。这家伙如此迫不及待，只是想冷却一下自己的脚掌。看来，这家伙在同类之中，肯定算是一个标新立异的活宝。

等冷却得差不多了，它用翅膀拍水做桨，向岸边划去。激起的水滴打在我脸上，冰冷异常。

到了岸边，我和胖子翻身下来，一起看着它。

只见它没有片刻消停，勾着脖子点了点湖水，然后又朝镬所在的方向勾了勾脖子，最后怪叫一声，如是再三。

我问胖子："你看懂了吗？"

胖子说："看懂了，它让我们抓几条鱼过去烤烤吃。"

"别开玩笑，现在不是开玩笑的时候。"

胖子马上做出心领神会的样子："它想让我们灭火。"

"怎么灭？"

"把水引过去呀！"说着，胖子做了一个端盆子泼水的姿势。

我切了一声："我觉得还是烤鱼靠谱儿一点儿。"

胖子似笑非笑："我们可以靠想象。"

"你不是开玩笑吧？"

胖子一本正经起来："这就是归墟的神奇之处，我们一起幻想把水移过去，等期待达到一定程度，说不定就能移过去。这值得一试。"

我说："这么简单？"

"当然没这么简单。你要摈除所有杂念，只想这一件事，而且这状态要持续3分钟以上，才能奏效。"

"听起来这么像打坐？"

胖子点点下巴："让我们一起来演方丈吧。"

我们盘腿坐在湖边，开始禅修。

刚开始，我怎么也集中不了精神，各种乱七八糟的想法纷至沓来，根本不受控制。3分钟后，胖子突然睁开眼睛，看了看我说："你他娘的在想什么？"

我看了看眼前，没有任何动静，便连说了两声抱歉，让他再给我一次机会。

这一次因为有了经验，我紧皱着眉头，把所有不适时的想法像挤毛巾一样全都挤干，强迫自己专心下来。眉头渐渐舒展，苦大仇深的表情也变得愉悦，我很快进入入定的状态。

我在镬和湖水之间想象出一道吸水的虹，这道虹像象鼻子一样，把水从这一边吸到另一边。因为太过专心，我已浑然忘我，不知过了多久，耳边忽而传来哗哗的声音，我琢磨着3分钟肯定过了，便睁开眼睛。

一下子，我就看到一座水做的拱桥，水流顺着桥身，湍急地攒射向镬的底部。霞光的映照下，整座水桥浑似一条盛放在半空中的斑斓彩虹。

湖水涌起的地方，我登时吓了一跳，那一段竟然真的是一根硕大的象鼻！想象力真是伤不起呀！

胖子也注意到这一幕："你想出来的？"

我点了点头，看他接下来怎么评价。

"了不起呀！我想象出来的是水龙头，看来归墟还有把想象力自动融合的功能，这边是象鼻，那边肯定是水龙头了，中间是彩虹，这完全是朵奇葩呀！"

"奇葩不奇葩，完成任务不就行了。水一抽干，我们就能继续赶路了，但愿水底没太多淤泥。"

胖子做出吃惊的样子："雪號鸟呢？它不帮我们了吗？"

我撇撇嘴让他自己看，他环顾四周，连个鸟影都没有！

我说："它那么关心灭火，肯定跑过去看了。"

我们都站了起来，静待完工的一刻。这吸水装置一点儿也没有让我们失望，一盏茶的时间未到，就把水抽得差不多了。再过几秒，一滴水都没有留下。

湖底露了出来，我和胖子又往前走了几步，一看之下，都大吃一惊。

这座湖竟然是个梯形，四壁和底部都嵌满了糁青色的条石，而就在我们脚下的湖壁上，居然还有一道延伸而下的台阶，台阶和一条石道接壤，一直通往湖底的中心部位。

我们的视线随着台阶一路向前，到台阶末端的时候，赫然发现一块鼓面形的凸起。因为离得远，看不清直径有多少，但粗略地目测了一下发现，至少能同时容纳两个人通过。

胖子张大嘴巴半天没合拢，因为激动，声音也结巴起来："难……难道那就是地宫入口？"

经他一提醒，我马上振奋起来，入口这么隐秘，如果没有鸟兄帮忙，无论如何也想不到哇！看来，真是好人有好报。

胖子的眼睛里跳跃着两团火焰："鸟兄还没有回来，咱们要不要等它？"

我突然想起一件事，便拿出来讨论："你想过没有，它让我们灭火干什么？"

"不知道，该不是怕煮得时间长，肉不好吃了吧？"

我知道他在开玩笑，便假装没听见："事情不会这么简单……"

刚说到一半，胖子嬉皮笑脸的表情突然一正："你听！"

这两个字透着莫名的紧张，我的神经立刻就绷了起来，与此同时，身后隐隐传来滚滚雷声。不对，不是雷声，我竖耳静听，旋即心下骇然，那声音，像是成千上万只脚同步行走，中间还夹杂着万马奔腾的响动。

因为不明所以，我更是害怕，哆嗦着嘴唇念叨："这……这……"

胖子瞪大眼睛："这是大军开拔的声音哪，而且人数肯定不少，是怎么冒出来的呀？"

正说着，声音已经越来越近，我们朝声源处张望，发现镝所在的位置已经是烟尘滚滚，之前的水汽完全消失不见。不知道他们来了，会发生什么，除了不明就里，更多的是惊慌，我们你瞅瞅我，我瞅瞅你，交换着彼此的恐惧。

Chapter Ten　颠倒

胖子忽然大喝一声："还愣着干什么？快跑！"言毕，他带头冲下台阶。

因为是用逃命的速度在跑，眨眼间，我们就冲到了台阶的尽头。那片鼓面形的凸起，就在我们眼皮子底下，也不知道是不是心理作用，我察觉到它在源源不绝地往外散发出一股森森的寒气。

胖子趋近了一看，神色大变："这……这是镇宫石啊！"

"镇宫石"这三个字，我已经不是第一次从胖子嘴里听到，疑问马上就出来了："它不是应该放在地宫里吗？"

"是啊，所以我也在纳闷儿。镇宫石放的地方不一样，作用也就不一样，放在地宫里，可以挡住煞气，而放在地宫入口，则能把整个地宫……闷住。"

"闷"，这个字倒是挺生鲜，我表示不解。

"作用就相当于封条，把地宫查封的意思。"

我心下一跳："哪个墓主人会给自己贴封条哇？"

说着，我看了看胖子，从他脸上寻找答案，结果越想越是心惊："难道，这里进过其他人？"

胖子皱了皱眉头，显然此刻也拿不准，他恍了一下神："先找到机关再说，我们要是进不去，指定完蛋！"

他围着镇宫石转起了圈，转到另一面的时候，突然顿住脚步，半晌没有动静，我跟过去，发现他正呆呆地望着石面上的几个奇怪符号。

"怎么了？"我问。

"这是西夏文哪！"

我讶然道："你懂西夏文？"

"略懂。"

我不禁头疼："一会儿蒙古，一会儿西夏，这到底怎么回事？这字你看得懂不？"

"能，就是封结的意思，但字有点儿不正规。"

我们对话的速度很快，可分秒之间，行军的脚步声已经飞快地逼近，丝毫不给我们喘息的机会。不敢再多说了，我抓紧时间问："找到机关没有？"

"没有。"

我的心往下一沉："推开怎么样？"

"这重量，十头牛也拉不开。你等等……"

我不敢吭声，生怕打扰了他的灵感，就这么焦躁不已地站在旁边，一时百爪挠心。

胖子突然低唤一声："有门儿了。"

我精神一振，凑了上去，只见胖子指着那两个西夏文字，张口就说："他娘的，这设计跟天坑里是一模一样的。"

我有点儿糊涂，想了想没明白过来，便问："哪里一样？"

"就这两个字，我刚才还觉得写得不正规，刻字的人文化水平低，现在想来，写成这样完全是故意的。"

我睁大眼睛去看，依然没有看出有任何蹊跷。

胖子解释说："不懂西夏文的人，是看不出名堂的……没时间解释了，现在是见证奇迹的时刻。"

胖子嘴上说着，手上也没停，扣住其中一个符号的下半部分，用力往上一扳。马上传来一声脆响，咔嘣，随之那个符号变得更加紧凑起来。这应该就是胖子所说的正规的意思。

字一规范，镇宫石旋即有了反应，整根柱子旋转了一下，露出一个垂直向下的洞口。我瞬间想起了在天坑里见过的情景，下意识地探头看去，果然，在洞壁出现了一段旋转而下的台阶。

胖子当先一步跳下去，我随后跟上。不知踩住了哪道台阶，触发了机关，镇宫石在头顶悄无声息地合上了。

胖子没有接着往下走，而是把耳朵贴在洞壁上，辨听外面的动静。我也如法炮制，装模作样地听了起来，没想到这一听，还真听出了异常。

那行军的轰鸣声越来越近，几乎已经到湖边的时候，突然一分为二，沿湖岸蔓延，迅速把湖给围了起来。我以为他们要绕过湖往前走，心里有一丝庆幸，谁知等到最后，它们竟然……停了下来。

我的神经马上紧绷，惶恐地看着胖子。

胖子的神色飞快地变换着："坏了，被包围了，早知道就不进来了。"

"你这是什么意思？"

"他们要是打开镇宫石下来，我们就死翘翘了，此地不宜久留，还是赶紧跑吧。"

我深以为然，迈开大步，跟在胖子身后一跳一跳地下去了。

没想到这一下去，半个小时后竟然没到尽头。

胖子喘了口粗气说："如果这洞口开在地球表面，我肯定以为它通往地狱。"

我们停下来稍做歇息，因为之前赶得太快，一停下来小腿就开始发软。考虑到危险随时可能来临，我们不敢久停，一分钟不到就继续闷着头往下走。奇怪的是，无论我们走多深，四周始终弥漫着若有若无的光线，强弱没有丝毫改变。

不知道什么时候，胖子问了一句："腿疼不？"

我被问得莫名其妙："疼，当然疼。"

他又追问："大腿疼还是小腿疼？"

我愣了一下，仔细一感受，发现有些不对劲，又酸又疼的竟然是大腿。这么一来，我不得不把他的发问放在心上了，正儿八经地回答："是大腿。"

"我的也是大腿。咱们不是在往下走吗？疼的应该是小腿呀。"

我心里一咯噔，马上抬头去看胖子，这一看不打紧，我的心跳瞬间加速：我看到的竟然是胖子的臀部！

他是走在我前面的，我们又在往下走，按理说，我第一眼应该只能看到他的脑袋才对，怎么是臀部呢？

我停下来不走了，有点儿犯晕："我们到底是在往下走，还是在往上爬？"

胖子倚在洞壁上，咻咻地喘着气："鬼才知道！"

"那你是什么时候发现不一样的？"

"光顾着闷头走了，我也不知道是什么时候的事。刚才突然觉得大腿疼了，才想起来问你。"

我看了看脚下，又看了看头顶，上下都是一个德行，没有一点儿差别。这种深度迷失的感觉，把我急得快哭了。终于，我忍不住说："胖子，我必须告诉你一件事。"

他嗯了一声，转身居高临下地看着我。

我梳理了一下头绪，又整理了一下语言，这才说："这件事跟天坑有关。我是从盗墓山庄穿越进天坑里的，你还记得吧，最后我们一起从悬崖上掉了下来。我在掉下来的过程中就穿越回了山庄，在那里，我见到了你。"

不出意外，胖子响亮地啊了一声。

"你在山庄里给我讲了一件事，你说，你从悬崖上掉下来，昏迷了，醒来之后，发现自己在一只隼龙的背上。这只隼龙驮着你往上一直飞一直飞，飞到这个归墟里，你们顺着甬道往前走，在一座宫殿前停下来，见到一个看不清楚脸的人……"

"这个人告诉我：我等的人不是你。"胖子喃喃自语，因为过度紧张，他脸上的肌肉不停地抽搐，眉头都拧到了一块。

"我听你讲完这个故事，才一个人进入归墟。在进入归墟的路上，我看见一只隼龙驮着你往上飞，然后，我又在大殿里碰到了你……"

胖子紧张的表情愈演愈烈："我可以保证，我在这里没有对你说谎。"

"之前你问我我是怎么来的，当时我对你说了谎，因为我不知道该不该信任你，所以有所保留。"

"那现在呢？"

"现在咱们是一条绳上的蚂蚱，志同道合才有活路。"

胖子的表情异常凝重："如果你说的是真的，外面那个我是谁？"

"我说的是真的。"

"那你为什么突然告诉我这个？"

"刚开始碰到你的时候，我想到的是时间混乱了，现在我们的处境，不仅仅是时间混乱，而且方位也混乱了。"

我们都开始吸冷气，接下来的3分钟，谁都没有说话。两个人就停在那里，进也不是，退也不是。

这么沉默着也不是办法，我开口说："还要不要往下走？"话一说完就觉得不妥，现在不是向下，而是向上。

胖子闷声叹气："还是走走看吧。不过据我猜测，这么走下去可能有两种结果，第一种，我们直接进地宫；第二种，回到之前那个镇宫石下。"

无疑，第二种可能把我吓了一跳："这解释不通啊！"

"在这里，没什么能解释得通，走一步算一步吧。"丢下这句话，胖子扭过头开始赶路。我们沿着旋转台阶一路直上。

又是半个多小时过去了，等我爬得满头大汗的时候，抬眼一看，到终点了，眼前所见顿时使我满头的冷汗唰地冷却下来。

最可怕的状况出现了，是镇宫石！

心里有个声音一遍遍地告诉我：这不合理！

胖子竖起耳朵听了一阵，擦了把冷汗说："上面有人。"

气氛骤然紧张到极点，我们都陷入了深不见底的恐慌当中。我看了看脚下，直洞静默地延伸着，感觉就像回到了刚刚下来时的瞬间。

胖子有点儿崩溃，气急败坏地说："我不信这邪，我要上去看看。"

这个时候，任何莽撞的行为都是致命的，可我又找不到阻止他的理由，只好试探着说："要不，我们再走一次？"

"不走了，再走回去，肯定还是现在这样子。"

尽管不愿承认，可我知道他说得有道理，而且只可能是这种情况。这个念头一产生，我便心一横，对胖子说："上去吧，死就死了，也胜过在这里摸不着头绪郁闷死。"

胖子慎重地点了点头，指了指面前的一道台阶说："我记得是踩在这道台阶上的时候，镇宫石合上了，我现在再踩一下，你做好准备。"

所谓准备，无非是用来应付危险，我说："准备好了。"

胖子躬身踩了上去，头顶的光线霎时变强，镇宫石开了！

我们没敢贸然探出头，等了片刻，没见人下来。胖子按捺不住，一溜烟地上去了。我紧随其后，一出直洞，马上愣在当地。

四周的湖岸，被千军万马围得水泄不通。

一大簇人正跪在镇宫石前，进行着一场诡异的仪式。在他们面前，有一个巫师模样的人，正手挑长幡围着镇宫石转圈，嘴里还念念有词。

不管是军队还是跪在地上的人，他们都穿着蒙古族服装。

不知道是不是因为太专心了，我和胖子的突然现身，竟然没有引起任何一个人的注意。我们傻乎乎地站着，等着被发现，可他们却瞧都不瞧一眼。难道这些人，都是瞎子不成？

我仔细观察了之后发现，如果这是瞎子兵团，那肯定有一个人不是，这个人就是那位巫师。他睁着眼睛，眼神里神采夺人，而且他还在转圈，一圈一圈都毫厘不差，如果眼睛瞎了，不可能转得如此精准。那这是怎么回事呢？

正百思不得其解，巫师恰好又转到了我们面前，我一个没注意，胖子竟然做出一个明显在找死的动作。

他冲着巫师的脸挥了挥手！

极端诡异的事情发生了，巫师非但没看见，还从胖子的胳膊中穿了过去，好像胖子的手臂是透明的一样！

我下巴都快惊掉了，怪不得他旁若无人，怪不得这些人没有发现我们，原来我们相对他们来说，竟然是透明的！

胖子也不淡定了，这等怪事，放在谁身上都要郁闷一会儿。郁闷完了，胖子问了一个惊人的问题："我们是不是死了？"

Chapter Eleven 镜面效应

说真的，此刻我也不敢确定自己是生是死，但回顾之前的经历，没有任何横死的体验哪！怎么能没有任何先兆地说死就死呢？我坚决地否定他说："我们没死，肯定是别的问题。"

胖子估计豁出去了，他冲到跪在地上的那群人中间，摸摸这个，踢踢那个，手和脚穿过了好几个人的身体，他们都完全没有反应。胖子跑过来说："坏了坏了，我们和他们，至少有一方是虚幻的。"

我拼命压制住慌乱，回想了一下穿过直洞的经历，灵机一动说："会不会是镜面效应？"

"镜面效应？"

"直洞的中间有一面镜子，镜子那边是真实的，镜子这边是虚幻的，也可以理解为真实世界的投射。我们从真实世界走进了镜子里，现在这些军队，就是来自另一边的投射，也就是说，真实的我们走进了镜子里，碰到了虚幻的军队。可不可以这么理解？"我知道自己的想法听起来有点儿无稽之谈的味道，可除此之外，暂时没有更好的解释了。

胖子若有所思："我还是不大明白，如果我们走进了虚幻世界，那真实世界是不是也应该有我们的投影？"

"在这边，真实的我们碰到虚幻的军队；而在那边，真实的军队碰到的则是虚幻的我们。我们谁都奈何不了对方。"一说完，我就被自己的想法吓了一跳。

"这镜面效应也太厉害了，难道声音也可以折射吗？"

我想了想，也觉得这设想匪夷所思得过了分，便补充说："只是我的推测，不见得准确。"

"按你的意思，如果我们想出去，只需要往回走就是了？"

"我们可以试试，但自投罗网的事，还是不干为妙。"

通过这一番讨论，胖子脸上惊惧的表情已经缓和了不少，他的恶趣味便紧跟着涌上来，当那巫师再次转到我们身边时，他大模大样地跟了上去。

转了一圈之后，他停下来，似乎有了发现："这家伙说的是西夏语。"

我响亮地啊了一声："蒙古加西夏，这到底在搞什么？"

"我也不知道，但我发现镇宫石上那两个字，正在一点点消失。"

我马上跑过去看，果然，那几个奇怪符号的痕迹已经减少到只剩几点。巫师再转几圈，估计就会完全消失。消失了会发生什么？我不由得紧张起来。

因为学过这方面的历史，我对蒙古和西夏的关系多少还是了解一点儿的，他们是一对实至名归的死对头，成吉思汗在有生之年，一直想灭了西夏。后来，西夏还真的被蒙古灭了。

思绪进行到这里，我暗中捏了把汗，因为我想到了一种可能。这可能太让人无法镇定了，我一个人肯定难以消受，便分享给胖子听："你说，这里跟成吉思汗有没有关系？"

胖子怪叫一声："成吉思汗？"

"是的，会不会是他的墓？"

胖子嘘了口气："你还真敢想，我们才没那么走运呢！当初成吉思汗在征伐西夏途中围猎受伤，死在六盘山。他不信风水，没那么多讲究，当时就随便找了个地方，刨坑一埋，万马踏过就了事了，谁也找不着。

这是关于他真身陵墓的最权威记载，再说，即使这个记载是假的，他怎么就进了归墟？"

我不同意他的说法，苦思冥想该怎么反驳，不经意间，班主任说过的一个词蹦入了我的脑海：归墟通道。我灵机一动说："也不是没有可能，古人在这方面比我们聪明得多，说不定他们早就知道了归墟是真实存在的，而埋葬成吉思汗的地方，或许就是其中一个归墟通道，就像盗墓山庄一样。"

"归墟通道？"

我把班主任的研究成果拿来给他普及了一下。

胖子讶然，脸上半阴半晴，看来，他也开始怀疑自己："如果这是真的，如果躺在我们面前的真是成吉思汗，那他……他未免也太神了。"

我说："他本来就是大神级的人物。"嘴里说着，心里也在想，也只有他才配得上曲向前所描绘的"一个你绝对想不到的厉害人物"这句话。

"我也研究过归墟，可没这么全面。你还有什么没告诉我的？"

"曲向前说，这里有一颗天珠。"

"天珠！"震惊太甚，胖子的脸都变了形。

我问："怎么了？"

"你怎么不早说？"

"有什么不对吗？"

"当然有。天珠是上古时期的神物，传说可以颠倒日月星辰，可以控制世界万物，拥有了它，简直可以随心所欲、无所不能。"

我的心在一瞬间全乱了，蒙古、西夏、天珠，这三个词在脑海里闪烁着来来去去，怎么也抱不成一团。我把这些纠结不堪的谜团全都抛到一边，问："天珠就是产生镜面效应和时间混乱的原因？"

"可能是的。"

就在我们说话间，那巫师又转了一圈，镇宫石上的字便只剩最后一点儿。我伸手指了指这行将消逝的符号，说："这是西夏文，看来西夏国的人竟然真的来过这里。他们要镇住的东西，肯定是蒙古那一边的。"

胖子顺着我的想法说："说不定是成吉思汗。"

"可天珠又是用来干什么的？"

胖子显然和我有相同的疑惑，但他似乎想通了另一个问题："这些蒙古大军，肯定是火灭了之后才出现的，他们应该是成吉思汗的陪葬，只不过后来被西夏人封结住了。现在他们来这里应该只有一个目的，解救被封结的成吉思汗。"

他这么一说，我又想到更多，那个行军大镬，那只雪號鸟，它们肯定也是有联系的。胖子说雪號鸟生长在塞北极寒之地，说不定，它们早就被驯服了，早就成了蒙古大军的一员。它让我们灭火，也是为了解救蒙古大军。

而那个镬，应该就是封禁蒙古大军的东西！

思绪一延伸便刹不住车了，我脑海里又浮现出一个情景：雪號鸟把人头从镬中叼走的情景。现在想来，它叼走人头可能并不是为了吃，而是想救他们，救出一个是一个。

想通了这些，我感觉舒畅了不少，正想喘口气，一转眼，就看到那个符号的最后一点儿，开始飞快地褪色。

我心里倏尔腾起不好的预感，接下来肯定会发生什么！想到这里，我看了一眼胖子，发现他的表情前所未有地凝重。

符号完全消失了，我们绷紧神经等待着，时间和空间仿佛静止了一样。

蓦地，脚下传来一股蜂鸣般的响动，好像有无数机关同时在地下深处运转，而且一点点往上层蔓延。我已经紧张到无法言说的地步，虽然站在面前的这些人是虚幻的，但我还无法确定由他们引发的变化会不会影响到我，就是这种不安全感让紧张急速递增。

蜂鸣声转眼逼近脚底板处，就在我下意识地想跳起来的时候，突然感觉到地表传来一下猛烈的战栗，像是地震来临的前奏。

看来我的担心不是多余的，周遭的变化也会影响到我们。

胖子猛扯一下我的胳膊，大喊着让我快跑，我哪敢停留，转身就要蹿出去。谁知，那个不停转圈的巫师不知什么时候停了下来，就停在我身后不到半米远的地方，我一转身，两张脸几乎撞在一起。

因为精神高度紧张，我竟然给吓得顿了一下，好几秒才意识到，他根本发现不了我。既然如此，我也就不客气了，直接从他身体里穿了过去。

刚落脚，地面就有了明显的变化，湖心竟然开始往上隆起。

身后的人也不淡定了，纷纷举步逃窜。幸亏我和胖子行动得早，抢了先机，这才没有跟他们搅在一起。沿着不停往上耸的台阶，我们火烧火燎地奔向湖岸。

跑了不到一半路，湖底就已经升到了和湖岸同一个水平线上，之后，我们从往上跑变成了往下俯冲。地形的作用下，石道早已经被破坏殆尽，根本不能走，我们只好跳到旁边的糁青色条石上，打着滑继续狂奔。

湖底越升越高，等我距离湖岸不到 10 米远的时候，完全不能用脚跑了，只能仰躺着往下溜。脚一着地，我便连忙跑开几步，回头一看，着实吓了一跳，整座湖竟然变成一个圆形的土丘！足足有 10 层楼那么高。

原本围在岸边的大军也全都撤了到远处，我和胖子正处于大军和土丘之间。

巫师和刚才那些跪拜的人也一个个掉了下来，他们顾不上收拾自己狼狈的形象，全都不约而同地转头去看，看完了，眼神中悉数流露出强烈的敬畏之色，想也不想便跪在地上，口里如祷告般念念有词。

我和胖子还没来得及就眼前的状况展开交流，一幅极端宏大的场面紧跟着出现了。这土丘沿着一条正对我们的直线，迅速裂开一道缝隙，缝隙越扩越大，直到完全打开。

打开后的土丘内部，出现一座大殿。

这座大殿的恢宏程度，已经无法用语言来形容，此刻我只有一种感觉，它一遍遍地告诉我说，自己是站在一流的建筑奇迹面前，它只可能存在于想象中，所以，想象出这座大殿的人，肯定是超凡脱俗的通天之人，而有资格享用这座大殿的，其厉害程度就更不用说了。

旁边，胖子脸上的惊诧在瞬间凝固："果然是成吉思汗哪！"

我问："为什么这么说？"

胖子遥指大殿门额上镏金的铭文说："那上面写着呢，用我给你念念吗？"

我回答说不用，刚合上嘴巴，忽而一片异样的光兜头而降，绚烂而强烈。虽然归墟里没有光源，但这里是大白天，它却直接让光明相形见绌。更可怕的是，光里有一种说不出的诡异色彩，仿佛能麻痹人的神经，让人出于本能地产生畏惧。

发光的地方，是大殿的顶端，那里有一个炫目的光球。不大，却煞是惹眼。

我心里霎时蹦出一个词语，情不自禁地念了出来："天珠？"

胖子冲我点点头，突然，他的眼睛望向别处，神色大变。

Chapter Twelve 幕后黑手

我跟随他的视线一看，只见有一只雪號鸟从远处飞了过来，盘旋在巫师的头顶上，俨然是我们帮它拔掉荆棘的那一只。

巫师伸手做出召唤的动作，雪號鸟便顺从地停在他的身前，巫师翻身骑了上去。

胖子朗声叫道："不好，他们要动手了！"

"动手干什么？"

"拿走天珠。"胖子一副着急忙慌的样子。

说话间，雪號鸟已经腾空而起，沿着大殿的飞檐向上飞去。

我急急问道："拿走天珠之后会发生什么？"

"第一种可能，天珠是用来封结这座大殿的，他们不进大殿，而是选择先拿走天珠，就是这个原因。一旦被拿走，他们就可以进入大殿，让成吉思汗复活……"

我的情绪也被调动了，焦虑不已："第二种可能呢？"

"天珠一旦被拿走，镜面效应也许会消失，到那时，真实和虚幻便合二为一，我们就会被发现。"

胖子的分析很有道理，我不由得大乱，问："怎么办？"

胖子却不理我了，他突然朝天呱呱叫了两声。

这叫声有一种莫名的熟悉感，之前肯定在哪里听过，还不等我想起更多细节，接下来发生的事便血淋淋地证实了我的想法。

从天边飞来一个黑点，以极快的速度靠近，等能看清大概时，我一下子呆住了。是隼龙！再近一点儿，我的震惊更甚，竟然是那只我刚进归墟时，不停盯着我看的家伙！

它径直停在胖子身前，等着他上去。胖子立刻采取了行动，不过，他的行动没有顺利完成。

因为我一把扯住了他。

我直勾勾地瞪着他说："胖子，我一直怀疑曲向前的话是不是真的，现在，我不再怀疑了。你肯定有更大的阴谋瞒着我！而且，我突然想起一件事，曲向前说，他只能在下一个穿越者的穿越过程中短暂地出现，可是现在我没有穿越呀！这里也没有别人能穿越了，所以，只有可能是你在穿越。"

胖子急急地说："我没有穿越。你竟然还在相信他！"

"那我凭什么相信你？"

"我会证明给你看！"

"你准备干什么？"

"阻止他拿走天珠。"

我冷冷地说："你是想抢走天珠吧？"

胖子一脸懊恼，冷不丁地一拳挥来，我忙着躲闪，手上的力道减少了几分，给了他可乘之机。胖子挣脱我，飞身骑到隼龙背上。

隼龙仿佛和胖子心有灵犀一般，朝着天珠所在的方位快如闪电地冲了上去。它的速度极快，属于穷追猛赶的级别，但无奈还是迟了一步，当巫师伸手去抓天珠的时候，双方相距至少有两丈远。

胖子在着急上火中心生一计，从背包里摸出个铁家伙，隔空砸了过去。虽然是临时抱佛脚，却不失准头，这一下正好打在巫师的手腕上。他惨叫一声撒开了手，已经到手的天珠一个拿捏不稳，砰一声掉在房顶上，顺着斜坡滚落下来。雪號鸟也跟着偏离了轨道，在半空中画了个跟跄的弧线。

胖子在下面，天珠正冲着他滚过来，下一步，就轮到胖子大展拳脚了，谁知，他的手刚伸出去，那只雪號鸟便从斜刺里合身扑了上来，送给他报复性的一击。首当其冲的隼龙，被撞得倒飞了几步，连扇了几下翅膀才维持住平衡。

现在，两只鸟的斗志全被激发出来，它们谁都不甘心落下风，沿着天珠滚落的方向，开始一边追逐一边以武力拼杀。你来我往中，连撞了好几遭，其间还夹杂着各种另类的打法，不过，因为体形和力量相当，暂时僵持不下。

这一阵毫无章法的乱扑乱撞，可苦了身上的两位乘客，好几次，他们都差一点儿从半空中掉下来。虽然摸不清胖子的底细，但在情感上我还是不自觉地站在他这一边，所以，暗中替他捏了好几把汗。

不知什么时候，头顶又传来翅膀扇动声，我应声转头，立时大惊失色，又有一只雪號鸟过来增援了！

它一加入转团，隼龙马上显然力不从心了。更让人忧虑的是，这只新来的雪號鸟居然懂得战术，它用尽全力拖住了隼龙，给自己的同伴争取机会。

我的眼睛一刻不离地紧盯住天珠，完全没有注意到，身边围满了人。等我意识到不妥，察觉这一点的时候，不禁大为惶恐，看来胖子的推测不错，镜面效应消失了。幸亏我的穿着比较特殊，围住我的人因有顾虑而按兵不动。

我的视线在他们和天珠之间不停地变换，糟糕的事情发生了，天珠即将滚落屋檐的瞬间，巫师追了上来，一抄手把它攥在手指间。然后，雪號鸟从我头顶一掠而过，我的眼睛注视着巫师，骤然注意到他做了一个动作！

他把自己的脸皮揭了下来！

紧跟着，露出一张我怎么也想不到的脸——曲向前！

他回头冲我一笑，笑容里满是讥讽。然后，他张口说了一句话，声音很大，我听得无比真切："我要醒过来！"

倏尔，他消失了！

从雪號鸟背上消失了！

我震惊得无以复加，感觉眼前的世界轰然崩塌，怎么会这样？怎么会这样？

这一下变故太始料未及，不光是我，连那些围住我的人也无不露出愕然之色。最后，他们把目光投向我，一个个蠢蠢欲动，手里的武器也纷纷指过来。

千钧一发之际，一只手搭在我的肩膀上，迅速往上一提，等落下时，我发现自己正坐在隼龙的后背上。

胖子在前面粗着嗓门儿喊："傻了你？怎么不动了？"

直到现在我还没有缓过劲来，不住口地说："是曲向前……曲向前他……"

胖子说："看来是真傻了。天珠被拿走，成吉思汗要复活了，我们干不过他，逃命要紧。"

我像是受了刺激般，一下子清醒了："你的枪呢？"

"刚扔出去了，没子弹了。"

"那你身上有什么？"

"信号弹，就在背包里，你会不会用？"

我二话不说，直接从他背包里摸出信号枪，熟练地装弹，然后对准在后面穷追不舍的雪號鸟，一枪射出去。

轰，一团火焰在它身上炸开。

火光的掩映下，隼龙朝着遥远的天际冲出去。

Chapter Thirteen 出口

等确定安全后，胖子开始说话："现在，你一定有很多问题想不明白吧。"

我点了点头，很快又意识到，隼龙身上不带后视镜，胖子看不到，便改用声音回答说："是的，全都乱了套。"

"你该听听我的解释了，之前没有坦白告诉你，是因为说了你也不信，只有在亲眼见到之后，你才能破灭对某些人的信任。"

某些人，当然是指曲向前，我马上竖起耳朵。

"其实，曲向前根本没有死，之前他告诉你的话全都是假话，他才是隐藏最深的人。一路上他都在利用我们，然后坐收渔翁之利。"

死？没死？想象？真实？我的脑子眨眼间变得像一团糨糊。

"实话告诉你吧，最早具有特异功能的人，是我，不是他。班主任想让我利用特异功能帮他，我拒绝了，于是，他和曲向前密谋杀死了我。"

"杀死你？"我简直怀疑自己是在做梦。

"是的。"

"什么时候的事？"

"就是我第一次去天坑的时候。曲向前裹着白布装神弄鬼，拿刀割绳子的事，你难道忘了吗？那是真实发生过的。"

我心惊不已，事实竟然是这样！最初的时候我还以为，裹白布的身影是跟着我进去的呢！

"还有，在千岛湖底，他就数次想杀我，只是一直没有机会。他们杀了我，把我的特异功能复制给了你和曲向前，这是双保险。我被杀了之后，只能在下一个穿越者的穿越过程中短暂地复活，你仔细回想一下，在现实世界里你见过我吗？每一次都是穿越途中见到的吧？"

我突然想起什么："不对，我在盗墓山庄里见过你。"

"这一点我已经想明白了，你继承了我的能力，在现实中见到虚幻的我也不是没有可能。"

"那曲向前呢？我明明在山庄杀死了他。"

"现在化妆术那么好，找一个替身也不是多难办的事。"

我越来越是震撼，片言都答不上来。

胖子递进到另一个话题："在天坑中，我和隼龙建立了感情，它似乎也在寻找什么。所以，我告诉你我是从天坑直接来到归墟里的，并没有骗你。"

我突然想起一个关键点，不由得破口而出："可是，我在盗墓山庄见到的胖子给我讲了一件事，和你在归墟里给我讲的一模一样，你们都说见到了一个蒙着面纱的人。"

"这应该就是精神力的作用，我做这个梦已经不止一次了。"

"这个蒙着面纱的人是谁？"

"不知道，这是一个谜，就像我们不知道成吉思汗是怎么埋进归墟一样，就像我们更不知道西夏人怎么找到归墟一样。"

这些问题一时半刻绝对想不清楚，我强迫自己不去想，而是着重思考眼下的问题：曲向前没有天眼，那他是怎么进来的？按理说，归墟里不可能有视频哪。

对于这个问题，胖子的看法是，在我进来之前，他们一定在我身上植入了微型摄像机，录下来的画面，他们那边可以接收，然后曲向前就借助视频穿越进来。

这个解释虽然有牵强的成分，倒也十分合理，看来这趟回去之后我要好好把自己搜查一下。想到回去，我又不由得作难了，茫茫归墟，何处是出口？

胖子后来的话让我宽了心，他说："隼龙可上天入地，自然能带你回去。"

我问："那你呢？"

"我当然回不去了，要想见我，你必须穿越。"

之后，我们各自沉默。

晃晃悠悠，再加上极度疲惫，我竟然睡着了。

迷迷糊糊中我做了一个梦，梦里，一只隼龙驮着我，沿着甬道往前飞，在一座大殿里停了下来。

一个看不清脸的人出现在我面前，他神神秘秘地说："是你，是你，我等的人就是你！"

我心里一惊，随即醒了过来。

第四章 西夏王陵

Chapter One 狩猎

　　面前，是赭黄色的戈壁，高低起伏的断崖和山峦绵延万里，把天空也倒映成和自己一样的颜色。日薄西山，太阳的光线一束束地照着整个空间，就像电影院投影的光束，放映出一个魔幻而瑰丽的世界。

　　我收回远视的目光，往近处瞧，猛然间打了个哆嗦，不知什么时候，我的身体竟然躺在悬崖边缘！准确地说，是笔直的悬崖上一块凸出的石头，只要我往外稍稍打一个滚，就会掉落万丈深渊。

　　我慌忙以手撑地往后退，靠着峭壁，这时，头顶传来翅膀扑棱的声音。我抬头一看，是那只隼龙，它看我醒来，竟然丢下我径直飞走了。

　　这只隼龙，当初一直盯着我看，从它古怪的眼神中，我就判断出它一定是有企图的。没想到，它的企图就是把我抛到这个荒无人烟的地方。

　　望着它远遁于天际的背影，我有一种被抛弃的落寞感，不过，这感觉马上被强烈的绝望吞没。我眼下所在的地方，除了飞进飞出，没有别的办法出入了，如果说自己走投无路，一点儿也不夸张。

　　我强撑着不让双腿颤抖，但无济于事，费了好大劲，才晃晃悠悠地站起来。一股股始料不及的山风吹着我的身体，仿佛下一秒钟就会把我卷下悬崖。我背对着山壁，眺望渐转绯红的夕阳，视线下移，盯着脚下万丈远处的戈壁黄沙，寻思从这里跳下去，有没有生还的可能。

　　正痴心妄想着，身后骤然传来一阵凌乱的马蹄声，如同山雷訇然鸣响。我转身一看，什么也没有啊！莫非从崖顶传下来的？

我登时紧张起来，这么多马匹一起奔来，中间还夹杂着隐隐的呐喊声，这意象绝对不是当代的画面。难道，隼龙带着我穿越回了古代？

我屏气凝息，后背贴着石壁等待，只要头顶有烟尘落下，就能证明我的猜测是对的，马蹄声的来源是在崖顶。可惜，我等了足足有两分钟，莫说是滚滚的烟尘了，即使是些微的尘土都没有落下。

这证明我的推测是错的，可声音明明还在继续，几乎……近在咫尺。

就在我出神间，西边的阳光已经和晚霞融为一体，夕阳笼罩了天地。而我的眼角，恰在此时，捕捉到一抹旁逸斜出的亮光，一闪即没。

我结束愣怔，赶忙回头，这一看不打紧，我的心登时抽成了一团：石壁上如同放电影一样，正幻映出一幅怪异而喧腾的画面。下意识地，我想到一个词：狩猎！

我退了一步，战战兢兢地观望。

上千匹马朝一片林地聚拢，这是一幅远景，整个画面看上去沸反盈天，浩荡的声势鼓起无穷无尽的杀气。慢慢地，镜头越拉越近，聚焦到一个人身上，给了他的脸一张特写。这人气概磅礴，不怒自威，俨然是首领。

看到他，我心里一咯噔，久远的记忆片段拨开层层云雾跃入脑海，略作对照我便肯定，他竟然是成吉思汗！

我突然想起胖子跟我讲过的故事，成吉思汗征伐西夏，在途中围猎受伤，死在六盘山，莫非，石壁上的影像正在还原他打猎受伤的场景？这个念头一起，我的注意力完全被吸引住，视线一动不动地凝视着石壁。

成吉思汗在林边勒马，摊开手里的一张卷轴，上面绘着一幅古兽图，那古兽外形如大象，也有一只象鼻和两只象牙，只不过那两只象牙是高高上挑着的，弯出了两道诡异的弧度。它和大象最大的区别是，它通体暗黑，看起来矫健如虎狼。

成吉思汗把卷轴递给身边的手下，说了一句我完全听不懂的蒙古语。那名手下吞吞吐吐了两下，都被他摆手截停。接下来，不可思议的事情发生了，成吉思汗策马扬鞭，竟然独自一人杀入林子。

看来，他刚才是在表达想自己一个人去狩猎的意思，那名手下意欲劝谏，只是并没有说服他。

画面里，林子被团团围住，成吉思汗如孤胆英雄般深入丛林腹地。

突然，一个声音说："你知道他为什么要一个人进去吗？"

我立刻打了个激灵，因为我意识到，这声音明显不是从影像里发出的，声源似乎就在我的耳畔。能听出是从一个男人口里发出的，但隐约中又猜不透年龄，那音质空灵而诡秘，霎时给我一种猝不及防的感觉。太可怕了！

我环顾左右，除了土黄色的空气，什么都没有发现。我颤抖着声音问："谁？"

不知从何处传来一声干笑："我是那个一直在等你的人，隼龙把你带过来，是我的安排。在我们即将见面之前，我想让你知道一些事，免得到时候我再啰啰唆唆地讲给你听。"

我一头雾水："你在哪里？"

"我离你很近，但你看不到我。你只需要知道，此刻你眼前的这些画面，是我用神识分享给你看的。"

听了这句话，我不禁后背发凉，头皮发麻，浑身上下都在不停地发怵，一个近在咫尺的人，我竟然看不到他，那他是什么？

那个声音才不管我的感受，自顾自地接着道："不要废话了，现在开始给你讲第一个故事。刚才我问你的那个问题，你肯定不知道答案。不光是你，活在这个世界上的人，没有一个知道。那幅卷轴上的古兽，名字叫梦貘。成吉思汗在兴兵征伐西夏的这段时间，一直没有做过梦，而恰好这段时间，蒙古盛传有梦貘造访的说法。他怀疑是梦貘偷吃了他的梦，不然，它们不可能一反常态，消失得那么干净。就在昨天，他恍惚中做了一个很重要的梦，那梦关乎自己的生死，但梦醒之后，脑子仿佛被抽空了似的，能记住的少之又少，他急切地需要想起来。成吉思汗知道，梦貘不光有食梦的嗜好，还有让梦境重现的能力，只要能重现那个梦，他就能获知自己生死的秘密。而这一切，只能他一个人知道，所以，他选择孤身涉险。仗着自己神武的体魄，去制伏梦貘。你看，梦貘出现了……"

这个人的提醒刚传到我耳朵里，画面中就出现了异常紧张的一幕。暗影在成吉思汗附近的树干之间凌厉迅捷地穿梭，来去皆无章法，如是再三，方才停下来。成吉思汗早已弯弓搭箭，凝神静听着，猝然，那道暗影从他背后以极快的速度掠过，身躯带起的风声顷刻间引起了成吉思汗的注意，他放开弓弦，嗖，箭镞破空而去，正中那暗影的尾巴。

暗影苦挣着，无奈它的尾巴被钉在树上，怎么也挣揣不开。见此情景，成吉思汗的唇角撇起一抹冷笑，翻身下马，举着马刀，朝它一步步逼近。

那暗影放缓了挣扎的频率，隐隐露出的目光中明灭着几许怯意，上半边身子似乎在尽力往后撤。尽管如此，成吉思汗一点儿也不敢放松，全神戒备地接近了它。

便在此时，始料不及的状况出现了，那暗影猛摇了一下身体，瞬息之间它便化作一簇黑烟，如梦魇般把成吉思汗牢牢围住。成吉思汗仿佛置身一个虚幻的樊笼，在被围住的刹那间，他下意识地发出的抵抗之力如同击入虚空，统统化为乌有。

等黑烟消散的时候，成吉思汗已经半躺在地上，面部的神色大变，经络间隐隐有黑雾流淌，显然，他在出其不意的暗算下中了毒。

紧接着半空中传来一声怪叫，硕大的梦貘越过层层枝蔓呼啸而至。

虽然有点儿措手不及，但成吉思汗马上镇定下来，他用一只手肘撑地，另一只手抄起了地上的马刀……

看到这里，那个声音再度响起："这是梦貘出奇制胜的手段，它把噩梦实体化，凝结成自己的形象，吸引成吉思汗上钩。现在，成吉思汗已经在呼吸中把噩梦吸入脑海，他被催眠了。"

"那怎么办？"我彻底投入进去，不由得紧张起来，仿佛眼前的一切此刻正在发生。

"如果能这么轻易地被打败，那他就不是成吉思汗了。你再看。"

霍地，画面中的情势发生了逆转，在梦貘距离成吉思汗越来越近，几乎触手可及的时候，一道白光匹练般翻开。原来，成吉思汗居然纵身而起，一刀刺中了梦貘的要害。

梦貘发出一声徒劳而又不甘的咆哮，半跪下去。而成吉思汗呢，他正横刀而立，那只空着的手掌上，食中二指不歇地往外蹿血。那血是黑色的，可见，在中毒的同一时间，他就切开了自己的两根指头，借助内力把毒质逼出来。

饶是他处事如此果敢，如此速战速决，那毒还是发挥了余威。成吉思汗踉跄了一下，用刀尖指着梦貘的眉心，问了一句话。

我正愁听不懂蒙古语怎么办，那个声音便适时出现，解说道："成吉思汗说：'给你最后一个机会，把那些从我这里偷走的梦还回来。否则，杀无赦。'"

这时，我见到奇异的一幕，那梦魇竟然也张了张嘴，开口说话了。

那个声音继续在耳边同步解说："是的，我是偷吃了你的梦。其实，昨天你梦里的场景，就是眼下正在遭遇的场景。"

"什么意思？"

"你会因为今天的狩猎而死去。"

画面里的成吉思汗稍显惊骇，突然猛追一句："是谁派你来的？"

梦貘合上双眼，片刻之后便侧身倾倒在地上，没了呼吸。

成吉思汗拄着刀，艰难地喘息着。远处，传来一声声呼喊："大汗！大汗……"

画面至此中断。

Chapter Two 前因

画面消失的同一时间，那个解说的声音也消失了，我静下心来等待，足足过了 3 分钟，它还是没有出现。我稍显局促，但心里有个声音笃定不移地告诉我，一定还有下文。

果然，又过了半分钟，漫天的霞光突然变幻成紫色，一道道迷离的光影聚射到石壁上，上面紧跟着出现了一幕迥然不同的场景。

我看到一位巫师，这巫师背对着镜头，肩膀一耸一耸，显然是在作法。半晌后，他回过头来，镜头跟着他一起往回转，我依旧看不清他的脸。

巫师对一个士兵模样的人说："去禀告西夏王，成吉思汗已经死去，他被葬在了六盘山。"

那士兵的表情闪烁变换，最后恭敬地问："是不是……已经结束了？"

巫师叹了口气，又摇了摇头："没有结束，我刚刚推演得知，六盘山是通往不老之地的通道，成吉思汗埋在那里，他的尸身会被自动传送到不老之地。只需过七七四十九天，他就会复活。"

士兵顿时慌了："那怎么办？请大法师明教。"

巫师顿了顿道："我听说，西夏王有一颗天珠。"

"天珠？"

"罢了，原来你并不知道。"

士兵脸上的犹疑之色渐渐消解，他吞吞吐吐了一下，最终狠下心来说：“大法师说对了，西夏王是有一颗天珠。”

巫师沉吟片刻，缓缓道：“我要告诉你一个天机，除了西夏王，你不可泄露给任何人。香巴拉有一个叫太阳车的人，他有一只天眼，得到天眼，是看到不老之地通道的唯一办法。蒙古人肯定已经得到了天眼。下面我说的话，你要牢牢记住，一字不差地转述给西夏王：若要阻止成吉思汗复活，必须抢到天眼，进入不老之地，用天珠将其封结。除此之外，别无他法。”

看到这里，我的心弦不停地痉挛，太阳车的天眼，原来早就被蒙古人夺走，那后来呢？为什么它又出现在木里的天坑里？

我的疑问刚泛起来，那个中途消失的声音倏尔出现：“一切都是这个西夏巫师在作祟，是他让梦貘找上成吉思汗，害他不治身亡，又是他撺掇西夏国封结不老之地的。不老之地，就是那座云顶归墟。”

我参着胆子问：“这一切，跟你又有什么关系？”

那声音桀桀地干笑两下：“现在，我的神识和你的意识相通，这些话你并不需要问出来，时候到了，我自会给你解答。现在，你是不是很想知道这个巫师是谁？”

我朝虚空中点了点头。

“好，我让你看看他的脸。”

镜头开始翻转，巫师的脸一点点地侧过来。在这个过程中，我的心紧张到了极点。终于，这张脸正对我了。

我的脑海轰了一下。

是曲向前！

他的声音我居然没听出来，难道这是前世？霎时间，我感到翻天覆地的震撼。

也不知过了多久，等我渐渐缓过神来，石壁上开始放映第三幅画面。这次的背景色彩，有一种说不出的空灵，好像——在哪儿见过！

当画面中出现那两道壁立的悬崖，以及从崖顶倒泻而下的漫天瀑布时，我顿时如醍醐灌顶，天啊，竟然是木里的那座天坑！天坑里散布着忙碌的工匠和监督的军士，看样子，他们正在修筑那座奇特的墓穴。

负责此项工事的，是在第二段场景出现的士兵。显然，他并不是普通的士兵，级别相当之高。站在他旁边的人，竟然又是巫师曲向前。

他们两个已经越过悬崖，来到那个状如竖井的石窟里。巫师全神贯注地指挥工匠吊起一只隼龙，当隼龙被固定好了之后，那士兵把巫师叫了出去。

他们一起站在悬崖边，谈笑着，那士兵不停地拊掌击节。突然，他的手握在剑柄上，迅速把剑抽出来，毫不迟疑地穿进巫师的后心。

巫师瞪大眼睛，痛苦地转过身来："你……为什么？"

士兵冷冰冰地笑着，眼神里同样寒意森森："西夏王说，你知道得太多了，只有把你杀了，才能保住天眼的秘密。"

然后，他一脚猛踹，巫师被踢落悬崖，身体在我的视线里飞速变小。

我看得惊心不已，感到一阵阵毛骨悚然："这到底怎么回事？"

那个声音慢悠悠地说："很简单，兔死狗烹而已。西夏王根据他的提示，从蒙古人手里抢到天眼，进入并封结住了不老之地。天眼被用过之后，他们要把它藏起来。巫师便是督造天坑秘宫的人，现在，他的作用已经被榨干，留着只会徒增风险，西夏王索性一不做、二不休，送他归西。"

我不由得感叹："真悲剧。"心下却想：难道曲向前在前世死得太冤，所以这一世便费尽心机地想移走天珠，解救成吉思汗，将西夏王的苦心落空？这似乎能解释得通，只是时隔这么久，他再走这一步棋，除了能让自己解气，还有什么意思呢？

看了上面这些，我感觉像是在看一部剧情急转直下的电影，不知后面还有多少意外的桥段在等待我。偏偏这时，那个声音又出现了："下面还有最后一个场景，这个场景跟你有直接关系，一定要集中注意力好好看。"

跟我有直接关系？我的心立刻提了上来。

夕阳行将消散，天地间只剩下最后一道橙黄的色彩，这道黄色光束啪一声打在石壁上，放映出一幅画面。

我的眼睛立刻瞪大，几乎达到目眦欲裂的程度，那是我从天坑的悬崖上掉下来的瞬间！

胖子在我下面，我们两个和绳子一起直坠而下！而那个裹着白布的人，正居高临下地望着我们，他的姿势有种说不出的诡异。

刚开始，我和胖子不停地在半空中扑腾，万仞高空，满满的都是绝望。后来，我大声喊了一句"我要醒过来"，便倏尔消失不见，而胖子呢，他在我消失之后，竟然……在半空中停了下来。

我没有看错，他没有向下坠落，也没有往上升，就那么凌空悬浮着！

更恐怖的还在后面，那个裹着白布的人，竟然一跳跳了下来。在落到和胖子同一水平线上时，他也顿在了半空中！他们两个脚踩着空气，相对而立，这一幕是如此匪夷所思，如此荒唐，以至于我狠狠地揉了揉眼睛。

再次睁开眼，我发现他们还在那里站着，顿时，我有一种崩溃尖叫的冲动。

裹着白布的人居然说话了，天哪，居然是曲向前的声音："天珠是我的，我找它找了几百年，我再奉劝你一句，你不要多管闲事。"

胖子也不甘示弱："你找了几百年，难道我不是吗？我是不会放手的。"

曲向前的声音明显发狠："那我现在就废了你。"

"我没工夫和你扯淡。"丢下这句话，胖子响亮地打了一声呼哨，眨眼间，一只大鸟贴着崖壁飞了过来，闪电般从胖子身旁掠过。是一只隼龙!

曲向前蓄势待发的攻势还没来得及打出来，那隼龙已经驮着胖子飞身而上，从悬崖的缝隙中飞向天际。

看到这里，我陷入深深的震惊之中，表情有些愣怔。我绝对没有想到，曲向前和胖子都有这么神秘的身世，那他们在云顶归墟里跟我说的话，根本就不足为信。他们都在骗我，至于最终真相，肯定是石破天惊般的震撼。

影像至此结束，似乎有了感应一般，天地间一下子暗了下来，在一片死寂与诡秘的气氛之下，那个人的声音又在我耳边响起："不要问我更多，他们两个的来历我也只知道这么多，特别是那个胖子，他竟然也能驾驭隼龙，想来肯定来头不小。但有一点可以肯定，无论他们的目的是什么，倘若没有你身上的特异功能，都很难完成。你听说过御灵师吗？"

"御灵师？"我摇了摇头。

"那是古代术士的一种，比通灵师更高端。他们本身具有某些特异功能，也能共享别人的特异功能，我想，他们和你在一起时，能共享你的特异功能。于是，你就成了他们实现目的的关键。"

我愕然，怎么又绕回来了？难道我身上的特异功能不是复制来的？

"你身上的特异功能不可能是复制来的，再高明的科技，也不可能做到复制特异功能。"

我又惊又惑："你怎么知道得这么清楚？"

"因为，我一直在通过隼龙的眼睛监视你，你的一举一动我都尽收眼底。现在，既然你在我的召唤下，被隼龙驮回来了，咱们就见一面吧。"

"你在哪里？"

"我就在你眼前的这道石壁后。"

我呆住了："那我怎么进去？"

"很简单，你转过身，跳下去。"

我响亮地啊了一声，觉得这个人倘若不是疯子，那一准是在拿我开涮。

　　谁知，他竟然一本正经地解释说："你所站的这块石头下面，隐藏着进入石壁的入口，你只需要跳下去，就有一股力量自动把你吸进来。怎么，你不信？"

　　针对这种拿别人的生命开玩笑的行为，我忍不住反唇相讥："你的神识不是能共享我的意识吗？难道你看不出来？"

　　"共享已经结束了，我看不出来。"这人倒也诚实。

　　我咬着牙，一寸一寸地移到了悬崖边缘，精神前所未有地紧绷。在黑暗中，我拼命忍住不去幻想脚下的万丈深渊，可这谈何容易。一念生，一念死，我必须尽快定夺。

　　最后，一个念头说服了我：反正留在这里迟早也是死，与其冻饿而死，死得毫无尊严，不如求个痛快。于是，在做出抉择之后，我在顷刻间闭合了所有的感知系统，不去听，不去看，不去嗅，甚至不再去想，脚步一抬，跳了下去。

Chapter Three 结界

　　脚下一空，瞬间有一团犹如死亡降临般的虚妄感将我紧紧围拢，风声在同一时间开始在耳边鼓荡。但它的声势还没来得及放大，我便感到一股空前强大的吸力打横向里袭来。我心里猛地一喜，紧跟着，身体便已经身不由己。

　　也不知道凌空打了几个滚，总之最后，我落在了地上。

　　屁股很疼，这种疼，真他娘的爽呆了！

　　眼前黑黢黢的，黑暗滋生着安静，好像除了我，这个世界上再也没有第二个人了。一种不知所向何方的迷茫感迅速占据了我的心。

　　等了好久，那个声音一直没有出现。

　　出现的是一抹亮光，不是一点，是一抹，看起来像是钝笔勾勒出来的。我先是一愣，紧跟着便把所有的注意力集中在它身上。亮光没有辜负我的期待，带着我一路向前。

　　骤然，它在明灭了两下之后，诡异地消失了。我又重新回到死寂的状态中，各种感官敏锐地捕捉到，这里有一股危险的气质，我很可能置身于一个难以想象的可怕之地。

　　很快，这个想法便被证实了。因为有一个声音在大声呼喊我的名字，语气中的惊恐与焦虑难以言表。

　　是朵蓝。

她离我时近时远，这使我产生一种错觉：我们不在一个世界里。

　　正不知如何是好，之前那个男人的声音猝然响起："如果我没猜错的话，你很在乎这个女人。她现在已经被我控制，如果你答应帮我做一件事，她马上就会属于你，只属于你。"

　　我立刻有一种深入虎穴的感觉，因为不期然而至的惊悸，我的声音有点儿颤抖："什么事？你也要利用我的特异功能吗？"

　　那个声音嘿嘿一笑，笑声里洋溢着轻蔑："当然不是。我想让你做的事很简单，把你身上原本不属于你的东西物归原主。"

　　我愣了一下，一时没能明白过来："什么东西？"

　　"天眼。"

　　我的脑袋轰了一下："你是太阳车？"

　　"看来你并不笨。"那声音肯定了我的话，紧接着语气变得严肃起来，"在我被抓回香格里拉之前，我施展了移魂术，把天眼传给了我的替身。当然，我只把天眼给了他，灵魂还保留在我的本体内。后来，我再度从香格里拉逃出来，却怎么也找不到替身。几经追查我才发现，它先是落入蒙古军队手里，后又被西夏人抢走，最终被西夏人密藏在天坑之中。我不能离开这个地方，这里是我的隐身结界，一旦出去就会被发现行踪。但我并不是毫无办法，我也有自己的得力助手，这个助手一直在帮我寻找天眼。"

　　说到这里，他特意顿了顿，似乎是在等我发问。我当然不愿意冷场，马上问："他是谁？"

　　"你见过他，他叫阿佐。"

　　目睹了这么多离奇事件，再荒唐的情况也不会令我觉得惊奇了："他人在哪里？"

　　"你很快就会见到他，现在，咱们来讨论一下物归原主的事。"

　　我反问："讨论？难道我还有别的选择吗？"

骤然，一个阴森森的声音说："有，你有。"

听到这个声音，我心底立刻涌上来一股窃喜，是胖子！

"只要你不愿意，他就奈何你不得，这是移魂术得以施展的前提。"黑暗中，胖子的声音仿佛从四面八方响起，我摸不清他的方位。下面这段话，他显然是对太阳车说的："你逃这么远，可终究还是被我发现了。你想找回天眼，我索性就以天眼为线索，顺藤摸瓜，果然把你抓个正着。"

太阳车的声音里明显有一丝忌惮："你想做什么？"

"跟我回去，当然你也有将功赎罪的机会，帮我找回天珠，我可以考虑放你一马。"

这一番对话，使胖子的身份立刻神秘起来，我绞尽脑汁也难窥其分毫。这种被蒙在鼓里的感觉着实不妙，我登时气极，冲着面前的虚空大喊："死胖子，你到底是从哪儿来的？还要骗我到什么时候？"

胖子的声音传到耳边："等把眼下的事了结，我就告诉你一切。"

我不放弃："你先告诉我你是谁，这浪费不了多少时间。"

没想到，胖子竟然不再理我。我登时气极，各种情绪在胸膛里沸腾，但又不知道该怎么发泄，只好放声呐喊："有胆量让我瞧瞧，这到底是什么鬼地方！"

霍地，面前一道亮光乍现，我心中窃喜：老子终于找到存在感了。谁知亮光竟然化为刀锋，直直地向我劈来！

我一愣神，那耀眼的白光便已在眨眼间劈到眼前，然后……擦着我的脸过去了。

我跟随它掉转目光，顷刻间，对面的黑暗中弹出另一道白光，砰，和刚才的刀锋对撞在一起，火花如匹练般爆裂四溅，刹那消弭于无形。

这突如其来的变故，顿时使我觉得纯粹的黑暗更加弥足珍贵，光明第一次让我心生恐惧。当然，作为一个旁观者，我意识到自己没有半点儿发言权。不管接下来是什么戏份儿，我的眼睛必须坦然接受。

又有两道白光跃起，各自在半空中翻着跟头，并在我头顶短兵相接，碰撞声尖锐刺耳，好在转瞬即逝，给我的耳鼓留下缓冲的机会。

接下来，白光层出不穷，从各个角度以各种刁钻的花样蹦出来，砰砰之声不绝于耳，让我越来越难以忍受。偶尔有落空的刀锋发出叮的一声，揳进远处的石壁，照亮黑魆魆的一隅，随即遁入空寂。

在这乱七八糟的声音里，我索性掩住耳朵，试图对这一切漠然处之。他们两个拼得你死我活，结局如何我根本无从干预，现在我最想知道的，是朵蓝的下落。

太阳车说，朵蓝已经被他控制，她在哪里？

心烦意乱中，我破口大喊："朵蓝！朵蓝！"

没有回应，四下里黑咕隆咚，我也不可能在毫无目标的情况下乱闯。只能寄希望于眼前这两个人能尽快分出胜负。他们其中一个掌握着我想知道的真相，另一个手里握着朵蓝的下落，到底该盼望谁赢呢？我纠结无比。

突然，我听见胖子大喊："小心！"

Chapter Four **王陵初现**

　　还不等我做出任何反应，蓦地全身一紧，似乎有一张大网把我牢牢缚住，手脚登时施展不开。网的顶端仿佛有一根线，这根线一扯，我就像风筝一样飘了起来。黑暗中我被当成风筝放，这种感觉真的让人很没有尊严。

　　我能隐隐感觉到，太阳车已经无心恋战，所以他带上我夺路而逃，只是逃跑的方向，让我隐隐觉得不安。

　　呼，一股猛烈的风声席卷而至，我的耳郭内瞬间被劲风灌满，短暂的失聪之后，眼前登时星光大盛。太阳车居然扯着我从洞口飞了出来！

　　我低头一看，乖乖不得了，脚下是万仞虚空。

　　也许困住我的这张网有浮力，也许是因为速度实在太快，我始终处在太阳车上方偏后的位置。他的背影黢黑，在深蓝色的夜幕下显出一种说不出的怪异气息。让我想不通的是，太阳车的背影看起来像是一个人，而不是一只鸟。

　　身后，我能听到不停追逐的声音。艰难地回头望，视线里出现一只隼龙，隼龙身上正是胖子，他威风凛凛地站着，衣襟猎猎作响。看来，他和隼龙可真是一对好搭档。

　　苍穹如同幽蓝的镜面，置身在它的包围中，感觉此刻发生的一切都不像真的。恍恍惚惚中，我听到一阵似曾相识的呱呱声。思绪急转，我霎时明白过来，是胖子在放声召唤。

不多时，前方的星光之下卷来一片黑云，快速地向这边弥漫，顷刻之间便迎头而至。那黑压压的盛况，如同从天际蔓延而来的梦魇。

是隼龙群！

突如其来的震惊中，我瞬间回想起，这场面我曾在天坑的壁画上见过。

胖子能召唤出这么多隼龙，他的身份肯定不简单，我满脸惊疑地回头看，还没有看出什么迹象，就感觉身体凌空顿了一下。

太阳车在隼龙群的威压下，竟然停了下来。紧接着，隼龙直奔他而去，半秒钟不到便将他团团围住。不时有凌厉的刀光从包围圈中跃出，割下片片羽毛，受伤的隼龙尖叫哀鸣，却毫不后退。包围圈越缩越小，终于对太阳车形成极其强悍的牵制。

不知不觉中，一直牵引着我的那根绳一松，我开始缓缓下坠。想来是太阳车在无奈中放弃了我，寻找自保之道了。

那感觉就像拉着降落伞，一点点地飘落，我从刚开始的恐惧，慢慢变得很享受这个过程。往下飘的过程中，我还不忘欣赏太阳车被围攻的场面，说惊心动魄有点儿夸张，但妙趣横生还是有的。他狼狈地从各个方向寻找突破口，却被隼龙紧紧跟上，一次次将他包围得严丝合缝。我刚刚受制于他，转眼他就受制于隼龙，对我而言，能亲眼看到这造化真的让我心中暗爽。

正沉浸其中，我蓦地感到肩膀一沉，却见胖子从隼龙身上跳下来，十指搭在了我的肩膀上，和我同步下沉。

我惊叫一声，问："你怎么不去抓他？"

胖子悠闲地一笑："有它们在这里，就不劳我费心了。他逃不掉了，隼龙会把他带回去。"

我冲口而出："带到哪里？"

胖子顿了顿，然后故作神秘地一笑："他从哪里逃出来，就带回到哪里。"

"香巴拉？"我的声调一下子提高了八度。

"不错，就是那里。"胖子吹着夜风，惬意地点头。

"你是谁？"

胖子看了看脚下，幽幽道："时间还早，我慢慢说。"接下来的几秒钟，他表情平静，似乎在整理思绪。等梳理得差不多了，他开口说，"我的身份一直是保密的，但如果我不告诉你，你就没法儿理解这个故事。其实，我是柔丹王的使臣。"

"柔丹王？"

"香巴拉的国王，你难道忘了？"

我倒吸了一口凉气，差一点儿被呛住。

"我的任务有两个，一个是把太阳车抓回去，另一个是找回遗失的天珠。"

我感觉到这句话里有文章，马上问："难道……"

"没错，天珠是香巴拉王国遗落人间的圣物，我奉命把它找回。而太阳车，跟天珠有极其微妙的关系，当初，就是他把天珠弄丢的。他本来是一个人，因为这次弥天大错而被惩罚，变成了隼龙。所以他一直想逃出去，靠修炼冲破加持在身上的诅咒，先后两次逃脱，他都成功了。"

我一时瞠目结舌，半晌过后才恢复说话的能力："你为什么不早点儿告诉我这些？敢情在归墟里，你一直把我当猴耍？"

"这个实在抱歉，我要利用你找到太阳车，不能过早暴露身份。"

敢这么侮辱我的智商，这一笔我算是记下了。我转移到刚才的话题上："关于天珠和太阳车那只眼睛的去向，我感到好乱，你帮我厘一厘。"

胖子叹了口气："说真的，我也是到现在才弄清楚来龙去脉。这要从太阳车把天珠弄丢这件事说起，天珠丢了之后，太阳车受到惩罚，他第一次逃出香巴拉，路上，他把天眼给了替身。也就是说，天眼开始了凡间之旅。后来，太阳车的替身被蒙古大军掳获，天眼自然落入成吉思汗手中。蒙古大军用天眼找到了连接归墟的通道，当成吉思汗死后，他们就把他葬在了归墟里，期待四十九天之后复活。这件事被西夏的巫师知道了，他一手主导，把天眼从蒙古大军手里抢了过来，然后带人进入归墟，用天珠将成吉思汗封结住，破灭了他复活的梦想。完成这一切，他们把天眼连同太阳车的替身葬在了天坑中，最后被你阴差阳错地得到了。这是天眼的大概走向，而天珠，我揣测从一开始就在西夏王的手里……啊，不对。"

我登时紧张起来："什么不对？"

"怎么会这么巧？怎么会这么巧？"胖子一遍遍地念叨着，像疯了一般。

"到底怎么了？"我提高声调。

胖子望着脚下的莽莽山峦："你知道吗？这里是贺兰山！"

"贺兰山？"我嘴里重复这三个字，"那又怎样？"

胖子的语气前所未有地郑重："这里，曾经是西夏国的疆域，也是西夏王陵的所在地！天珠一直在西夏王的手里，这一切是不是太巧了？"

我心头一惊：太阳车的隐身结界在这里，西夏王陵也修在这里，这也许是在暗示，太阳车和西夏王之间有什么隐秘的关联？

这时，我的脚已经触及地面，放眼四顾，苍穹下遍布着高耸的山丘。置身其中，感觉像是被一股巨大而神秘的力量环抱。

胖子站稳之后，眼睛便盯着一个方向不动，我跟着瞅了两眼，马上悚立当场，我看见一座座硕大的坟包肃然端坐，黑魆魆的宛若魅影，星辉如旗幡，在夜风中摇摆。毫无疑问，这里就是西夏王陵，我曾经见过它的照片，白天看起来稀松平常，没想到，夜晚来这里却是如此怪异的感觉。

在我愣神的时候，胖子的声音不经意地传来："欢迎来到真正的西夏王陵。"

"真正的西夏王陵？"我脱口而出。

"你平时见到的，只是西夏王陵的疑冢之一。对了，你知道李元昊吗？"

"知道，他是西夏的开国皇帝。"

"李元昊曾命人每天修建一座陵墓，总共修了360座疑冢，而且这些修墓的人，到最后全被他杀光了。所以李元昊到底埋在哪里，没有人知道。看来，你今天很幸运。"

我哆嗦着嘴唇问："这是李元昊的墓？"

胖子朝黑暗中虚空一指："你看墓室前的献殿，除了他，谁会拥有这么大规格的献殿？"

我不懂装懂："那我们接下来怎么做？要去看看吗？"

"当然……"刚说完这两个字，胖子似乎注意到什么，骤然打住。片刻后，他压低声音说："那里有个人。"

Chapter Five　妙音鸟

　　胖子突然冒出来的话让我心弦一震，谁会在这种异常的时刻，出现在如此怪异的地方？顺着胖子的眼神望去，我霎时乱了分寸，那个人的身影，分明是曲向前！

　　我之所以这么肯定，是因为他面前有一簇隐秘的亮光，照出了他的脸。看起来他手里似乎呈着什么东西，而那东西，正被一层纱幔遮掩着。不过，他手里器物的光芒实在太过绚烂夺目，纵是纱幔也难掩其华。

　　两个字登时涌上我的脑海：天珠。

　　他拿着天珠来这里干什么？

　　胖子念了一句"得来全不费工夫"，脚步如电，屈身而上。那感觉，就像一只胖兔子在潜行。我一边控制着脚步落地的声音，一边用尽可能快的速度跟上去。

　　胖子引领着我，躲在一座石雕后。现在，我们离曲向前大概有30米远。

　　再看曲向前，他已经举着天珠走到胖子刚才说的献殿前，下一步，就要踏上殿前的台阶。看他那种毕恭毕敬的动作，似乎在遵循什么仪式。

　　突然，胖子发出一声低低的怪叫，不等我发问，他便抢先一步问我："知道献殿是干什么用的吗？"

　　我摇了摇头，摆出虚心求教的样子。

"献殿是用来祭奠的地方，曲向前用天珠来祭祀李元昊，肯定有不可告人的秘密。"

我心想：曲向前拿走天珠，使得成吉思汗复活，现在看来，目的很复杂。作为巫师，他肯定知道拿走天珠会复活成吉思汗，但还是故意为之，可见他有下一步计划，要完成这步计划必须用到天珠，不难想象，他接下来要用天珠做的事显然非常重要。

思及此，我不无担忧地问："曲向前复活了成吉思汗，这可以理解。但是他拿着天珠来这里干什么？难道，李元昊也要复活，他特意用天珠压制住他？"

胖子沉吟道："不会这么简单，你抬头看看这座雕塑，能看出什么来吗？"

经他这么一提，我恍然察觉，因为注意力全都集中在曲向前身上，我竟然连近在咫尺的石雕都忘了观察。如果它只是寻常的石雕，那么我对它毫不留意也没什么奇怪的，可等我抬起头来观察，赫然发现，它诡异到了极点。借着星光，我看到两只人面鸟身的怪物，做出振翅欲飞的模样，更离奇的是，它们竟然弹着琵琶！

我惊问："这……这是什么？"

胖子答道："是妙音鸟。相传在无量佛的莲座下，就绘着一对妙音鸟，关于它们的故事很神秘。现在我只能告诉你，在莲座下的那幅画里，妙音鸟是反弹琵琶的，而在这里，是正着弹的。"

"这说明了什么？"

胖子打断我："一切都只是我的猜测。只有一点可以确定，不管曲向前想做什么，我都要阻止他。"说着，胖子作势就要冲上去。

我一把拉住他："也许，用不着你出手了。"

在胖子疑惑的目光下，我手指一个方向，那是墓冢的侧面，此刻正有人一个接一个地绕出来，每个人手里都拿着武器。看到他们，胖子很震惊，但更震惊的显然是我。

那些人，竟然是班主任、魏星、朵蓝！

朵蓝在这里，证明太阳车之前的话是在骗我。看到她，我刚松口气，心脏紧跟着就提了上来：没道理呀，他们怎么会突然出现？

我望着胖子，期盼他能给我一点儿解释，可他显然也没什么头绪。

我想了想说："他们能找到这里来，要么是在盗墓山庄里发现了什么线索，要么监视了我。不过，他们怎么这么快就过来了？我们在归墟里，好像并没有待多久。"

胖子只说了一句话："归墟里的时间，和人类世界的时间完全不同。"

我不再说话，静观其变。

果然，班主任带着魏星和朵蓝，赶在曲向前走完台阶之前，抄了他的后路。他们手里的枪，瞄准了曲向前。

"怎么是你们？"曲向前扭转身子，声音有一丝惊奇，但更多的是不屑。

"很简单，我们在盗墓山庄里，看到了李元昊的画像。"这是班主任的回答。

我心想：什么意思？一张照片就能把他们引到这里来？这么一寻思，脑海里的念头瞬间乱作一团。

曲向前似乎在凝神思索，片刻后道："原来是这样。想必归墟里发生的事，你们也看到了。"

还是班主任的声音："归墟里发生的一切，我们的确是看到了。你虽然一直在掩藏身份，可我们并非一无所知，你手里拿着的，是天珠吧？天珠的作用是压制复活，但在眼下这个天方地圆的地方，恐怕作用就变了吧？"

曲向前微微一愣："那你们想必也猜到我来这里的原因了。可有一点我想不明白，你们来这里，到底是为了什么？难道，是为了我手里的天珠？"

接下来，是几句无关紧要的说辞，我已经无心再听他们对谈，嘴里不由自主地念叨着："天方地圆、天方地圆。"扭头看胖子，却发现他在专心致志地打量着面前的献殿。

"发现什么了吗？"我问。

遽然一声枪响，打断了胖子的沉思。再看那边，不知是谁，已经朝曲向前开了一枪。曲向前不知用了什么手法，在他面前竟然绽开一道光幕，子弹打在上面，发出砰的一声脆响，落到地上。

曲向前哈哈笑道："你们一介凡人，要天珠做甚？识相点儿的，在我动杀念之前快快滚蛋。"

我看在眼里，不由得着急，照这种势头下去，班主任他们绝无胜算，他和魏星被曲向前踩杀我倒不觉得可惜，关键是朵蓝……

谁知，班主任竟然又抬起枪，一声轰鸣，子弹出膛，在光幕之上炸开，眨眼间，光幕爆成点滴碎片。

这凶猛的火力，让曲向前觉得诧异不已，他以极快的速度跃到献殿之上，与此同时，面前又竖起一道光幕。

班主任毫不迟疑，火速将子弹上膛，瞄准了他。

曲向前冷笑道："看来，今天我注定要杀无赦了。"

砰，逆天的枪声再次响起，光幕又碎了一地。

曲向前一弹手指，从掌心激射出一道耀眼的丝线，刺向班主任扣扳机的手指，加以牵绊。这么一来，虽然子弹已经上膛，班主任却怎么也扣不动扳机了。

曲向前顺势一拉，那把枪从班主任手里飞出。

整个过程发生的速度实在太快，等魏星和朵蓝反应过来，曲向前已经闪挪到另一个位置。班主任的那把枪，也被远远地抛了出去。

为了阻挡曲向前的攻势，魏星和朵蓝一刻不停地朝他开枪。在这间隙里，班主任已经恢复如常，掏出随身带着的另一把枪加入火线。只不过，这把枪的威力没那么强了。

曲向前又在面前幻化出一片光幕，用它当盾牌，格挡住子弹。这么僵持着，对班主任一方实属不利，因为子弹迟早要打光。曲向前要做的，只是等待。

但他似乎并没有这份耐心，手指屈伸着，推动透明盾牌往前走。随着距离的拉近，子弹击在光幕上，激起一片片蜂窝状的涟漪。

我自知情势不妙，想催促胖子对朵蓝施以援手，最不济将朵蓝拖出战局也好，可转头一看，胖子的注意力竟然完全不在眼前激烈的枪战上，而是在继续打量偏殿。

我急上心头，看来靠谁都不如靠自己，好歹我也是玩过枪的，冲上去直接帮助朵蓝就行了。一念及此，我霍地又有了新的顾虑：后来发生了这么多事，朵蓝会相信我吗？现在看来，她跟班主任是一伙的，他们的目的不明，难保她不会朝我开枪。

我叹了口气，真是色令智昏，连想救的人是什么人都搞不清楚，就想冲出去，看来我脑残得不轻。

恍惚间，手肘被扯了一下。我惊觉回头，看到胖子已经结束审视和冥想状态，眼神里闪出一缕光：“我想明白了。”

Chapter Six 逆反

我忙问："想明白什么了？"

他尽力控制激动，悄声道："你看那座献殿，它的形制，上面是方的，下面是圆的，是不是天方地圆的意思？"

我的脑袋轰地响了一声，果然有玄机！

胖子接着道："你想想，妙音鸟反弹的琵琶在这里变成正着弹，原本天圆地方的概念变成了天方地圆，证明这里的一切，都是反的。所以我大胆猜测，天珠的作用到了这里，也会走向另一个方向。"

我心里一遍遍地发怵："你是说，天珠原本可以压制复活，可来到这里之后，反而演变成复活之力？所以他来这里，是在复活李元昊？"

"应该是这样。"

"不对呀，西夏的皇帝杀了他，他还想让李元昊复活，他是不是有病？"

"杀他的又不是李元昊，而是李元昊的后代。"胖子若有所思，"李元昊的全盛时代和成吉思汗的巅峰时代，根本不在一个层次上。曲向前的用意，是让成吉思汗和李元昊同时醒来，然后，他们两个狭路相逢，开启千年大战！"

我一时无法接受："如果我记得没错的话，成吉思汗和李元昊，不是同一个时代的人哪！"

"不错，李元昊死的时候，成吉思汗还没有出生。但成吉思汗的力量简直逆天，我估计，李元昊会输得很惨。天哪，曲向前这一招太狠毒了，这可比简单地复活成吉思汗可怕一千倍！"

经他这么一点，我恍然明白过来：藏在曲向前心里的仇恨竟然这么大，再经过长时间的发酵，如今已经一发不可收拾。

那边，双方的对峙演变成缠斗，曲向前利用他们换弹匣的空隙，须臾间便占据上风。现在，只剩下朵蓝一个人的枪还在向外喷薄。班主任和魏星，均已被曲向前手指弹出的丝线捆绑，丝线还发着光，这使他们看起来像是两个亮晶晶的大粽子。

我在为朵蓝捏把汗的同时，心里不禁怀疑：这曲向前难道是蜘蛛精变的？

朵蓝的手枪终于歇火，曲向前弹出的丝线，闪电般卷到她的身前，很快，她便加入了粽子阵营。一旦全被制伏，我不能保证她没有性命之忧。所以，我纵身欲出……

胖子却一把拉住我："让我来！"

然后我就看到一道胖乎乎的身躯旱地拔葱般冲天而起，曲向前感应到动静，旋即望向胖子在半空中擦出的弧线。这道弧线的末端，就在他面前半米处。

胖子一落地，马上伸手去捞，目标正是曲向前胸口的天珠。

曲向前侧身避开，惊咦了一声，后足蹬地，飞速退至5米开外。

对他们任何一个人来说，另一个人都是阴魂不散的存在。两个人也懒得叙旧，直接开始了恶斗。

我冲到朵蓝身边，从她身上找到刀子，割断丝线。她看我的眼神里，露着强烈的惊奇，不过幸运的是，眼神里除了惊奇没有恶意。

我拿着刀子蹲到班主任面前，晃了晃刀刃说："我知道你在利用我，不管之前我们是什么关系，从此刻开始，我们不再有任何关系。"

说完，我帮他和魏星都松了绑。

刚起身离开，班主任蓦地一把拉住我："我们刚从李元昊的墓里出来。"

"你们去盗墓了？"

"不，说实地考察比较恰当。"班主任顿了顿，语气不期然地加重，"我们看到李元昊了。"

我心想：说这个什么意思？炫耀自己见多识广吗？我随口问："李元昊怎么了？"

班主任似乎打了个寒噤，这让我觉得匪夷所思。能让他这种人打寒噤的事，必然非同寻常。我被勾起兴趣，瞬间摆出专注的表情。

"他……"

可惜，班主任只说了一个字，耳边便传来訇的一声。

原来，胖子和曲向前大战，殃及了献殿的石柱，在这一声巨响中，石柱陡然崩裂。碎石满天飞溅，我的第一个反应，就是赶紧贴地亲吻，但转念一想，朵蓝还在旁边，我不能这么自私。电光石火中，我以最快的速度朝朵蓝所在的方向俯身飞扑，抱着她趴在了地上。

朵蓝似乎受到了惊吓，不是被爆炸声吓到，而是被我英雄救美的举动吓到。我松开手的时候，发现她有点儿愣怔。

"你怎么了？"我问。

她的目光闪烁着："你……你没事吧？"

我忍住肩膀上被石子砸中后的痛感，回答说："没事。"

"那可以起来了吧？"

我慌慌张张地从她身上弹开，顺手将她拉起来。为了掩饰尴尬，我把目光转向别处。

视线里，献殿已经四分五裂，彻底崩塌于地，只剩下殿中央的一道祭台。尘土飞扬中，曲向前不知何时站到了祭台旁边。

他的嘴角挂着一抹邪笑，趁胖子攻上来之前，迅速将手里的天珠放在了祭台上。然后，一把拉开遮掩天珠的幕布。

光芒暴涨，注满周遭的空间，整个陵墓霎时被照得如同白昼。

曲向前飞身挡在祭台前，阻挡胖子的进攻，他们还没有斗几招，猝然袭来一阵地动山摇。

我敢肯定，这么大的动静肯定不是他们两个造成的，莫非……我望向了祭台上的天珠，它的光芒似乎达到炽热的极致，开始一点点收敛。

"你看！"朵蓝碰了碰我，伸手指向东方。

我转头一看，乖乖不得了，一片异常瑰丽的红光从地平线涌起，顷刻间给整个东方的天际灌满奇异的色调。再看朵蓝，她的脸也被映得红扑扑的。

我不由得感叹："晨光初照，又是一个好天气。"

旁边的班主任吸了口凉气，打断我说："那不是晨光，那是成吉思汗来了。"

我心里袭来一道恶寒，后背打了几个密集的冷战，呆立当场。

胖子和曲向前也停止决斗，在场的每一个人，都目不转睛地看向那片云谲波诡般的红光。

夜空在呜咽，山丘在起伏，整个大地仿佛被切割成一爿方舟，在半空中倾斜。

无意间，我眼角的余光瞥到李元昊的墓冢，只见一道尖锐的紫光，猝尔从顶端射了出来，遥指天穹。

我惊骇不已，感觉自己像是置身于魔境，一切不可能发生的神迹般的状况，全都在眼皮子底下发生了。刹那间的天变地幻，还真让我有点儿接受不了。

最神奇的是，随着那道紫光的射出，李元昊的墓冢，竟然以一种极端不可思议的形状打开了！

八瓣莲花状！

紧接着，满山遍野紫光闪耀，那画面，怪异奇诡到难以想象。我在惊心动魄中努力让自己镇定，凝神观望。

天珠的光芒越来越微弱，到了最后，几不可见，与此对应的是，那朵绽开的莲花色泽却越来越盛。倏尔，花瓣的中央浮现出一道人形轮廓，轮廓还有渐渐加深的迹象。

心里闪出一个念头，我知道，最糟糕的局面发生了。

不知何时，胖子移到了我的旁边，手指戳了戳我的肩膀："你以为看电影呢？快找地方躲吧，李元昊和他的大军复活了，只有成吉思汗是他的对手。"

在胖子的指引下，在场的每个人都慌忙找地方躲了起来，包括曲向前，他似乎对李元昊也颇为忌惮。

在藏好之前，我忍不住又多看了两眼，赫然发现，李元昊的身体轮廓已经重现得差不多了。最后一眼，我决定看看他的长相。

就是这一眼，让我受到了惊吓，连打两个寒噤。

班主任就躲在我不远处，这时凑到我跟前，大声喊："刚才没来得及告诉你，我们发现李元昊的真身，和阿佐很像。"

果然，那张脸太熟悉了，从我的角度看，李元昊就像是阿佐穿了古装的样子！

我没有理他，心想：我又不瞎，他刚蹦出来时我就看出来了，还用得着你提醒？我现在想知道的是，他们为什么这么像？

我的脑回路在以极快的速度运转：之前太阳车已经明确告诉我，阿佐在帮助他寻找天眼，那证明太阳车和阿佐很熟。现在血淋淋的事实是，单从长相看，阿佐和李元昊根本就是一个人，这是不是也证明了，李元昊和太阳车也很熟？

太阳车的隐身结界就在李元昊陵墓不远处，天珠遗落后最早出现在西夏国，这足以证明，我的猜测不是无中生有。

我使劲摇了摇脑袋，感觉智商不够用了。等稍稍平静下来，我肯定了自己的一个念头：此刻最重要的事，是搞清楚阿佐和李元昊的关系。只要这个弄明白了，一切迎刃而解。

在我紧锣密鼓地思考的同时，周遭又发生了天崩地裂般的变化。李元昊的身体塑成之后，猛地腾空而起，在他脚下，无数身影形成滔天巨浪，紧随其后。一时间旌旗摇曳，刀光剑影，遮天蔽月。

西夏大军和蒙古天师，在熊熊烈火般炽热的天穹遥遥相接……

望着这一切，曲向前脸上出现一抹诡谲的笑意。

胖子的脸色说不出地难看，声音也跟着凝重起来："李元昊和成吉思汗这一场恶战，兵燹所及，必将带来毁天灭地的灾祸。"他沉吟了一下，"现在只有一个办法可以制止他们。"

"什么办法？"

胖子定定地看着我，缓缓吐出一句话："你跟我去趟香巴拉。"

我吓了一跳，一时没能回过神来。

胖子也不管我答不答应，拉住我的胳膊就冲。

"站住！"身后是朵蓝的声音。

我和胖子一起回头，看到朵蓝急匆匆地追上来，问我："你去哪里？"

胖子抢先回答："回去叫个导演，过来拍电影。"

朵蓝知道再怎么问，胖子也不会说实话，看着我为难的脸，她便放弃追问。毫不迟疑地，她一把拉开冲锋衣，从怀里掏出几页纸，递给我说："这是盗墓山庄里，我们发现的关于西夏的残卷，我偷偷复印了下来，你看看吧。"

我赶忙揣进口袋，充满担忧地望了朵蓝一脸，却发现她同样也在看我。这一下对视，给了我一种莫名其妙的悸动。我马上转头对胖子说：

"我答应你，和你一起去香巴拉，但你必须答应我一个条件。"

"你想把这个小妞带上，对不对？"胖子无奈地反问。

我坚定地点了点头。我知道，胖子之所以带上我，肯定是因为我身上有他需要的东西，所以我才有谈判的砝码。

胖子很无奈，只得招招手："走吧！"

我和朵蓝跟着他往前冲。在胖子的呼哨声响起后不久，我看到从西方的天边飞来三只隼龙……

Chapter Seven 线索与脉络

隼龙驮着我们飞离这片炽热的天空，一路向西。也许是飞得过高，时间长了，我竟然有些冷。

我哆嗦着问胖子，香巴拉是不是有隐藏的门户，总不会直接就飞进去了吧？他却神神秘秘地回答："到了你自然就知道了。"

我摸了摸朵蓝给我的残卷，迫不及待地想看，却遗憾地发现此时还是深夜，保证一个字都看不到。

朵蓝注意到我的动作，主动说："我也不知道上面写的是什么，因为上面都是西夏文，只有班主任一个人才看得懂。残卷上有一张画像，班主任说，这张画像是李元昊的。他和阿佐很像，所以当时我们第一时间想到了西夏王陵。"

原来是这样！我登时想起一个私人问题，忍了忍，还是没有问出口，只是顺着她的话说："班主任没有告诉你别的话？比如他辛辛苦苦这么做的目的。"

还不等朵蓝回答，胖子在旁边插话说："你不要问她了，班主任跟她说的话，也不一定是真的。我最相信自己的眼睛，你把残卷给我，我来看一下。"说着，他从身上摸出了一把小手电，摁亮，冲我晃了两下。

我没怎么犹豫，把残卷抛给了他。胖子接住，像模像样地读起来。

翻了几页之后，胖子抬起头来说："看情况，这是西夏史书的一部分，有人把他撕了下来。虽然没几页，但记录的事情显然非常重要。"

我的好奇心一下子被勾起："不要卖关子，直接翻译过来就行了。"

胖子扯开嗓子说："我刚才看完了上面记载的第一件事，说的是李元昊出生时发生的怪事。上面说，李元昊出生的时候，没有哭，却大笑三声，更诡异的是，他带出的胎盘是八瓣莲花状。"

我脊梁骨一阵发冷，婴儿爬出娘胎，首先大笑三声，这也太可怕了吧？至于八瓣莲花，因为有了之前的铺垫，我没那么惊奇，只是百思不得其解："李元昊跟香巴拉绝对有关系。"

胖子点头："嗯，我也是这么想的。我之前推测，天珠一直在他手上，现在算是有了点儿依据。恐怕，太阳车跟李元昊本来就认识，李元昊从香巴拉出来，降生人间，他的目的，也许是为了接应太阳车。简单地说，是为了给太阳车的逃逸做准备。"

"所以他替太阳车修了隐身结界？他们是相互帮助的关系？"我茅塞顿开。

胖子没有肯定，也没有否定，而是低下头去，接着往下看。

半晌过后，他冷不丁地吸了口凉气，再度抬起头来，连说了两句"原来是这样"。

我犹如百爪挠心，急不可待地问："有什么发现？"

胖子的语气变得郑重："第一个故事讲的是李元昊出生，第二个故事讲的是死。李元昊死了之后，忽然夜降仙人。这位仙人带来了天珠……"

我也倒吸了口凉气："天珠？不会吧！这个仙人是谁？"

"应该是太阳车派来的。仙人不光带来了天珠，将天珠置于李元昊体内，还主持修建了西夏王陵。"

我登时恍然："修陵时反常规而行，这样可以发挥天珠的作用，难道，当时太阳车就想复活李元昊？可为什么没有成功？"

胖子唏嘘："上面说，仙人做完这一切，就急急地赶回去了。他临走时交代说，要确保七七四十九天无人干扰，否则功亏一篑。但是，仙人一走，就有人把天珠从李元昊体内取了出来。"

我和朵蓝完全被吸引住了，一起目不转睛地望着他。

"这个人，就是李元昊的儿子！"

我想了想，不禁替李元昊苦笑。儿子不想让老爹复活，看来，他们父子间的积怨很深哪，或者就是皇位的诱惑实在太大。

胖子像是突然想明白什么，高声道："阿佐跟李元昊很像，我知道是怎么回事了。他们根本就是一个人！"

"一个人？"我和朵蓝异口同声。

"是的，他很可能只是李元昊复活的一缕残识。"说到这里，胖子叹息一声，"没想到这场旷世恩怨，会一口气拖到现在！"

我在心里飞快地回顾了之前的所有经历，颇觉惊心动魄，一下没忍住，我发表了一番长篇大论："我来厘一厘，你看我说得对不对。因为某些原因，太阳车想从香巴拉逃出来。他先让李元昊出来探路，没想到李元昊还没完成任务就死了。不得已，太阳车只好拿出天珠救他，阴差阳错地，天珠落入了李元昊的儿子手中。没有了天珠，太阳车受到惩罚，从人变成隼龙，这更坚定了他逃出来的决心。很快，他实施了第一次出逃，却被半路抓了回去。在被抓回去之前，他施展了移魂术，把天眼传给了替身。天眼引起蒙古军队的注意，他们掳获太阳车的替身，靠天眼找到归墟通道，把死去的成吉思汗葬了进去，期待复活。这个计划被巫师曲向前察觉，他指使西夏人从蒙古军队手里抢走太阳车的替身，用天眼找到归墟通道，把天珠放进去，压制成吉思汗复活。太阳车的替身，后来被他们葬在了木里的天坑中。再后来，太阳车再度从香格里拉逃出来，藏进隐身结界里。与此同时，他联络到李元昊的那一缕残识，一边寻找天眼，一边借机完全复活李元昊。这时，一腔愤怒的曲向前帮了他们大忙……是不是这样？"

胖子苦思冥想了片刻，说："目前看来，就是这个样子。"

朵蓝似乎吐了吐舌头："好复杂！"

我猛然想起什么："曲向前很早以前不是已经死了吗？"

胖子哦了一声，解释道："他这样的人，本身应该具备一定的自愈能力，通过漫长的苦修可以自保。"

"他这样的人？"

"是啊！"胖子的语气变了变，显得分外沉重，"这个世界有很多你想不明白的事情，也有很多你想象不到的事物。"

我看他似乎想告诉我什么，便静下来凝神细听。

"其实，这个世界分为三重。你之前见到过妙音鸟的雕像，它们所生存的空间，就是无量佛所在的空间。那是第三个维度，也是最高的维度。香巴拉是第二个维度，人类世界是第一维度。我这么跟你说吧，它们的排列，就像金字塔从高到低。"

我惊愕得张大嘴巴，看来，今天真是长见识了。

胖子问："在人类世界的传说中，香巴拉是不是一个神圣的所在？"

我呆呆地回答："是。"

"在香巴拉人的观念里，第三维度也是一个神圣的地方。人类想去香巴拉，香巴拉的人想去第三维度。因为每高一个维度，就会多一些……特权。"

"特权？"

"是的。"胖子的声音有些激动，"我们这次要做的事，就是利用第二维度的特权，对第一维度施加影响。"

我理所当然地问："什么意思？"

胖子竟然还是那句话："到了你自然就知道了。不过呢……"

"什么不过？"我看胖子欲言又止的样子，觉得古怪。胖子这人，说话都挺直的，在这时吞吞吐吐，莫不是有什么玄妙。

我让胖子别磨磨蹭蹭，有话快说。

胖子说："其实也不是什么大事。你知道的，香巴拉是神秘的代名词，自然附近围绕着很多神秘力量。我们现在去往香巴拉的路，是一条小路，可以很快就到达。但是这途中我们会经过一个地方，那个地方叫三生宝镜。如果吸入其中一缕云烟，便会让吸入的人看到一段过往。也许是几分钟内的，也许是几年内，更或是几百年内。吸入云烟的人会仿佛亲身经历一般，不过对于旁人来说他并无二样，不影响现在时间。"

"所以呢，我说了这么多，意思就是，也不是什么大事，更对现在毫无影响，而且吸入云烟的概率非常低。对于偶然吸入的人来说，只是一段奇幻之旅，一场梦。"

我听得云里雾里的，只觉得是很厉害的一缕烟。我看了看身旁的朵蓝，挺想知道我和朵蓝是否有着某种缘分。

隼龙驮着我们继续前进，突然，我像是遭遇了电击，有股力量迎面扑向我，力量之大差点儿把我从隼龙身上撞下来。我稳了稳身子，调整好坐姿，深呼吸了一口气，想舒缓一下刚才的紧张感。这时，鼻子开始发酸，我拿手摸了摸，竟流出了鼻血。

我睁开眼睛，天白得有点儿刺眼，我拿一只手准备遮挡这耀眼的阳光。一颗脑袋出现在我眼前。

"魔豆，你还要躺到什么时候。"

我莫名地看着她，心说："是在和我说话？"

我扭动着脑袋，左右看了看。看到的是一双双极为简陋的草编凉鞋，脚趾都露在外面了。

我坐起身子，眼前的情景是陌生的。看起来，看起来像是在演古装剧。一个丫头片子敲了我一下脑袋，"愣什么呢！再不起来就要赶不上了。"

我试图理解眼前的一切，我问她："现在在演哪出戏？"

"什么什么戏。不是要去木岳师傅那里拜师学艺？再耽误下去，铁定没戏。"

我被她拉着一路向前狂奔。我看到街上还挺热闹，不过没等我瞅明白都卖什么的，就已经跑离了这条繁华的街市。在一棵差不多要五人环抱的大树前朝左面一条小道跑去，其间又拐了好几次，我实在跑不动了，就在地上蹲了一会儿，然后我也想通了一些事。比如我应该是去香巴拉的路上，比如我应该坐在隼龙的背上，比如这里这么逼真的布景要花多少钱。然后总算是明白了。

我这是中奖了。

Chapter Eight　世界观

　　说起来，幸好上学的时候历史学得不错，平时没有任务时也爱研究一二。以至于我对身边事物并不感到陌生。先前和我说话的丫头片子叫秋葵，据她说，我们俩是青梅竹马，我是她的小跟班。不过我怎么看怎么觉得她是我的跟班。

　　"你是在街上被马踢傻了吧。"说这话的时候，我和秋葵正坐在石墩上，天色已渐近黄昏，四周已经没有什么人了。

　　"那个我想问下，我住在哪里？"秋葵朝着一个方向指去。

　　我们两个默默地朝着那个方向走去，"怎么你也跟着我来。""那是自然哪，我是你邻居。"

　　眼前出现了一个建筑物，不能说是建筑物。这和睡在露天大街一个性质。

　　我一边暗暗痛心自己不是一个富二代，一边朝着屋里走去。家里只有我一个人，暂且算是家吧。我一点印象也没有我的家人都去哪儿了，在这兵荒马乱的年代，孤儿什么的很常见。我躺在一块干燥一点儿的地方，开始想今天报名的事。今天报名很成功，而且看来去学艺的人还不在少数。不过，这些都没什么震惊的。让我震惊的是，木岳师傅居然是班主任的样子。看来我们之所以参与进了整个故事，实则因为过往的缘分太深。梦里，我迷迷糊糊，念起了朵蓝，不知道她在不在这里，如果可以碰见朵蓝那该有多好，如果再和她谈一场恋爱，那就更完美了。

早上我就是被我这种傻梦给笑醒的。想起来今天就开始要学艺了，我赶忙起身。出门时秋葵已经在我家门口了。我说你又不学艺，起来这么早干吗？秋葵用愣懂的表情看着我，这是多么正常的一件事。唉，我又缺乏常识了。

秋葵要去上山砍柴，摘些野菜。她来我门口，只为了说一句："好好学。"

我心里一暖，差点儿上去抱住秋葵。我忍了忍。

这次木岳师傅收了两个弟子，我看了另外一人一眼，并不是魏星，也不是我认识的人。在这个年代还能吃成这样也是不容易。怎么形容呢，可以用一个字来概括，"球"。在我面前站着的这个人就是一个球状物体。

我上前打招呼，"怎么称呼这位仁兄。"

球状物体转向我这边："我叫花花。"

花花师兄奶声奶气的模样一直被我嘲笑了5年，这是后话了。当下在我听到这么奇异的声音后，爆发出了一串震耳欲聋的笑声。花花愠怒的小眼神望向我，猛地扑过来，用他那肉弹似的身子把我挤压在地上。瞬间我就要窒息了。正当此时，木岳师傅隆重登场。他制止了这一场人间惨剧。我和花花并排站好。木岳师傅开始对我们长达一个上午的洗脑工作，然后就去吃饭了。留下我和花花还在费心地吸收和消化木岳师傅的一番教诲。

下午，我们开始了正式学习。所学之内容不过是一般的官兵所用。每日每日的基础练习，我也有所成长。终有一日，师傅把我单独留下。"从今天起，我要特别训练你。"师傅对我说道。

我就知道我天赋异禀，担负着匡扶天下的重任，及常人所不能及。正当我暗自窃喜，师傅却说"我要训练你成为一名出色的刺客"。

这命运轮回，还是逃不出既定的轨道。在我开始被训练成刺客时，我已经接受了一年的基础训练了。其间，也是偶有闲暇，每当那时候，我和秋葵就会去河里摸鱼，改善一下生活水平。我基本上可以做到百发百中，拿一块石头就能击中一条鱼。我曾想若是我改做卖鱼生意，说不定还能发大财。这样一想，越发激动，我就不停地扔石头。结果是，鱼打得太多，怎么也吃不完。我就想到了花师兄。我把花师兄喊来，师兄对我满是感激，称要和我结拜兄弟。我想想，觉得不妥，我不过是把吃不完的鱼分点儿给花师兄，他就如此感恩戴德，我受之有愧呀。

秋葵则在一旁兴奋不已。她拿着烤好的鱼递给我们一人一个，说："哎，吃了它们，你们现在就是兄弟了。"

我对她这种简朴的结拜仪式表示无奈。花花在旁边已经哭成个泪人。

这货怎么如此怪。

我果然厉害，在他的教导下，我成长飞速，已经可以单独执行任务了。木岳师傅交给了我第一个任务——截一封信。

不仅如此，我还知道了，木岳师傅原来是青云社的首领。青云社是一支义军，现在内忧外患，国家形势堪忧，各路豪杰纷纷为了保家卫国，私下建立起了一支队伍，就是青云社。而青云社的首领就是木岳师傅，除了木岳师傅自己收的一批徒弟外，还有很多仁人志士也是组织的人。但是我们各自并不全部认识，只有木岳师傅知晓所有人。因为有些人身份极其特殊，不能暴露身份。

我动身北上，数日，我抵达大散关，在一片树林中埋伏起来。没过多时，我就等到了目标出现。只见一个人鬼鬼祟祟地捂着胸口朝城外走。我猛地飞身上前，用剑抵住此人脖颈处。瞬间就有殷红鲜血冒出。此人显然受到了惊吓，大呼饶命。我简单直接地说出目的，"把信拿来。"此人倒是很识趣，从怀里掏出一个红色信封，上面绘有奇怪的标志。我拿过来收好。用剑柄把此人打晕了。

我朝四下张望了一圈，走之前，师傅告诉我，这是个极其艰难的任务，但一定要保证万无一失。可是，到目前为止，很顺利嘛，而且还不费吹灰之力。拿到信，按照师傅的交代，我还要把信送到临安一个中间人手上。我开始朝临安出发。

站到临安城，感觉就是不一样，还是无比繁华的，人们的衣服也上档次多了。我穿梭于其中，仔细观察着每一个人。按照事先的约定，我要在春风楼等一个中间人。呃，据师傅说，我并不需要费心去找中间人。中间人自然会认出我来，我只需在约定时间到即可。

正在街上闲逛，敏感如我感到身后投来异样的眼光，我转头扫视了一下。心下明白，被盯梢了。现在街上尽是行人，不能在这里开打。我飞速朝前方走去，在街头转到了一条僻静的小胡同。后面盯梢的人已经跟过来，我数了数，总共5个人。还想什么，开打吧。我朝他们喊："来呀。"

我摸了摸左肩，被拉了一道口子。还好不深，我撕下一片衣角包扎起来。找了处阴凉地方歇息了片刻。刚才在那些人身上想查出点儿线索，结果什么也没摸到。不知道什么人派来的。不过，应该是和我身上的这封信有关系。我推测。我拿出这封信，端详起来，上面的标志像是一条龙被钉在了十字架上。信被封起来了，我怀着一定的职业操守决定不拆开，我找人拆开。不多远就有个乞丐，我用一只烧鸡换他帮我拆个信，他是极其乐意的。乞丐说："小哥，你是不是手指不灵活。"我没有理会他，他怎能明白一个职业工作者的职业操守，我若是没有良好的信誉，如何在圈内混了这么多年。

我看着信里面的内容，发现我竟然不认识字。我估摸着是外族的字体。我把信重新折好装进去并封好。看着乞丐吃烧鸡，突然发觉自己也饿了。我走进一家店面，还算干净，要了吃的。突然，一位长相很不错的女子向我搭讪道："我来晚了，老哥他近况怎么样。"

我一脸迷茫地看向她，只见她白皙的皮肤，纤细的眉目，红唇勾勒得恰到好处。再加上她杨柳腰肢，高挑身姿，何止不错，就是一大大的美女。这让我想到了一首诗：手如柔荑，肤如凝脂，领如蝤蛴，齿如瓠犀，螓首蛾眉。我对着这张冲我巧笑倩兮的脸，直愣愣地傻笑，回答道"好哇好哇，蛮好的。"

我俩开始热火朝天地聊起来。突然有几个官兵闯进来，为首的头头大喊，有没有看到一个独身的女人。店小二忙上前应和道："各位大爷，小店就这么大，一眼望到头，各位客官都是有伴的，没有独身的女人啊。"为首的官兵扫视了一圈，看向我这桌，我对着面前的女子不停地讲话，她则被我逗得咯咯笑。然后为首的官兵说了句："走。"然后他们都离开了。

还没等我发问，女子主动说道："我叫红叶。谢谢你刚才帮我解围。"我说："我叫魔豆，小事一桩。"我没有主动问她官兵为何要找她，她也没有主动说。人嘛，总有些秘密。直到现在你我相遇，你我安好，便足矣。

我来到春风楼，左右张望，并未发现什么可疑的人。楼下有些吵闹，探头看发生了什么事。一个穿着与众不同的女子，正在楼下弹奏着一种乐器。那个乐器有点儿像是琵琶，但是又和我所认知的琵琶不同。音色更是大不一样。围观了很多人。女子身着青翠色衣衫，乌黑的长发遮住半边脸庞，身形偏瘦。我注意到她的手，那真是一双美手。我听她弹的曲子，曲调慷慨激昂，不似这般瘦弱的姑娘能够弹出来的。一曲毕，女子起身朝楼上走来，她选择一角，要了杯清酒静静地一个人在喝。

我有种上去搭讪的冲动。我正站起来，被人搭住了肩膀。我扭过脸去看，又是一美女，我今天这是要走桃花运哪。"姑娘，有何事？""是我。"虽然只有简单两个字，但是我立马意识到，我眼前的这个女子就是我要等的中间人。

女子开口说："把信交给我吧。"我没有接她的话，而是发问："你怎么知道是我的？"

女子看向我，"木岳师傅没告诉你吗？"她继续说："我可以算作你师姐，木岳师傅教授弟子都会给予一样东西，我就是看见你身上佩戴之物知道是你的。"我看向自己的手腕，那是我走之前，木岳师傅交给我的，让我戴在左腕。原来是这样的用意。我对女子说："那你也有了？我看看，这样才能证明你就是中间人。"女子向我亮出她的，确实没错。

我没有想到这东西还有这样的用途，居然这么大意地明目张胆撸着袖子露出来。我从怀里把信掏出来交给她。"这封信很重要吗？要送到哪里？什么用处？"问完我都觉得问得毫无智商。我只是任务的执行者，不必要的事是不会让我知道的。"算我没问。"我对她讲道。

我看着她离开，视线收回时，我发现，弹琴的女子也已经离开。

回到木岳师傅那里，花师兄和秋葵来找我。他们说他们寻到了一处好去处，让我一起过去看看。"什么地方啊，看你们两个神秘兮兮的。"我对着他们说道。他们说："你去了就知道了，保证不会失望。"

翻过后山，在山的背面一处长满藤蔓的地方停住。这片地方我们之前也来过，却没觉得有什么异样。我仔细观察周围，景色无奇。我扭头对他俩说："这就是你们说的地方？"他们异口同声地回答："对。"秋葵说，那天在街口，她正央求花子哥教她一些基本功。一个女子从他们身边走过。本来她也没觉得有什么奇怪的，但花子哥他估计看中人家的美色了，偏要跟踪人家。秋葵讲这话时，我看见花花偷偷瞄了一眼秋葵。秋葵并没有在意，继续说了下去，"我们看见这名女子一直朝后山走去。像是熟门熟路，这名女子直接走到那处藤蔓处，摸了一下旁边的石头就进去了。我和花哥在附近躲藏着偷看，那名女子在里面很长时间。后来天色渐黑，那名女子才走。本来我们打算先进去看看的，可是怎么也打不开这道门。只能等你回来了。"

我走到这道门面前，藤蔓已完全把这道门掩盖住了。我把藤蔓拨开，去摸门上的机关，并未有凸起的石头。我朝四处望了望，并未有什么发现。我对秋葵说："有人既然来第一次，就有可能来第二次。我们只要随时留意此处，在下次那人来时，再想办法。"秋葵和花师兄都点了点头。

"师傅，你太不够意思了，怎么不早告诉我佩戴这个手链的用意呢。"师傅说："早晚你都会知道的，早知道晚知道并无大碍，不影响大局。""哎，师傅，你心可真大，咱能不能直白些。"木岳师傅瞪了我一眼。我赶紧冲师傅嬉皮笑脸地说道："师傅，我错了，我不应该如此不懂事，您让我干什么我干什么，您怎么命令我我怎么做，交代我的话我铭记在心，不告诉我的话我不多问一句。师傅就是天，您老怎么高兴怎么来。"花师兄被我的话感动得热泪盈眶，激动不已。一个劲儿地说："魔豆哇，你终于长大了，你说得太好了，这就是我们做徒弟应该的，你简直太懂事了。"

其实，我是很喜欢花师兄这个人的。可以说是一点儿心眼儿都没有，为人热心且真诚，对待朋友可谓掏心掏肺，甚至两肋插刀都没问题。这种人就是一辈子的朋友，一辈子的兄弟。我拍了拍花师兄的背，"好了师兄，咱们等会儿再感动。师傅还有话要说。"我和花师兄看向师傅。木岳师傅说："你们最近长进都比较大，花花射箭现在已经基本可以做到百发百中了，很是不错。魔豆你是个特例，我教你的技艺你学得都非常好，而且可以灵活运用，但是我现在还没发现，你特别擅长什么。接下来一段时间，我会重点观察你，直到找出你的优势。"

走出来后，我心情特别不好。虽然我各方面都不错，但是我要有一技之长嘛，我居然没什么拿手的，我感到了巨大的压力。花花则不一样，被师傅表扬了一通，现在特别兴奋。我也承认师傅说的，花花虽然看起来有些愚笨，但是在射箭这一技艺上，特别专注，简直可以说是神射手。

秋葵给我缝了件新衣服。她看见我的衣服都烂了，问我是不是这次任务特别艰难，受伤了没有。我觉得秋葵不是普通的姑娘，而且是我最先了解到的人，所以我对秋葵并没有什么可以隐瞒的。不管什么事，我都告诉了秋葵。秋葵听了我这一路的经历后，赶紧看了我的剑伤。我看见她眼睛开始泛光，伸手摸了摸她的头，说："傻丫头，没关系的，这一点儿小伤算什么，看，这不都要好了吗？不用为我担心。"突然，秋葵的脸一红，转过头，"我才没有那么担心的，我知道你没问题的。"我突然觉得气氛有点儿尴尬，就想赶紧换个话题。"那个，这件衣服很好看耶，谢谢你秋葵。"秋葵对我温暖地一笑，仔细看，秋葵也是个很有姿色的女子。

师傅说，让我自行去磨炼一阵子，所以这一阵子我也没什么任务，很闲。

我去了临安，要说为什么去临安。因为我总是会想起那个弹琴的女子，不知道为什么，我觉得她和朵蓝有着哪里相似。我想寻一寻她。我在街头漫无目的地走着。前面有两个人在厮打，旁边看热闹的人围成了一个圈，我也挤进去。像是两个酒徒，旁边的人说，其中一人走路撞到了另外一个人，两个人就打起来了。因为和旁边人也没什么关系，大家都只是凑热闹，所以人群里不时还传出叫好声音，吵嚷着让打得更激烈些。我觉得有些无聊，准备走。

我听见人群对面有人喊我，我朝声音源头看去，是一袭红衣的女子，两条长辫绑着红绳，两只大眼对于如此小巧的脸来说，有些比例失衡，不过也是极美的。她朝我这面跑来，热情地打招呼："好巧哇魔豆，我是红叶。""哎……红叶。"我震惊之余仔细打量她，吐槽她："你这是大变身哪，感觉换个人似的。""哈哈哈。"红叶发出清脆的笑声，拍打着我的肩膀。"那是当然的，你认不出我来是自然的，我上次做了乔装的。""你一直在临安吗？不是有官兵抓你，你还敢在这里长时间逗留。"我把红叶拉到人比较少的地方悄声问道。

"没关系的，那事已经过去了。"红叶说道。我对眼前的女子充满了好奇，我觉得红叶一定有什么惊人的内幕。红叶看出来我的惊奇，笑道："我也没什么惊天秘密了，只不过上次没来得及和你介绍自己而已，有时间我给你讲讲哪。对了，你这是要去哪里呀？"红叶问我。

我现在是个大闲人，四处走走。红叶兴奋地跳起来。"那太好了，你和我一起去个地方吧。"

"去哪里呀？"我问道。

"到了你自然就知道了。"

好像所有人都很擅长说这句话，好像所有事只有我被蒙在鼓里。

我跟着红叶出了临安城，在郊外，我们到了一处草房。红叶说："先在这里休息一下吧，这里是我认识的一个朋友的住处，不过现在她人已经不在这里了。"

"据传某地埋藏着东汉黄巾起义军留下的大量财宝。当时流传下来了一张藏宝图。"

"当真？"我诧异道。

良久，红叶平静地说道："若没有地图，没有人可以找到这个墓。现在我就是在寻找这张藏宝图，我总算有点儿眉目了。"

"这种事你都跟我说，不太好吧。这不应该是很机密的事吗？"

"没关系，靠我自己也是无法找到的，我正好需要帮手。你愿意吗？"

"那现在你查到了什么？"

"是这样的。这张藏宝图十分神奇，是由两封信构成的。只有当拿到两封信时，把两封信合二为一，地图自然显现。现在我已经有了其中一封信的下落了。"

信，我心想，难不成是那封信，没那么巧合吧。我默不作声，脑子已经飞快地在运转了。

"现在我们要去的那个地方，就是其中一封信最后出现的地方。据说，已经有人在那里对那封信下手了。"

三日后，我身处一处密林之中。并不是我上次劫信的地方，一路上我并没有把我曾经劫过一封信的事情告诉红叶。因为现在什么事都还不确定，我认为没有说的必要。

"在这里？"我问红叶。

"在史大人身上。这封信被用作讨好外族的贡礼，正要献给成吉思汗。"

"啊！"

红叶告诉我，她很会布置陷阱，所以选择在这处密林。她需要提前布置陷阱，以便抢走那封信。

所以陷阱都布置好了，现在就等史大人来了。

"你确定那个史大人会从这里经过吗？"

"我确定，咱们就耐心等着好了。到时候可千万别冲动，史大人身边肯定有很多官兵护着，听说还有一名武功极高的女子护身。咱硬抢怕是要吃亏，而且容易暴露身份，还得遭官兵追杀，我可不想过被官兵追杀一辈子的生活。"红叶极其认真地看着我，说道。

"那你还抢这封信干吗，这么危险。"

"那还不是因为有人愿意付钱要这封信。别说我让你免费帮忙，等咱完成任务，五五分成。"

"钱不重要，我更不想蹚这趟浑水。"

"别这么说嘛，钱是好东西，不要白不要。"

我觉得这任务应该不会那么顺利的。既然红叶知道得这么清楚，那肯定是下任务的人告诉她的情报。既然下任务的人知道，免不了还有其他人知道。这么大的诱惑，不会只有一家来抢。

我开始警惕起来，听四周动静，观察周围。

这时，一辆看起来很豪华的马车驶过来，还跟着一堆人马。我推测应该就是史大人了。照他们的行进速度，马上要进入我们布置的陷阱内了。但是，我发现，那位我一直寻找的弹琴女子在车的左边，一身男装装扮，英姿飒爽。看得我有些入迷。我眼看着她也要落入陷阱中，心下有点儿担心会伤到她。就在我差点儿冲出来时，另有两名蒙面的人冲过去，扰乱了马车的行进。只见他们飞速冲过去，一个较胖的人拿着武器迅速瞄准，正在射官兵的眉心，简直稳、狠、准。我正看得惊呆时，红叶说了句被他们破坏了，这样就进不了陷阱内了。

"现在怎么办，我们还要出手吗？"

"不，看看形势先，或者我们可以坐收渔翁之利。"

我们在一处隐蔽处观察着这场打斗。

我看到，弹琴女子还没有出手，仍坐在马上，车里的史大人也没露面。官兵被一个接一个地干掉。刹那间，只剩弹琴女子、史大人，还有三名官兵。我佩服着这两个人的身手，他们确实不是一般刺客，身手敏捷，动作极快，干掉几十名官兵仅用了这么一小会儿工夫。其中一人像是个女人，身形瘦小。另外那人，我有种似曾相识的感觉，他的体形像是花师兄。我被自己这样的想法吓到了。怎么可能是花师兄呢。花师兄的身手应该没有这么好才对，而且花师兄为什么会来这里行刺史大人，难道也是为了那封信。那花师兄又是为了谁在卖命？是木岳师傅？还是另有其人。一时之间，我思绪纷乱，我想理清一些事情，又什么都抓不到。连一点儿细微的线索都毫无头绪。就在我拼命想弄清楚这是怎么回事时，这两人停住了手。气氛刹那间紧张起来。两人严阵以待，摆好应战的姿势，只见瞬间弹琴女子已拔出利剑刺到其中一人，是那名瘦小身材的，她被刺伤，左臂鲜血直流。不过这个身形瘦小的人也够敏捷的，要是反应再慢一点儿，恐怕就要命丧当场了。红叶在一旁看得也相当紧张，虽然我们不站在任何一方。但是面对如此扣人心弦的打斗，也不免也跟着进入这氛围之中。

那名射箭的体形较胖的刺客，忽地跳向一侧，以迅雷不及掩耳之势朝马车中射去。砰一声，那支箭转了弯，射到一棵树上。从马车中飞出一男子，手拿宝剑。应该是他把那支弓箭打偏的，我朝那人望去。我发现我心脏跳得奇快，我看到那人正是魏星。魏星居然也在，魏星是史大人？我的身上有些发冷，身体开始发抖，我不知道自己怎么了。红叶感到了我的异样，她握住了我的手。她的手很温暖，给人一种很安心的感觉，我慢慢恢复了意志。

瘦小的那名刺客朝另一同伴做了个手势，两人迅速撤退。弹琴女子要追上去，史大人说道："小来，不必了。"弹琴女子停住了脚步，回到史大人身边，回道："是，大人。"

原来那名弹琴女子叫小来，我在心中默念。

"谁在那边。"小来突然朝我和红叶所在方向发了一枚暗器。惊起了一群野鸟齐飞。

"回城里，小来。"史大人说道。

他们一行人离开之后，我和红叶长长地舒了一口气。我们太低估他们的实力了，身边有那么厉害的人，本身似乎也很有本事。这要从他们身上拿到那封信，怎么想都十分困难。我望向红叶，说"你打算怎么办？"

"跟着他们回城里，再做下一步打算，总之，只要严防死守他们，总能找到破绽。"红叶说。

我想了想，决定和红叶一起。现在如此做不仅是红叶的请求，同时，我对史大人很感兴趣，因为那就是魏星的脸。另外我也想了解一下小来。不仅是他们，连那两个林中刺客我也很感兴趣。既然这么多让我感兴趣，当然有必要留下来观察一番。

我们来到城镇，这里挺繁华，街上有很多做生意的小贩。我看到一个卖胭脂的，想着要不要给秋葵买一盒。

"你这是要送给心上人哪。"红叶对我说。

"没，不是的。是我一个妹妹。"

"我看你都盯着卖胭脂的好久了，既然有心送，何必那么犹犹豫豫，买了便是。还说是妹妹，我看就是心上人，你是怕送给对方，对方拒绝吧。"红叶打趣道。

我尴尬地笑了笑。我确实对秋葵没有爱慕之情，要说我为什么犹豫，我是怕买回去送她她会有所误会。不是我自作多情，而是我不愿随意留情。

我心里想的念的，一直是朵蓝，不知道她会不会在这里。我想到班主任和魏星都出现在这里，我就有种预感，我会遇见朵蓝。如果能够见到她，那真是太好了，不知道她在这里会是什么样的身份呢。我出神地想着，突然被红叶拍了一下。回过神来，看到她眼睛正朝着某个方向望去。然后我也顺着那方向看，是小来，小来出现了。

我和红叶迅速跟了上去，但是我们不敢跟得太近，怕被发现。小来就那样走了两条街，转进了一座很气派的建筑物。我们看过去，门牌上面写着——雅阁。我和红叶面面相觑，不知道这里面住的是什么人。红叶说这里不是史府，她认得史府。我看这雅阁也不像是史府，那么这里是哪里呢？很气派的一座豪宅，很明显是有身份的人的居所。小来进去是她也是这里的人，还是要找这里的人。我们在附近观察了一阵子，发现雅阁进出的人很频繁，但是我注意到一点，进出这里的人全部是女人。

"奇怪。"我把疑惑说给红叶听。她听后表示确实如此，刚没太在意，听我这么一说，回想一番确实如此。我和红叶认为在此处继续观察下去也不会有所收获，还是去打听一下为好。

在酒楼上，我和红叶要了几碟小菜坐了下来。我问店小二，知不知道雅阁住的什么人。

店小二说："一看两位就是外地来的，雅阁在我们当地可谓无人不知无人不晓。是出乐伎的地方。可别小瞧乐伎，那里出来的乐伎要比得上达官贵人。当家的是醉玲珑，传说美貌倾国倾城，不过我们这些普通人是没有机会见到真人的。她的琴艺之高超，能让人失了心窍。雅阁里还有众多技艺高超的乐伎，她们都是当地官爷府上的座上宾，尊贵极了。"

原来是这么有名的地方，店小二说得清楚明白，看来雅阁并没有隐藏身份的意思，连普通老百姓都很清楚内幕。除了未曾露面的当家。我在之前见到小来时，她的琴技十分了得，想必就是雅阁的人。

我对着红叶说："有必要认识一下雅阁的主人了。"

红叶瞪着眼珠看向我，说不出话来。好久才憋出一句："怎么认识啊。"

Chapter Nine 缘分

那天，天有些阴沉，不一会儿就下起了小雨，小摊贩很多都收拾了摊子回家去了。但是我看到那个卖胭脂的，依然在雨中。手中的几盒胭脂眼看就要被淋毁了。我赶忙上前用油纸伞为她遮住。我看着她手里的胭脂，默默选了两盒，付钱，然后走了。我把油纸伞留给了卖胭脂的女子，我知道了那名女子是名哑女。

我把两盒胭脂收好，去和红叶会合。我和她约定好，各自办完事，就到我们之前去过的那家酒楼会合。我上到二楼，看见红叶已经在那里坐着了。她一脸喜笑颜开，看来事情办得很顺利。

我们的计策就是，先让红叶打入内部。虽说应该不会那么容易，却没想到，雅阁每隔一段时间就会招募一批女子。此时，正是招募时期，红叶就利落地报名了。而且如今也成功入选，真是太好了。

"先前你说你也会乐器时，我就觉得有戏。如今看来我想得很对。"我对红叶说道。

"我也没想到这么容易，这么顺利。刚好她们招募，刚好我会乐器，刚好我又是女人。"

"怎么样，有什么发现。"

"目前看，都很正常，只不过，雅阁里面的女子应该不仅是乐器技艺高超，应该也很擅长使用武器。我已经发现了她们所有的乐器中都秘藏着一种武器。"红叶对我说。

"你也太厉害了，这才几天时间你都有这么惊人的发现。也太容易了吧。"

"那是我够聪明、机敏。"红叶一脸傲娇地说。

我有气无力地回应道："是是是。"

"怎么样，见到小来了吗？就是我们上次在林中见到的史大人身边的那个厉害护卫。"

"我知道的，但是我没有见过她在。不过我倒是见到醉玲珑了，就是雅阁的主人。听说她过两日要去贾大人府上祝寿，为贾大人献上一曲。这是个好时机，是你展示美男计的时候了。"

我瞥了红叶一眼，什么美男计，只不过在雅阁内，我无法闯入。但是在外面的机会就多了，我觉得我会有办法结识一下雅阁的主人醉玲珑的。

我在十字街口等着醉玲珑的轿子。当我远远看到轿子过来时，莫名地，我开始紧张起来。有个声音在告诉我，里面坐着的女子是你认识的。我被这个声音惊到，不自觉地手心开始冒汗。

轿子在我眼前走过。突然，有几个手持大刀的家伙冲上去。他们大喊着，要把醉玲珑怎么怎么样，词汇不堪入耳。我瞬间拔出我的归云剑，朝几名大汉冲去，电光石火间，那几个家伙已被我全部干掉。我面向着轿子停住。

轿子帘被掀起，白衣白鞋，我听到一声好听的声音飘入我耳中。我神思有些恍惚。女子在我面前笑起来，温润如玉。我定神注视着我眼前的女子，像是历经千难万险只为遇见你。正是我朝思暮想的人儿——朵蓝。

朵蓝正是醉玲珑。

不知道朵蓝是否有我的记忆。我轻轻叫了声"朵蓝"。

我对面的女子开口道："公子可是认错人了，我叫玲珑，谢过公子的救命之恩。"

"姑娘言重了，区区举手之劳。"

"还望公子成全小女子，务必让玲珑报答公子。请允许玲珑招待公子到府上做客。"

"客气，在下乐意之至。"

我们约定好了时日。我一直期盼那天赶快到来。还没到日子，我在城里无聊地闲逛，其间我听到很多人在谈论醉玲珑的事，还有关于雅阁。这里的人们很热衷这个话题。我对于醉玲珑成为人们热议的话题有点儿反感。我正烦恼着，竟看见两个熟悉的身影。我向前跑去，一把搂上前面人的脖子，那人正要反击，看见是我，背着我原地转了好几圈。我被他转得实在头晕。忍不住说："我求饶还不成吗？花师兄。"

我激动地对他们说："你们怎么来了，秋葵你也来了呀。"

"嗯，木岳师傅说花哥可以学成出山了，我是跟着一道来见识世面的。"秋葵笑嘻嘻地说道。

"魔豆，花哥现在可厉害了，刚到城里就成了史大人的贴身侍卫。史大人连夸花哥功夫好呢。"秋葵颇为羡慕地赞道。

花师兄听到秋葵这么夸他，红着脸扭捏起来。但是我的注意力完全不在这上面。我听到了一个关键字眼，史大人，心下一惊。虽然花师兄功夫不错，当个护院侍卫应该是没问题的，可现在的问题是，花师兄一下被提到贴身侍卫。要知道，一个官位如此显赫之人，必定做事十分谨慎，会起用一个完全陌生的人做贴身保镖，是不合乎情理的。但凡不合乎情理之事，必定隐含着不可告人的内幕。

我叮嘱花师兄万事小心。

我考虑要不要告诉他们我知道的情报，现在至少已经有两拨儿人想要那封信了，这样来看，史大人有可能有生命危险。花师兄在史大人身边，难保不遇到祸端。我认为应该让花师兄心里有个数儿，至少在遇到危险时，做好自保。但是，这不是我个人的事，若是我个人的事，我必然对花师兄和秋葵知无不言，言无不尽，关键现在这个事情关乎红叶，她交代过我不可告诉第三个人。还是暂且不跟他们两个说这事吧，我也在盯着史大人，万一出什么事，我便去救花师兄。

想到这里，我暂且放宽了心。

"秋葵，我有个东西送给你，作为你为我做新衣服的报答。"我故意说了后面一句，为的是不让秋葵胡思乱想，但我看眼下情形，秋葵满眼的期待之色和娇羞之态，应该是没有明白我说话的用意。

我掏出那盒胭脂递给秋葵。秋葵应该很喜欢，我注意到她的眼角泛光，神情激动。她望着我，气氛使然，我竟也有些激动。我不好意思起来，呆头呆脑地说："喜欢就好，那个，秋葵，我还有点儿事，回来再见。"然后逃似的离开了现场。

在我和红叶经常去的酒楼里，我坐定，心潮还有些澎湃。喝了杯茶，平稳了一下心绪。

红叶过来了。

我思忖道："你这样经常外出，会不会遭人怀疑。"

"没事的，雅阁的每个人都是自由的，并不会限制说不让出去。"

"那就好。过来是有什么事情吗？"

"我发现不止小来，醉玲珑也和史大人有接触。"

我觉得这件事情不简单。

到了我和醉玲珑约定的日子。我到了雅阁门口，小来在门口迎上我为我引路。

我说："你好。"

小来笑脸盈盈地说道："我可不是第一次见公子了。我们俩倒是十分有缘呢，你说是不是呢？"

寻思着原来小来都知道。

"公子散发出来的气质可不是寻常人等，我留意到公子是自然的。"

我瞅了瞅自己周身，我是这么与众不同吗？想来我也不是一般人，要不怎么会什么奇特的事情都能被我碰到。注定我要成为故事中的主角，主角光环逃都逃不掉。我顾影自怜地冥想。

小来不解地瞅着我，然后笑起来。"公子真是个有趣之人，还没问公子称呼呢？"

"好说好说，我叫魔豆。"

小来发出银铃般的笑声："连名字都如此有趣。"

我不好意思地挠了挠头，说真心话，我对这个名字一点儿印象也没有，我叫什么还是秋葵告诉我的。我像是串场的，但我到哪里都是舞台的焦点。我下意识地自恋起来。

小来引我进入大堂，我发现不只有醉玲珑。今天似乎到场了很多宾客，有很多熟脸。不过这种熟脸只是我单方面地对他们认识，他们并非都认识我。

落座后，醉玲珑吩咐上酒菜，然后一众乐伎开始演奏。不是夸大其词，雅阁的乐伎琴艺水平确实高超。我不觉听得入迷起来。我注意到红叶向我递了一个眼色。之前，红叶只说她略通琴艺，今天这是我第一次听到她弹琴，这哪里是一般水平。很明显，她的技艺要压过一众人。之前对红叶的认识太过浅显，很显然，红叶对我有所隐藏，并未对我显山露水。

我有些愠怒，似是被人玩弄于股掌。想了想，还是算了，当有人骗你或者欺瞒你时，人们的第一反应总是责怪他人，实际我们每个人都有另一面，藏着无数的秘密，只是有些秘密被揭穿了，而有些则藏得很好。我也藏着很多的秘密，没有理由责怪红叶对我的不坦诚。

醉玲珑开口道："今天宴会的主题，主要是为了答谢我的救命恩人。"

醉玲珑说这话时，眼光看向了我，其余嘉宾全部把目光聚焦过来。

我赶紧寒暄道："玲珑姑娘客气了，都是举手之劳，不必挂心。"

"公子或许有所不知，雅阁里集聚了天南海北所有乐技高超之人，有些人为了能够听上一曲，不惜重金。而雅阁的规矩，向来不看重钱财，只看重地位。您是救了雅阁的当家的，您在雅阁的地位就如同我一般，您不必过于自谦。"

我点头。

"另外，史大人，我安排小来出远门办一些事情，不能为史大人助雅兴了。我另外安排红叶到您府上为您弹琴助兴，您看如何？"

"尽管安排便是，我相信你挑人的眼光。"

"嗯，史大人尽管放心，别看红叶来雅阁不久，她的琴技造诣可谓精深，连我都要略逊一筹呢。"

"哦？那我可真是非常期待。"史大人看向红叶，眼中充满了让人捉摸不透的神情。

酒过三巡，我有点儿迷醉，酒宴的气氛却发生了些许微妙的变化。本来十分和谐的局面，自从史大人说过那句话后，气氛一度陷入诡异的境地。在场的所有人感受这令人窒息的场面，互相尴尬地说笑着。我不太明白为什么会这样子，在我看来，史大人的这句话并没有什么特别。估计是，玲珑也看不下了，怎么说也是她主持的，场面这样子，只会使她难堪。玲珑站起身，走到场中央，其他乐伎纷纷退下。现在，整个酒宴鸦雀无声。

玲珑穿一身青蓝色衣衫，场中央，一把古琴已摆好。玲珑这是要亲自弹奏一曲呀，我寻思。这样一来，大家的注意力就集中到了玲珑身上，没有人会再纠结刚才那一出是什么状况。打从一开始进入酒宴中，我的注意力就一直在玲珑身上，她的脸和朵蓝一模一样，我看玲珑时，不自觉地会把她当成朵蓝。此时玲珑正摆好坐姿，开始弹奏起来。纤长的手指划过琴弦，发出悦耳的声音，震动着我的心。一曲罢，我不由得站起来为玲珑鼓掌欢呼。玲珑抿嘴冲我微微一笑，可谓倾城。

酒宴重新回到了十分和谐的局面，其间，花师兄来向史大人私语了几句，其他一切安好地进行着。散场时，我特意落在人后走出，待只有我和玲珑两人时，我问我是否可以常来此处。我得到了玲珑肯定的答案。

回到住处，秋葵还在。花师兄现在已经入了史府，秋葵还一直在这里滞留着。

"秋葵，你自己一个人在这里也不安全，还是尽早回去吧。"我对秋葵说。

"我，我不太想回去，我想留在这里陪你。"

我怕秋葵说出我害怕听到的那句话，赶紧打断她。

"我有喜欢的人了，秋葵。"我认真地对秋葵说。我不想隐瞒秋葵，而且让秋葵尽早死心是为她好，想到这里，我认为我必须告诉秋葵。

秋葵明显地表情不自然起来，眼睛不知道要盯住何处，只能垂下眼帘。

"我对雅阁的当家醉玲珑一见钟情，我希望能够尽早把我这份爱慕之情传达给她。"

秋葵淡淡地哦了一声表示回应，突然，秋葵跑出屋外，过了很长时间，秋葵才重新回屋。

"魔豆，那你可要好好加油哇，那么好的女子，可是相当难追的，你可别半途而废喽。"秋葵叮嘱我道。

"还有就是，我本来是陪花师兄来的，现在他也安顿好了，那我也该回去了。我决定明天一早就出发回去，你要好好保重。也替我问候一下花哥。"

我低声道："好。"

我和秋葵的事情暂告一段落，长痛不如短痛，尽早斩断她的念想，我认为自己做得很对。秋葵离开以后，我就完全没有再念起秋葵来，我现在日日思着玲珑，设想自己如何告白。红叶来找我时，我正想了100种告白方式。我把我的心思给跟叶说了后，起初我以为她会觉得破坏了最初的计划，没想到她举双手赞成，并一一听了我100种告白方式后，一一否决掉。

"你这什么老套路，太俗。"红叶叹了口气，对我撇嘴，表示她对我的失望。

"红叶你是高人哪，有什么高见？"我道，然后一脸恭维地瞅着红叶。

"高见就是，我还没想到。"

我白了红叶一眼，继续我的冥思苦想。

其实红叶是来和我说她要到史大人府上了，她准备有机会时就下手把那封信盗走。我们俩商量了一下，这件事还得里应外合，好好谋划一番。我给红叶说了我有个师兄，新近做了史大人的贴身侍卫，如果让他也帮忙，得手的概率就会大大提高。我想着红叶会非常乐意，就像支持我追求醉玲珑一般。可没想到，红叶断然拒绝了我的这个想法。

我问："为什么？"

"现在各方势力争抢这封信的人十分多，越少人知道越好。现在还无法分辨什么人可靠，为了以防万一，我觉得还是只有我们两个行动比较好。"

"花师兄是信得过的人，他是我师兄，我对他无比了解。而且你也对我不熟悉，怎么就这么信任我呢？"我不解地说道。

"凭感觉。"

"有时候并非你认为很熟悉很了解的人就是非常可靠的人，这种人一样会背叛你；相对地，也并非了解不够深入的人就不可靠，这种人也会成为可信赖的同伴。"

我对红叶的一番歪理无力吐槽，红叶是那种直来直去的姑娘，非常直爽的一个人。她没有因为是我师兄的关系，扭扭捏捏地不好意思拒绝。而是有什么说什么。让别人非常清晰地明白她的想法。这种性格的人，我不讨厌，反倒是有些喜欢。

和一个性格别扭的人交往实在是太累，结交还是要结交红叶这种人。

"好吧，就听你的。反正我师兄也是个老实本分的人，让他监守自盗，着实是在难为他。"

"那咱们现在如何走下一步棋。"

"你呢，尽管找醉玲珑多多约会去，我先做一些其他安排，现在我去史大人府上的日子还没定，而且我认为，第一次去，还是以考察府内情况作为主要任务为妙。咱们现在对史大人府内情况一无所知，我这次去，先掌握一下敌情再做周详计划。"

"你就不怕别人捷足先登，你还这么优哉地慢慢行事。"

"不怕，让别人得手了倒比从史大人处夺还要容易些。"红叶说道。

我对这个事情抱着顺其自然的态度，所以也没有积极地要求红叶尽快有所作为。我倒是乐意目前的状态。

第二日，我迫不及待地邀请醉玲珑出游，我早已考察好周边可供游玩的地方。不能让醉玲珑感到无聊，又不能是过于刺激的活动。时值荷花盛开，我便邀醉玲珑一起赏荷。玲珑一点儿也没有犹豫地答应了我的邀请，稍做装扮便同我一起前往。

阳光正好，照在身上温暖而惬意。我也是一身新衣打扮，再加上帅气的脸庞，也是相当有看点的。我和玲珑并排沿岸边走着，我一直不停地对玲珑讲笑话，不知道是被我的笑话逗笑的，还是为了使我显得不那么尴尬，玲珑非常配合地微笑。玲珑的脸是十分好看的，特别有古典美人的韵味。加上现在的一身装扮，像是画里走出来的佳人。我把这辈子知道的所有笑话都翻出来了，实在没的讲了，我则不知道该怎么办了。

玲珑非常贴心，似是看出了我的苦恼，说道："你不必如此费心逗我笑，其实，我这么干脆答应你来，是因为我觉得你给我的感觉非常舒服。而且我有种似曾相识的感觉，总觉得我们两个曾经认识，而且非常熟悉。这让我对你非常安心。"

听到这儿，我周身的紧张感瞬间放松下来。接下来的聊天儿，非常自然，我和玲珑说了许多话。醉玲珑算是一个艺名，她5岁开始学艺，18岁就掌管了雅阁，而且只用了两年时间，就让雅阁变得无人不知无人不晓。一路走过来，我能想象得到一个弱女子承受了多少重担。我满眼泪花，"玲珑，你一个人辛苦了，以后有我在，那些重担就让我来承受吧。"

说完，我不无尴尬，我只是一时情绪上涌，没想到直接吐露了真情，我怯怯地看向玲珑，想知道她听完这话的反应。兴许我这一激动说出的话，能意外地得到玲珑的回应呢，我抱着侥幸的心理既忐忑又期待着。

我看见玲珑有些惊愕且不知所措，但仅仅是一闪而过。

然后微微一笑，说道："好哇。"

我不知道这句好哇带了几分真心，带了几分戏谑。她的神情已恢复到了以往的平和淡然。刚才我察觉到的那一丝微妙的略带僵硬的神情，现在已不见踪影。

大朵大朵的荷花矗立在荷塘中央，些许微风吹过，吹散了玲珑的发，一缕发丝遮挡了玲珑的眼。我把手抬到半空中，欲要为她整理发丝。玲珑偏头看我，一双眼眸明亮而清澈。我抬起的手停在半空中。

正待我要下一步动作时。雅阁有人传来口信，说小来出事了。

返回的路上，我看得出玲珑非常不安。我安慰道："不要担心，小来的实力足够保护自己。"

醉玲珑忧心地道："要是如此，那就好了。"

一路上，玲珑满面愁容，十分担心的样子。

我反而有些不明所以，沉默了一会儿，问道："确定发生了什么不得了的事？"

玲珑没有打算隐瞒，索性直说："确实如此，这次我派小来完成的是一项极其艰巨的任务，恐怕她是遭遇不测了。"

一路疾行，到雅阁看到小来时，我明白了玲珑的担心不无道理。小来已经不省人事了，伤势已经被包扎过，但是人还未醒来。玲珑上前查看伤势，询问大夫怎么样。大夫回答道："致命伤口是胸前这一道长长的剑伤，现在情况非常危急，稍有不慎，性命堪忧，还需要平安度过今夜才是。若不然，恐怕……"大夫没有说下去。不过玲珑和我都已明白了大夫的意思。玲珑吩咐手下随大夫去抓药，余下人照顾好小来。她自己则去了内室，询问随小来一起办事的人事情经过去了。

我站在床的右侧，注视着小来，想着怎么会伤得如此严重。一婢女整理小来的物件，忽然，我瞥见一个让我意想不到的东西，怎么会出现在这里，而且小来拿着。那正是木岳师傅交给我的配饰，是证明是我们的人的重要信物。小来是我们的人，我这样猜测，但是若是那样子，玲珑呢？也是木岳师傅的徒弟？还是敌人？我心下惴惴不安起来。

玲珑从屋内走出来，简单告诉我，其实小来是去寻一封信，但遭人暗算，被拿信的主人所伤。

信，又是信。难道是那张地图所构成要素的两封信？这么说来，一封在史大人那里，另一封，难道是我之前抢的那封，然后交给了中间人。若果真如此的话，那就是小来在去抢中间人手里那封信时，受的伤，那小来拿到的这个配饰，就不是小来自己的，而是中间人的。那小来就不是我们的人，而是敌人。那玲珑也是敌人了？

我不想做玲珑的敌人，我要把这个事情彻底弄清楚。

我必须先回木岳师傅那里一趟，有些事情我必须当面问清楚。我决定第二日一早便出发回去。结果我没等到回去，就见到了木岳师傅。

"师傅，您怎么来了。"

"我来告诉你一些事，并有件任务要交给你。"

我从木岳师傅口中得知的情报，令我大感意外。"那就是雅阁其实是青云社的一处秘密场所，雅阁的当家是青云社的第二当家。"那意思是，醉玲珑是青云社的人了，听到这里，我无比舒心。我已经做好了最坏打算，若玲珑是敌人的话，那我就只能选择玲珑一方了，虽没立场，但是为了心爱的女子，值得我去做。

木岳师傅接着说道："这件事，就是关乎小来受伤的事情了。之前你已经和中间人暮依依见过一次了。"

我点头。原来师傅知道小来受伤的事情了。

师傅又道："那次我让你交一封信给中间人，那封信实际上是关于一张藏宝图的线索。只有找齐两封信，才能从中指示出藏宝图，就可以找到东汉黄巾起义军留下来的大量宝藏。据传言，这批宝藏富可敌国，有了这批宝藏，我们就能够完成救国的伟业了。"

木岳师傅说得慷慨激昂。这件事，红叶之前和我说过。心下并未感到意外。

我疑惑道："中间人既然是我们青云社的人，那岂不是已经得到一封信了。那为什么小来会受伤。"

"这正是我要说的关键：本来，暮依依从你那儿拿到那封信时，应该立马和小来会合。万万没想到，暮依依居然叛逃了。因此，我立马通知醉玲珑让她安排追回，结果是小来被暮依依所伤，险些丧命。"

"我还是有些不明白，那为什么当初我拿到信后，没有让我直接送去雅阁呢？"

　　"这也是我的失误判断所致。我希望这张藏宝图知道的人越少越好，所以只有几位高级干部才知道。暮依依和醉玲珑一样，从小跟在我身边，是我十分信任的人。我完全没有考虑到她会叛变。当你执行完任务后，我希望信在我信任的人手里，所以我当时让暮依依去取信。只是我信错了人。"

　　木岳师傅正色道："现在的情况不容失误，并十分紧要。我告诉了你最核心的情报，是我愿意赌你，况且，你还是醉玲珑推荐的人选。"

　　我自语道："醉玲珑。"

　　木岳师傅继续道："正是。据我们现在掌握的可靠情报，暮依依是西夏人，她正要带着这封信离开。刻不容缓，我需要你们两个拦截她，并追回信。"

　　我沉声道："是。"

　　当即，我和醉玲珑一起出发去追暮依依。途中，我把心中憋闷已久的疑问问了出来。

　　我突然开口道："你一早就知道我是青云社的成员吗？"

　　醉玲珑先是微微一愣，片刻，一脸正色道："是的，我一早就知道。还记得你和暮依依第一次接触，附近的那个弹琴女吗？那正是小来。小来是派去监督这个任务的。当然，那时起，我就知道你是青云社的人。"

　　我有些烦乱，以为自己是最明白的那个人，结果却是最糊涂的，我一直被蒙在鼓里。不过这也是没办法的事。都是任务在身，无法真正坦诚，也不全是故意。

　　我佯怒道："我像是傻子一样，一直在被欺骗。"

　　醉玲珑忽然驻足，停了下来。我感到我的话有些重了，这也不是醉玲珑的错，怕是伤到了她。我正待开口，话还没说出来。

醉玲珑颤声道："那我要是说，那日在荷花池旁说过的话，全是我的真心话呢。"

我不敢相信这是真的，心情激动万分，我有些迟疑，慢慢开口道："当真？"

醉玲珑点了点头，道："当真。"

我全身战栗，眼睛泛着泪花，这是我这辈子最幸福的时刻。我忍不住抱住了醉玲珑，头埋在醉玲珑的发丝里，闭目道："玲珑，我真的喜欢你很久了，很久了，真的很久了。有几百年了，我一直希望我的心意能传达给你，希望你对我能够有所回应，为此，我愿意付出生命。只要你说真的，我就相信是真的。只要你想干的事情，我都愿意陪你到底。你若身处危险，我会舍命保护你的。玲珑，你知道吗，这一刻，幸福得让我有些胆怯。我怕我担不起这幸福，我怕我不能做好，我怕……失去你。"

醉玲珑胳膊也环住了我，轻轻道："我感受到了你的真心，我定不会辜负这份真心。"

听到这话，我把醉玲珑拥得更紧了，怕一撒手，幸福也跟着溜走。

我希望时间就永远停在这一刻，我像是贪心的小孩儿，攥在手里的糖果不愿放手。

我们相拥在一起很久，玲珑斟酌道："现在我们紧要任务是找到暮依依，把信抢回来。"

我突然反应过来，我们是正去追暮依依的途中。我看向玲珑，认真道："这个任务太危险了，我不希望你以身犯险。你先回雅阁等我好吗，我一定会抓到暮依依，然后把信带回来的。你相信我。"

玲珑松开手，沉吟道："我相信你，但是，我也要同你一道去。不只你担心我，我也担心你呀。你也不要小看我，我既然是雅阁的当家的，当然要比小来厉害。不管你说什么，我也不会自己先回去，而让你自己承受危险。"

我紧紧握住醉玲珑的手，道："我当然明白你的实力不容小觑，但是我还是不愿意看到你有一丁点儿的危险。玲珑，你听我话，我一定会拿到信的，你安心在雅阁等我回来好吗？我不愿意将来想到这件事时，每每都追悔我让你同我一道去了。"

醉玲珑眼眶有些湿润，她把头慢慢贴到我的胸口，我感受着玲珑温暖的体温，心里一阵暖流流过。

玲珑半晌道："你说的这些我自然明白，我也十分清楚你有多么担心我。可是，若我同你一样担心着你呢？"

玲珑说得我哑口无言，我只道真的明白了玲珑的心意。最终，玲珑和我一同前往，我在心里暗暗发誓，"不管遇到怎样的危险，我都不会让玲珑受一点儿伤的，我一定舍命保护她"。

心下做了这样的起誓，我也不再纠结于此了。反正不管怎样，我都在。

我同意醉玲珑和我一起去抓暮依依，玲珑脸上也露出了孩子般的笑容。真是可爱至极的人儿，我心里这样想。

我们继续驱马前行，沿途我们一路追踪着线人给我们留下的记号，虽然有几次险些迷失。因为标记很不好找，我们在某处徘徊了很久才找到。竟还是顺利地追赶上了。看着暗号所标记的内容，暮依依在前方的城镇里住了两天了，今日就要动身继续前行了。我注视着前方，暮依依为何会在此停留这么长时间呢？是在等人接应她？还是另有用意。

我思虑着眼前这座城镇已经快到边界了，不能再让暮依依继续前行了，否则我们就很难再追回她了。

没有时间再做过多考虑了，我和玲珑互望一眼，心有灵犀地快马加鞭，一定要在暮依依启程之前赶到。

一路上，尘土被疾驰的马蹄扬起。我们已经连追三日了，几乎不曾休息。我都感到有些疲惫了，何况玲珑这样纤瘦的女子。等下，若是进城，直接撞到暮依依，这免不了有一场硬仗要打，现在还不知道暮依依是否有帮手。看小来的伤势，她一个人就很难对付了，若再有几个帮手，我们恐怕也会落得和小来一样下场。更何况，敌人在城中休息了两日，而我们拖着这样疲惫的身体，也是很难持久作战的，恐怕还是要落于下风。

我神色凝重起来，若想反败为胜，还需要想一条妙计。我一时居然想到了红叶。她鬼主意最多，她若在此，定能帮上不少忙。我摇了摇头，这时怎么能想另外一个女人呢，玲珑会不高兴的。

不知不觉，已经到城外了。我和玲珑分析了当前的形势，认为虽然很严峻，但是不能冒进。该是我决断的时刻了。我对玲珑说："线人的消息到刚才我们看见的为止，是最后一个了。之后再也不见，不知道是不是遭遇了毒手。我们现在要做的，不是冲进去厮杀，而是必须先探清敌情才是。"

玲珑赞同地表示道："我也这样认为，咱们现在对对方的情况一无所知，只有知己知彼才能百战百胜，有勇无谋注定失败。我看我们还是先乔装一下，进城打探一下消息为好。"

这样决定后，我和玲珑立马行动起来。据之前了解，本地有个叫鹤山的人，是本地有名的万事都知道。本地有什么人进城，任何风吹草动都逃不过他的耳目。要找鹤山，非常容易。他本身就是倒卖消息的人，若让别人找不到他，还怎么做生意。我们立马接触到了鹤山。

面前这个贼眉鼠眼的人就是鹤山。他见到我们两个后，眼睛就一直直勾勾地盯着玲珑，露出猥琐的模样。我挡在玲珑与鹤山中间，十分不情愿地开口道："你就是鹤山？城里什么事都知道。"

鹤山也极其不乐意地看向我，一副我破坏了他的好事的表情。回答道："没有我不知道的事。"

我拿出暮依依的画像，问道："可否见过这个人。"

鹤山瞥了一眼，兴奋地道："原来是这个美人。没有美人是我不知道的。"

鹤山贼兮兮地笑起来。

我一脸鄙夷地问："现在她在哪里？"

"先付钱再说。"

我掏出一袋钱抛给他。鹤山掂量了一下，笑嘻嘻地说："其实若是这位美人问我，我会免费告诉你们的。我一向对美人毫无抵抗力。"

鹤山续道："画中的美人是前两日进城的，她一来我就注意到她了。不过她行事非常低调。她这两天一直待在屋里不曾出过门，其间只叫店小二帮忙抓了一服药。"

"药？什么药？"我急切地问道。

鹤山别有深意地一笑，道："你们这么关心这位美人干什么？你们是她什么人？"

我厉声道："既然你拿了钱，问那么多干什么，你只管知无不言，言无不尽。"

"生意我做主，我爱做不做。"

眼看局面就要失控了，这时，醉玲珑拦住了我，转向鹤山道："我们没有恶意的，画中的女子是我姐姐，我们寻她好久了。姐姐和别人私奔，家父让我寻她回家。"

玲珑在说这话时，一脸无辜，眼泪汪汪。

我心里自叹不如，真是旷世的演技。

我忍不住想笑出声，心下说糟糕。赶紧定了定神，才忍住没笑，继续装作面无表情。

鹤山睁大了眼睛，道："我说你们怎么美得如出一辙，原来这样，原来这样啊。"

然后鹤山就全部和盘托出，把他知道的事无巨细全部告诉了我们。他告诉我们那剂药是治疗外伤的，他从店小二口中打探到她应该是受了重伤。而且其间她并无与任何人有过接触，她应该是孤身一人，并无同道的。

这鹤山也太笨了，这样都能唬住他，我真的诧异凭借他这智商，如何能得来消息，如何把生意做这么厉害。

鹤山还在纠缠玲珑："美人叫什么名字呀，我想把你的名字融化在我心中。"

只听玲珑回答："我叫朵蓝。"

鹤山不停地说着好这个名字，而我却是无比震惊。

和鹤山分开后，我就拉住了玲珑。

"玲珑，朵蓝这个名字是怎么回事？"

"咱们现在不是乔装着，总不方便自报家门。所以我临时用了朵蓝这个名字。"

"那么是你编造的了？"

"也不算是了，我之前不是跟你说过醉玲珑是艺名，其实我在入雅阁之前一直都叫朵蓝。现在已经极少有人知道了，而且朵蓝这个名字一点儿名气也没有，告诉他无妨。"

"我有些嫉妒，虽然再也见不到鹤山了，但我是第二个知道玲珑真名的，我有些郁闷。虽然我一早就知道朵蓝就是朵蓝，但难免希望关于心爱的女子的事情自己永远是第一个知道的。"

"对不起哦。我应该随便说个名字告诉他的，主要刚才一时情急没有想到。因为朵蓝这个名字最熟悉，所以随口就说出来了。"玲珑像是看出来我的小心思，向我解释道。

"不会的，玲珑，我怎么会怪你。只不过是我自己小气而已。"我抓了抓头，感到不好意思。

玲珑盯住我，媚眼如丝，婉转一笑，柔声道："那咱们现在就去暮依依藏身的地方吧，鹤山所言，暮依依现在仍然在那儿，并未离开。"

刚才的烦恼已烟消云散，玲珑所言极是。

我们疾行至暮依依那里，破门而入，可是看到的确是空无一人的房间。

玲珑摸了下床褥，转头对我说道："还是热的，并未走远。"

我从窗户处探头出来张望，瞧见暮依依正跑远。

我伸手指向窗外，急促地对玲珑说道："在那里，还未跑远，快追。"

我和玲珑迅速追了出去，一直追到城外，终于拦截住了暮依依。

我们三人面对面站定，暮依依开口道："我知道你们的目的，我是不会交出来的，有本事就来抢。"

暮依依如此挑衅，我若还不应战，岂不是显得我怕她了。

我拔出佩剑，以迅雷不及掩耳之势刺向暮依依。暮依依拿剑在眼前一挡，反手就是一个还击。我和她打了好几个回合。忽然，暮依依抛出暗器，射向玲珑。玲珑眼明手快地接住暗器，同时还击给暮依依。暮依依没有躲开，正中怀中。暮依依捂住胸口，鲜血直流。

这不似仅是暗器所伤，难道暮依依之前真的已身受重伤。我刚才和暮依依过招时，也感到暮依依有些力不从心。现在，暮依依的表情已明显很痛苦，应该是暗器正伤到之前的旧伤口，才导致暮依依鲜血直流的。

我对暮依依说："不要再抵抗了，现在你自己是打不过我们的，你还是把信老实交出为妙。放心，只要你把信交出来，我保证你性命无忧。"

暮依依大喘着粗气，已半跪在地，不屑地说："你们什么都不会拿到的，有本事现在就杀了我。"

暮依依死命抵抗，一时之间，我和玲珑也很难讨到什么便宜，局面陷入僵局。

当下，我和玲珑互递一个眼色，一起展开进攻。暮依依本身已受伤，所以一下子就败下来。玲珑不失时机地给了暮依依致命一击。暮依依躺倒在地，已经不省人事了。

玲珑上前去搜暮依依的身，但是并未找到任何东西。

玲珑偏头，道："现在怎么办，信不在她身上。"

我思索了片刻，先不要慌，我们还得去找鹤山。我总觉得，鹤山这个人有问题，我预感，答案在他身上。

我和玲珑掉头回城，还未走出多远。鹤山就带着一批人把我们包围起来了。

我愤怒至极："原来你骗我们，你和暮依依是一伙的。"

鹤山不顾我的愤怒，笑言道："我怎么可能和她一伙，那个见风使舵的女人。也不怕告诉你们，其实，暮依依一直是我们安插在青云社的眼线。暮依依不是背叛你们，而是背叛我们。当初一直让她待在木岳身边，为的就是拿到信，终于等到时机，信到了暮依依手里。可是没想到，这个女人居然背叛我们，想真正投靠青云社。我们可不是软柿子，立马派出刺客去追击暮依依，可当见到她时，她已经受了重伤。她向我们忏悔说错信了人，暮依依本就打算把信送给你们的，可是结果却差点儿被你们派出的人要了小命，还把信也抢走了，好不容易才逃出来。"

我和玲珑面面相觑，不敢置信地看向鹤山，你说的话鬼才会相信。

鹤山自顾自地又说："信不信随你，这种女人早点儿死掉才好，从她背叛我们的那一刻开始，她就不再是我们的人了。今天，我一定要夺回信，那本应该我得到的东西。"

鹤山下令所有人一起进攻，我和玲珑背靠背，一齐对抗。鹤山那些手下，竟是些杂兵，顷刻间，我和玲珑已斩杀大半。鹤山见我们原来如此厉害，就有些胆怯，连连向后退了好几步。剩下的一些残兵败将见到他们的头如此模样，也害怕地不断向后退。我和玲珑不待他们有所行动，就再次出手，将他们一干人等全部打败，最后只剩下鹤山一人。

鹤山吓得大呼饶命，我用剑抵住鹤山的喉咙，让他讲清楚，到底是怎么一回事。

鹤山跪下求我们，再不是那种张狂的模样，道："只要饶我不死，我什么都说。"

听鹤山讲完，我觉得他的话有80%的可信度。那么，按照鹤山的话，暮依依其实拿到信以后，确实是要交给木岳师傅的。可是我们派出的刺客，也就是小来，把她当成叛徒，把她打成重伤。暮依依这期间怎么辩解小来都不为所动，说是线人的可靠消息。

我一掌把鹤山击晕。玲珑说："不杀了他吗？"

我悠悠道："不用，他已经搞不出什么花样来了。"

我若有所思了片刻，当初木岳师傅也说过对暮依依信任至极，那他又是如何得到消息知道暮依依叛变的。

我迟疑了一下，还是问向玲珑："是谁最早发现暮依依叛变的，你知道吗？"

醉玲珑愕然道："是线人。"

"到底谁是线人？"我不禁脱口而出。

玲珑别过脸，似是有所隐瞒，但是眼前摆出来的这些疑惑，若是无干线人什么事，恐怕很难解释清楚。玲珑也不敢朝最坏的方向想，但其实心里已经很明白了。

玲珑像是下了什么决心，毫无动摇地道："线人叫秋葵。"

我差点儿眼前一黑，昏过去。我的设想是，叛变的实际上不是暮依依，而是线人，线人设局说暮依依叛变，让木岳师傅派出刺客铲除暮依依，暮依依看到是木岳师傅派出的人要杀她，心灰意冷。最终结果是两败俱伤，线人乘机拿走了信。而暮依依逃回鹤山这里。但如果我的设想是真的话，那秋葵就是叛徒，这所有的一切都是秋葵所设的局。

可是，我所认识的秋葵是如此善良的姑娘，是一个热情、热心、开朗的好姑娘，我不相信她会有这么狠毒的心。可是，有一点我没想到，线人居然是秋葵，她隐藏得那么好，我一点儿也不曾怀疑过。

我无力地抱头蹲在地上，玲珑见我这样子，赶忙询问我怎么了。我分不清真假，搞不清事实，我痛苦于自己的无能为力，痛恨自己的无用。

"我太无用了。"

玲珑心疼地说："你不要这样，你才不是无用的，在我眼里，你是最可靠的人。"

我必须振作起来，我不能够让玲珑伤心，那样的话，我更是一个没用的男人。

"嗯，我们走，不管真相是什么，现在我都能接受，我们去查清楚吧。"我坚定地说。

我们计划先回雅阁，木岳师傅在那里等着我们，我们必须先见一下木岳师傅，把这件事告诉他，听听木岳师傅怎么看待这件事。

我们刚回到雅阁，就听说史大人那里出事了。我担心花师兄和红叶，赶忙询问是什么事。可是，现在还没有人说得清。木岳师傅亲自去查看了，也只有等木岳师傅回来问他了。

不过我心急如焚，我还没在雅阁坐稳，就对玲珑说："我还是去看看吧。"

我正要起身朝外走，没承想，木岳师傅已经回来了。

我上前对他说："任务没有完成，信没在暮依依手里。"

木岳师傅居然一点儿也不惊异，平淡地说道："我知道信没在暮依依手里。我们全部被骗了。"

接下来就是木岳师傅的口述，真相就此大白。

我们全部中了调虎离山计，而且不仅如此，敌人乘机还一石二鸟。

事情经过大致是这样的：

秋葵一直做线人工作，有次在执行任务时，无意发现了暮依依是鹤山派来的奸细。但是秋葵在接触暮依依后，发现暮依依并未有要叛变的意思，甚至很好地要执行任务，准备把信交给木岳师傅。直到这里，秋葵谋划了整个局，她制造我们互相残杀，她从中渔翁得利。那就是隐瞒部分事实，只报告部分。她向组织递交了暮依依是鹤山的人的有力证据，促使木岳师傅派出小来去追击暮依依。等到暮依依和小来两败俱伤，她把信偷偷拿走。她让受伤的暮依依逃走，还让同样受伤的小来回来复命。让我们以为是暮依依伤了小来，暮依依仍带着信。后来就是木岳师傅让我和醉玲珑去追击暮依依，借机把我们两个调走。实际呢，信早已不在暮依依手里了。而史大人那面，没有了小来的保护，是下手的好时机。其实，花师兄早已和秋葵是一伙的。花师兄担任着史大人贴身侍卫，要下手太轻而易举了。在秋葵把我和玲珑调走后，她立马和花师兄一起抢走了史大人手里的那封信。然后在木岳师傅赶到之前，已逃之夭夭。至此，就是所有谜团的答案。

在场的每个人，听完后，都深感悔不当初。

谁也没有想到他们两个人隐藏得那么好，我还一直觉得花师兄为人忠厚老实，秋葵善良单纯，怎么会是现在这样呢。

我不敢相信，我向木岳师傅发出质疑。

玲珑见我情绪有些激动，上前欲要阻拦我，但终究作罢。我明白玲珑是和我站在同一战线上的。

木岳师傅恨恨地道："都是我相信了不该信的人，没有相信该相信的人。这是我犯的最大的失误。"

"这哪里只是失误，失误会赔了性命吗？"

我显得有些激动。

木岳师傅道："花花是我选定安排在史星身边的人，史星就是史大人，也是青云社的人。我计划安排小来任务时，就把花花放在史星身边做护卫，毕竟我们已经得到一封信了，必然要多加留意。万万没想到的是，秋葵和花花的叛变，甚至正好利用了我这一安排。以史星的实力必然是不会输给花花的，我想是遭到暗算了。"

我那么相信的人，原来是这样的人。眼下，两封信都到了秋葵手里。

我想起来那次在密林，我和红叶本要对史大人下手，可中途被两个人拦截了。现在想想，那两个人极有可能就是秋葵和花花，他们当时就要对史星下手，虽然最终没得手，可以想到，估计就是那次秋葵觉得那样硬抢难以成功，才想到这一计策。

我后悔为什么没有早些发现。

"现在大家都冷静一下。"始终未出声的玲珑道。

刚才，我被悔恨冲昏了头脑，居然没顾虑到玲珑。"我太不合格了。"我在心里念叨，"不管发生什么事，我都应该以玲珑为优先，我应该时刻惦念着玲珑才是。我居然被别的事情侵占了我大半的心神。我太不称职了，对玲珑的承诺也没有信守，怎么对得起玲珑的信任。"

我张了张口，道："玲珑，我……"

玲珑做了个手势，表示我不必多说，她都明白。不管怎样，她都站在我这边，她始终理解我。

我差点儿要上去吻住玲珑了，幸好关键时刻我把持住了。

玲珑接着道："还有一个转机。"

空气瞬间凝重起来，我和木岳师傅异口同声道："什么转机？"

玲珑对我说道："记得红叶吗？"

"嗯？"

"我在同你去追击暮依依之前，实际上红叶来找过我。她告诉我了她的真实身份，并告诉我她其实很爱慕你，但是当得知你的心意后，她立马斩断情丝，只愿你能够幸福。"

"我不知道她的心思的，我也对她没有任何感情。"

玲珑微微一笑道："我知道的，你不用解释，我相信你。而且红叶和我说得很坦诚，我认为她的话中并无隐瞒成分。"

我点头道："是的，她还鼓励我追求你，并让我同你好好培养感情。"

"这个事情我并没有在追究。我说这个事情，是为了说，现在的转机就是红叶。"

"为什么说红叶是转机？"我一脸茫然。

"红叶一直在盯梢史星的动向，她一定目睹了秋葵的所作所为。那么她极有可能知道秋葵的动向。"

玲珑继续说道："以咱们目前的情形，只是不知道秋葵是哪方势力的，带着信要去哪里，找不到她而已。不过要是论实力，现在我、魔豆，还有木岳师傅都在，我们合力去追击他们，只要我们能够找到秋葵，定能从她手上夺走信。"

我表示赞同，道："玲珑，你说得很有道理。"

木岳师傅也表示赞同。

"那么，怎么联系到红叶呢？"我抛出问题。

玲珑眉目含情地看着我，道："你好好想想呀。她有没有说过特别的事情。"

红叶曾经确实对我说过一些话，我怕引起误会，担心玲珑不高兴，所以没有说出来。其实那些话，确实是告诉我联系红叶的手段。

既然现在事关紧急，玲珑也会理解我的，我的心里始终只有玲珑一人，今后我只要加倍待玲珑好即可。

我们即刻行动。

我回想了一番，按照红叶告诉我的，果真取得了红叶留下的口信。只有简短的三个字——铁山寺。难道是说秋葵他们去了那里。

我、玲珑和木岳师傅立马动身前往铁山寺。一路上，没日没夜，快马加鞭，终于以最快的速度赶到了铁山寺。

铁山寺群山环抱，如果这里就是宝藏的位置，那确实是极佳的。

红叶正在焦急地等着我们。红叶和我们汇合后，报告了现在的状况。

红叶抿了抿唇道："我一路跟踪至此，看着两人进入铁山寺，但我没有继续追进去，我没有信心敌过他们，我想着给你们留了口信，抱着一丝希望你们能过来。现在，你们来了，真是太好了。我们可以杀进去了。"

我对红叶表示了感谢，幸好有她跟踪，要不我们绝不可能找到秋葵他们。

穿过一片密林，我们来到铁山寺。扫视了一周，并未见秋葵他们的身影。我们小心谨慎地继续深入。忽然，秋葵和花花出现在了我们面前。

我们立即摆好架势，准备出击。秋葵从怀中掏出两封信，说道："现在不是你死我活的时候，我现身是为了和你们合作。"

"你这种背信弃义的人，怎么谈合作。"木岳师傅咬牙切齿道。

"情义没有，但是利益在。现在我们手中有两封信，我现在愿意贡献出来。"

"为什么。"我死死地盯着秋葵说道，我这句实际上有两层含义，一是问秋葵为什么背叛，一是问为什么到现在愿意把两封信贡献出来。

只要是置身其中的人，应该都能明白我这句问话的两层含义。只是秋葵一笔带过，只做了表层的解释：不怕告诉你，我得到了两封信，但是我并不能破解其中奥妙，无法寻到宝藏的具体位置。目前从两封信中能得到的信息，仅仅是宝藏在铁山寺。可其他具体位置，一点儿头绪都没有。"

玲珑果断地开口道："好，我们和你合作。"

玲珑对我使了个眼色。

我们四人收了兵器，秋葵拿着那两封信，把里面的内容展示给我们看。

我们几人看后也是毫无头绪，信里面出现的文字是不认识的，单从两封信内容来看，完全看不出和宝藏图有什么关系。

红叶试探道："也许这两封信传达的不是内容，我们不要被表象迷惑喽。"

我点头道："是的。"

我向秋葵说道："你把两封信重叠起来让我看下。"

没想到确实出现奇迹，当两封信重叠一起时，信中字形叠影重重后，居然神奇地出现了一座宝塔的外形，并且在宝塔左上方有一处很不一样的石头堆造型。

我道："估计就是这里了。"

还不等我们再仔细观察那座塔的样子，秋葵立马把两封信收好。和我们已经拉开了距离。

红叶动作利索，已经绕到秋葵他们身后，眼明手快地道："你们想干什么？"

秋葵左手一挥，现场出现了一队官兵。

木岳师傅自语道："朝廷的人。"

秋葵指挥一队官兵向我们发起进攻，秋葵和花花转身离开现场。

我和玲珑想追出去，无奈被包围。

我们四人被团团围住，无奈敌方的手下太多，至少是我们的 10 倍。也就是我们每个人至少要干掉 10 个人。为什么这么一批人刚才埋伏时，我们竟一点儿也没有察觉到。

电光石火间，刀光剑影，我们奋力厮杀。

这些官兵并非一般的杂兵，都是训练有素的将士。我们明显地开始寡不敌众，红叶已经被敌人刺伤，玲珑也自顾不暇。我一边挥舞着利剑刺杀敌人，一边朝玲珑那面奔去，我不能让玲珑受伤，我一定要保护好玲珑。

只见玲珑背后受敌，我猛地冲过去帮玲珑挡开，玲珑感激地看了我一眼。

木岳师傅也显得十分疲累了，大喘着气说道："你们去追秋葵，剩下的我来应付。"

"师傅，那怎么可以，你一人也不好对付的。"

"说什么屁话，我怎么可能应付不来。你们快去追秋葵，不然根本就找不到入口，若是让秋葵抢先了，我们就功亏一篑了。"

我们撤退，朝着秋葵离去的方向追去。隐隐还能看到他们的身影。

秋葵他们应该事先对这里都进行了十分仔细的考察了，若如不然，他们怎么会看完信中宝塔的模样，立马就能知道位置，现在径直地奔过去。一定有什么特殊的地方是我没有留意到的。

我们对秋葵紧追不舍。终于见秋葵他们停了下来。

我和玲珑还有红叶追过去，眼前的宝塔威严肃穆，我一眼看过去就明白了。原来这座塔要比别的塔都高一些层数。

我对秋葵说："一次一次地被你耍着玩，我是不会原谅你的。"

秋葵冷笑道："我就是要你悔不当初。"秋葵发出歇斯底里的笑声。

我大吼道："这都是你自己心里有问题，怪不得别人。"

言尽于此，无话再说了。接下来，不是你死就是我活。

我们主动发起进攻。花花百发百中的射箭技术可不是假的。当他瞄准醉玲珑时，我对玲珑大喊道："危险。"并整个人扑过去挡箭，可还是慢了一步。花花的箭太快了，当你看到他射箭时，箭已抵达目标。

玲珑白衣瞬间被染红了，花花的箭射中了玲珑的肩膀。

我愤恨至极，我左手掏出第二把剑，全力朝花花刺过去。没想到花花的实力这么强，我们已经战了好几回合，还没有分出胜负，依然是势均力敌。之前一直是我小瞧花花了。

我怒目瞪着花花，道："我们结拜的情义到哪里去了，花师兄，到底是谁改变了你。"

花花沉静地说道："我知道你们都看不起我，我也根本从没和你交过心。理解我的人只有秋葵一个。"

秋葵在一旁大吼道："花花，不要和他讲那么多，干掉他。"

花花向我发力，我左右手各执一剑向前一挡。

红叶和玲珑齐力对付秋葵。秋葵招架不住两面夹击，很快就节节败退。玲珑一剑刺向秋葵心口，秋葵吐出一大口鲜血。

花花看到此幕，一时慌乱，竟露出了破绽。我乘机刺中了花花。花花倒地不起。

我们已经把两人制伏了，我暂时胜利了。

我赶紧去查看玲珑的伤势，关心地问道："疼吗？要紧吗？我现在就帮你包扎。"

玲珑微微一笑："没事的，不算什么，你千万不用自责，这点儿小伤过几天就好了。"

玲珑真是善解人意，我撕下衣服一角，为玲珑包扎起来。

红叶在旁边看不过眼了，闹着情绪道："我也受伤了呀，怎么都没人替我包扎呢。玲珑姐你真是好命啊。"然后开始打趣我。

我不理她，小丫头在旁边阴阳怪气地吵闹个不停。

"我看你这么有精神，哪里伤到了。"

玲珑在旁边笑得花枝乱颤："红叶你太逗了，等会儿就让你魔豆大哥帮你看看。"

"是，是，遵命，我的大小姐。"我对着玲珑不停地点头。

没承想，花花用最后一口气射向我，当时大家的注意力都没有注意到。花花射完最后一支箭后，闭目而亡。

那支箭不偏不倚，穿透了我的心脏。

我开始走马灯，听到玲珑和红叶不断地呼喊我，感到她们滴落在我脸上的泪水，我感到木岳师傅奔过来的身影，然后我闭上了眼睛，再也感受不到任何温度。

　　隐隐约约听到胖子的声音，指着我说："你够了耶，这都能睡着。我们马上就要到了。"

　　我迷迷糊糊地睁开眼睛，看到我正坐在隼龙背上，隼龙驮着我们急速飞行。

　　过了好一会儿我还在迷茫，我说我刚才做了个梦，梦太真。

　　胖子在一旁道："莫不是你真的吸入了云烟，这么巧。那你都经历了什么？"

　　我回想了一番，看向朵蓝。也许我经历的事和现在要做的事完全是两码事，毫无干系。但是，原来命运的轮回早把我们推向了更久远的地方，从那里，我们的缘分已结下。

第五章　天池诡波

Chapter One 天池

　　隼龙驮着我们，飞跃群山、高原、荒漠，终于，天蒙蒙亮的时候，到达了另一座山麓。我发现，这里的风貌，跟贺兰山那边比起来，别有一番况味。

　　我正想问这是哪里，忽然被眼前的一大片蓝色惊呆。

　　刚看第一眼，我以为自己眼花了，这里明明是高山之巅，哪里来的蓝色？再凝神细瞧，霎时明白过来，这是天池。

　　回忆之前飞过的路线，我顿悟，这里肯定是天山，而这片湖，无疑就是天山天池。

　　入眼的瞬间，晨曦恰好映照其上，那种晨光和湖水融合之后的奇异颜色，铺展了大半个湖面。再加上倒映着的雪峰、岸边云杉的翠影，我怀疑自己到了仙境。

　　胖子冲我们招手说："做好准备，我们要下水了。"

　　"什么？"我表示无法理解。

　　胖子没有回答我，转而加速向前，给我们做起了示范：两只胳膊紧抱隼龙，上半身像烙饼一样贴上去。

　　他这个动作刚做出来，隼龙便有了反应，它俯冲而下，速度越飞越快，轰一声，扎入湖面！眨眼没了踪影。

　　驮着我和朵蓝的隼龙也开始如法炮制，急急地俯冲。我们哪敢迟疑，赶紧效仿胖子的做法，并及时屏住呼吸。

耳边响起入水声，下一秒，我的全身被湖水包围。

奇怪的是，虽然是清晨，而且海拔这么高，我在水里一点儿也不觉得寒冷，反而有一股异常舒心平静的感觉。在这种静谧中，围在身畔的水压渐渐消失，我下意识地睁开眼睛。

霍然，我看到了冲在前面的胖子，他似乎在沿着一条隧道前行，我和朵蓝，毫无疑问也在这条隧道之中。隧道透亮如空气，在里面不仅可以毫无阻碍地睁眼，甚至还可以自由呼吸。

就这么向前冲了有半分钟，倏尔身体又一轻，像是穿过了一道屏障，所有的束缚都消失了。我身下的隼龙，重新进入飞翔状态。

我向下一看，立刻目瞪口呆，有一座城，在向我飞快地拉近。不，是我在向它靠近。

这座城，是八瓣莲花状。

看着这神奇的一幕，我有种目眩神迷的感觉，沉浸其中浑然忘我。过了半晌，我才从震惊中缓过神来，扭头去看朵蓝，却发现她脸上全然没有惊喜之色，而是挂满了惊愕。

我忙问："怎么回事？"

朵蓝怔忪了一下，说："这地方，我好像在哪里见过。"

我顿时放松下来，原来是这么回事，我还以为她发现了什么不妥呢。要知道，香巴拉的传说一直在世间流传，传说中肯定也有香巴拉的形状，朵蓝肯定了解过，所以现在扑面就有一种熟悉感，这不足为怪。

我把自己的想法转述给她，她听了却只是皱眉，略有一种不以为然的表情。从这一刻开始，她的神色就一直恍惚着。

我们缓缓下降，那朵八瓣莲花越来越大，风物也一点点清晰。我看见连绵在花瓣边缘的雪山、颜色如琥珀的溪流、状若绿叶的草甸，还有花雨绵绵的园林、果林遍布的山岭。其中最吸引我的，是两座宫殿，一座是太阳形的，一座是月亮形的，就跟我在天坑里见到的壁画上所绘一模一样。

我怀着热烈的心情，期待胖子能带我们见识一下这神奇的国度，最起码，能浏览一下主要景点。谁知，驮着胖子的隼龙却一路侧转，来到了其中一片花瓣的边缘处。

渐渐逼近，我发现那里有一座高高耸起的秃山。山势如同一支锥子，越往上越尖，山顶是一个圆形的平台，直径约 10 米。平台的中央，竖着一根行刑柱般黢黑的物体。

等飞得足够近，我赫然发现上面缚着一个人！而且第一感觉，我知道这个人我肯定见过。

三只隼龙依次停在平台上，等我们都下来之后，它们并没有离开，而是各占据一个方向，默立在平台边缘，面目向外，不停地拿目光梭巡。

在这种极端怪诞的气氛下，我们面朝行刑柱站立。

胖子响亮地喊出了这个人的名字："太阳车！恭喜你冲破诅咒。"

Chapter Two　钥匙

　　我吃了一惊，太阳车这么快就已经被问罪，这效率也太高了吧？或者，这里的时间和人类世界完全不同？

　　太阳车不耐烦地睁开眼，睃了胖子一眼："我就知道，你会来找我。"

　　胖子的表现很平静，这平静让我隐隐有一丝不安。他看着太阳车，说了一句让我摸不着头脑的话："既然你知道了，那就把钥匙交给我吧。"

　　"你以为你有了钥匙，就能改变整件事吗？"太阳车的嘴角露出一缕嘲讽的笑意，"你以为自己走在正确的路上，殊不知，这一切都是别人早已计划好的。"

　　我越来越糊涂了，有一种想打断他，向他请教聊天儿背景的冲动。郁闷的是，胖子一点儿也不替我着想，继续跟太阳车打哑谜，一唱一和不亦乐乎："你不妨告诉我那个人的名字，我听听是不是和我心里想的一样。"

　　太阳车说话之前，有意无意地看了朵蓝一眼。就是这一眼，也让我有了一丝存在感。因为在这一眼之前，太阳车一直就没拿正眼瞧过我和朵蓝，好像我们压根儿就不存在似的。

　　他的目光又停留在胖子身上："不久前，有一群人闯入过香巴拉，这件事你不知道吧？"

胖子哦了一声，没有接话。

"遗憾的是，我现在法力全无，要不然，我可以把他们的模样一一重现给你们。"说着，太阳车的目光又若有若无地瞟了朵蓝一眼，"不过，我用不着多此一举了。"

我说了到达这里之后的第一句话："什么意思？"

"你也不想想，这个女人为什么跟着你们一起来？"

我当然不会反驳说"因为她要给我残卷"或者"因为我喜欢她"，但我也不会任他这么胡说八道下去："你不要想着破坏我们的关系，因为我们的关系牢不可破。"

太阳车轻蔑地一笑："你问问她，是不是对这个地方感到熟悉？那是因为，她曾经来过。"

我的心脏猛跳，有点儿不知所措，再看朵蓝，她脸上的神情恍惚不定，像是在努力回忆着什么。我打心底涌上一股担忧，如果朵蓝真的来过这里，那说明了什么？还有，和她一起来的人，会是谁？想到这里，我心里顿时有一种不好的预感。

太阳车冷冷地道："我告诉你这些，只是为了提醒你，有人永远比你想得早了一步，无论你怎么做，结局都是输。我已经沦落到如此地步，也没有什么好贪恋的，只要你答应我，把天眼还给我，我就告诉你们我把钥匙藏在了哪里。"

他还是想要天眼，看来真是执着。我看了眼胖子，想参考他的意见。

胖子响亮地说了一个字："好！"

他答应得这么爽快，多少让我有些不适应，我匆忙斜了他两眼，那意思是：你确定就这么还给他？

谁知胖子接着说："既然你如此固执，那咱们也没什么好说的。"他单臂一招，"我们走！"

刚转身走了两步，太阳车便在身后大喊："没有我的钥匙，你就打不开时间之轴，难道你不觉得惋惜吗？耽误的时间久了，人世间恐怕会被毁灭殆尽。"

胖子停下脚步，却没有回头："别以为我不知道你在想什么。那些闯入香巴拉的人，就是班主任他们。他们肯定掌握着什么秘密，而且一直在寻找什么东西。你没有杀他们，很有可能是因为，他们寻找的目标和你拼命想要逃出香巴拉的目的是一样的。"

我特意瞅了一眼朵蓝，发现她脸上仍旧是一种懵懂之色。看来，如果她真的来过香巴拉，那么她出去之后，一定发生了蹊跷的事，使她忘记了之前的经历。

胖子继续道："这个秘密，肯定和天眼有很大关系。所以在你第一次被抓回来之前，拼命利用替身保住了天眼。"顿了顿，胖子补充道，"所以，我们是不会同意把天眼还给你的。"

我的脑子里已经是一团糨糊，好不容易来到这么一个风景如画的地方，没有被美景熏醉，却被他们的对话搞蒙了。幸亏，胖子在放了狠话之后，不再跟他啰唆，冲我们招了招手，意思是可以走了。

我们找到各自的坐骑，在胖子的呼哨声中飞离平台，表情难测的太阳车被越拉越远。此刻我的感觉，像是在脱离一个梦魇。

在高空中，我问胖子："没有拿到钥匙，下一步怎么办？"

没想到，胖子竟然反问："我说过一定要从他手里拿到钥匙吗？"

"那你……"

"我只是试一下太阳车，现在，我已经知道他的态度了。"

"你到底是怎么打算的？"我觉得，话题的深奥程度完全超出了我的想象。

"我不是跟你讲过三重世界吗？我没有告诉你的是，上一重世界可以重置下一重世界的时间，在香巴拉，就可以重置人类世界的时间。当然前提是，我们能打开时间之轴。打开时间之轴需要两把钥匙，一把在我手里，一把在太阳车手里。等把两把钥匙凑齐了，我的打算是，把人类世界的时间调整到西夏王陵的事发生之前，最好是……你获得特异功能之前。"

我一阵感慨：居然有这么逆天的事！不过，为什么要调整到我获得特异功能之前？难道，胖子不想让我参与之后的事吗？

我把心里的不满表达出来，胖子解释说："作为第二维度的人，时间被调整之后，我会记得曾经发生过什么，被调整者则浑然不觉。我觉得，后来那些乱七八糟的事，只要我一个人改变就够了，你不用再掺和了。"

看来果然是这样，我问意兴风发的胖子："那咱们现在去干什么？找钥匙？"

胖子嘿嘿一笑："不，是等着钥匙找咱们。"

隼龙逆着来时的方向，飞向香巴拉的中心。绮丽非凡的景致又在眼前徐徐展开，我陶醉其中，几乎忘了接下来要做的事。

飞了大概有半个小时，隼龙便在胖子的指挥下有意降低高度。我注意到，隼龙在朝一座三叉戟模样的建筑俯冲。这座建筑坐落于孤山之上，周遭祥云缭绕，是货真价实的仙境。

忽然，我注意到朵蓝在看我，慌忙转头，只见她的脸色不知何时变得分外难看，哆嗦着嘴唇说："刚才我看见一个人，他站在庭院里，仰头目不转睛地看咱们。这个人我好像见过。"

我下意识地转头看去，霍地注意到一道白光冲天而起，消失在不知什么地方。

"胖子！"我大叫一声。

胖子应声回头，可惜刚才的一切发生得太快，须臾之间，一切了无痕迹。

胖子应该没有听见我和朵蓝的对话，考虑到这一点，我把刚才发生的事复述了一遍给他。听完之后，胖子的表情凝重起来。

"有人跟踪我们。"他立刻断定。

在这种地方被人跟踪，我既觉得匪夷所思，又觉得理所当然，下一句话脱口而出："他是谁？"

胖子幽幽地说："他不是人。"

我打了个寒噤，便在此刻，隼龙落于祥云之间。我们依次下来，在我们面前耸立着的，正是那座三叉戟形的建筑。

我和朵蓝疑惑地看了看胖子，他伸手指指面前的建筑："这就是时间之轴。"说着，胖子掏出了一把钥匙。

这钥匙是月牙形状，恰好跟建筑底座上的月牙形凹痕吻合。就在这道凹痕的旁边，还有一块圆形凹痕。太阳车手里的钥匙的形状，我已经能猜到是什么样子了。

很显然，这种钥匙很容易伪造，所以最重要的，是钥匙身上所蕴藏的神秘之力。

胖子把手里的钥匙放进月牙形的凹槽里，旋即，时间之轴微微颤动了两下。因为动作太小，我反倒觉得是自己看花了眼。

忽而，头顶掠过一团黑影，我蓦地抬头，发现黑影的面积正好是一只隼龙大小，给我的感觉是身边的三只隼龙有一只溜走了。可我扫了一眼，发现一只没少。

正疑惑间，地上传来噗的一声，有什么东西从半空中掉了下来。

Chapter Three　复生

胖子把它捡起来，我凑过去一看，原来是一个圆形的水晶状物体。它从半空落下来却没有碎，证明并非真的水晶。

"钥匙到了。"胖子把它拿在手中颠了颠。

"怎么会……"我惊讶得说不出话来。

"很简单，太阳车沦落到如此境地，他肯定也想翻盘重来，而且，天眼在你身上，他没什么底气。所以，他很识相地派一只隼龙给咱们送来了钥匙。之前，我是给他考虑的时间。"言毕，胖子施施然地走过来，把圆形钥匙递给了朵蓝。

朵蓝愣在当地，神色一半恍惚，一半困惑。我跟她一样，猜不透胖子在玩哪一出。

胖子笑了笑说："这把钥匙交给你，你把它按进时间轴。"

朵蓝一脸"为什么是我"的表情。

胖子继续故弄玄虚："时间轴的开启法则是，你必须动用你的潜意识，在把最后一把钥匙按进去的同时，集中所有精神去挖掘你最想回到的时间点。我觉得，你的潜意识里一定存在这个时间点。"

朵蓝犹犹豫豫地接住钥匙，那模样，就像一只被委以重任的兔子。

"试试看，别怕。"胖子神秘兮兮地鼓励她。

我在一旁看醉了，还不等我开口问，胖子就冲我抛了个媚眼。登时，我起了一身鸡皮疙瘩。

朵蓝在我们目光的注视下，战战兢兢地上前，把钥匙按了进去……

嗡嗡……马上传来一阵蜂鸣状的声音，伴着这声音，时间轴开始颤动，这一次我确定自己没有看花眼。

颤动只持续了几秒钟，三叉戟间隔的空间开始实化，出现一幅画面。颤动停止，画面骤然清晰。

跃入眼帘的场景十分熟悉，我刚刚才见到过，是天池岸边的树丛！

首先是三个人的背影，他们的后脑勺都被抵着一把枪。

单单看到背影，我就开始颤抖，因为其中一道背影是朵蓝的！马上，画面切换，我看到了朵蓝的脸，她脸上满是不甘与恐惧。

另外两个人我也看清楚了，是班主任和魏星。

巨大的震惊侵袭了我的全身，刹那间我几乎站立不稳。

乒乒乒！三声枪响。

跪着的身影全部倒下，拿枪人的脸依次出现，我一个都不认识。但在他们身后不远处，还悄然站着一个人，这个人正冷眼观望着这一切。

是阿佐！

班主任他们竟然早就被阿佐杀死过了！

开枪的人把尸体装进麻袋，麻袋里放了石头。然后，一个接一个地丢入天池中！

我看了一眼朵蓝，她的脸白得不像话，下巴微颤，看得出牙齿在打战。

画面一遍遍地重复着。

胖子的脸色波澜不惊："看来我猜得不错，你果然死过一次。你潜意识里之所以想回到那一刻，是因为那是你生命的结束，同时也是你生命的开始。"

"什么意思？"我感觉今天胖子在上哲学课。

"一来到这里，你的表情就不自然，像是故地重游却失去了关于故地的记忆。我当时就有点儿怀疑。"胖子看向我，"刚才你告诉我你看到白光，而她看到一个人时，我就分外确定了：朵蓝，你，死过一次。"

朵蓝脸色苍白，不自觉地后退两步。

"为什么？"我一副"要不要这么逆天"的表情。

"我刚才告诉你，那个人不是人，是因为他是复活后的死人。你们大概听说过，香巴拉国度里的人不会死。这个传说是真的。那还因为，这里可以使死去的人复活。"胖子看着朵蓝，幽幽道，"你们被抛入天池之后，机缘巧合进入香巴拉，在这里获得了复活的机会，复活过后，如做了一场噩梦，带着不真实的记忆，化为白光重回人类世界。你会在人间活很久很久。"

说完这些铺垫，胖子认认真真地回答我："刚才那个人，他最近死在天池旁边，我们进入香巴拉的时候，门户大开，他被带了进来。朵蓝和他是同类，所以她可以看见那个人，但你看不见，你看到的只是白光。"

我彻底成了哑巴，嘴张得能过下一列火车。

胖子继续爆出猛料："就是因为香巴拉的这种复活之力太强，反了常规，所以一直需要天珠来压制一下……"

我不停地吸凉气，更加说不出话了。

"还有更让你想不到的，你身上的特异功能，其实也是从香巴拉外泄出去的。"

现在，我的嘴巴张得能飞过飞机了。

"看着时间轴，好好想想，你们之间有什么共同之处。"

胖子的话音方落，我的脑海里倏尔闪过一道光：时间轴可以使人类世界回到过去，而我，可以通过穿越的方式回到过去。这种类似说明了什么？

看着我眼里的神色，胖子点了点头："没错，你身上的特异功能，就来自时间轴。当你被闪电劈中的时候，时间轴的力量外泄，倾注到了你的身上。"胖子神秘地一笑，"其实，人类世界的各种特异功能，大多来源于此。"

现场一片寂静，我在寂静中默默消化这些意外。

胖子揣摩我消化得差不多了，便从解说的道路上回到正题，他盯着不停变换的光影说："只要把两把钥匙同时拔下来，人类世界的时间就会回到枪声响起之前……"

我一下子慌了，不等胖子说完就抢着道："这怎么办？朵蓝不是还会被杀死？她还能复活吗？"

胖子摇了摇头。

我望着朵蓝惊慌无措的脸，坚定地说："不行！"

胖子仰头大笑："我就知道你会这样，不过，朵蓝并非非死不可。"

我绷紧的心弦一下子放松了，听他继续往下说。

"你忘了？你还有穿越的能力。只要把两把钥匙同时拔下，画面会短暂地停止，然后消失。你便能趁此机会穿越回去。"

我舒了口气，刚想问一件事，胖子便先我一步解答了："这是你最后一次穿越了，望君珍惜。穿越回去之后，你的特异功能就会永远消失。"

虽然有点儿可惜，但我还是没怎么犹豫："就这么办。"

在拔钥匙之前，胖子递给我一样东西，是一把枪。

我盯着朵蓝，像在告别，又像是在告白。我心里想说的是：下一次重逢之后，我会用余生，换你欢颜。

胖子打断我，叮嘱道："你很幸运，你穿越过去之后，还会记得曾经发生过的事，但朵蓝不会，其他所有生活在第一维度的人都不会。所以，你回去之后尽量记住我的如下安排：离这件事远远的，不要给我添乱。"

我点头："我知道，你一个人就够了。"

胖子做出"孺子可教"的表情："后会有期了！"

说着，他的两只手握住钥匙，向我和朵蓝各使了一个眼色，胳膊一动，飞快地把钥匙拔了出来……

Chapter Four 竟然是他

又是一股旋转的疾风迅速将我包围，一片绚烂的光彩过后，我霍然置身于天池岸边的丛林里。

三把枪抵向三颗脑袋，而我手里的枪，正对着其中一个持枪人。我没有丝毫迟疑，一枪解决了他。然后是第二个。第三个刚刚回过神，手里的枪还来不及转弯，他就被我一脚踹翻。

乒！我跟过去开了一枪，他再也没能爬起来。

我火速转身，根据印象，拿枪口瞄准阿佐所在的位置。

谁知刚一转身，就发现阿佐应该站的地方竟然空空如也。我四处张望，连个鬼影都没有。

因为已经知道他的身份，我并不觉得奇怪。

收了枪，我赶紧过去替朵蓝他们松绑。

"怎么是你？他们三个异口同声地问。

我盯着朵蓝看，情不自禁地喜笑颜开，马上想到一个绝佳的借口："朵蓝，你没事吧？我一直暗恋你，一直在暗中保护你！"

说完我就脸红了，这恐怕是世间最奇葩的表白了吧？

看着他们一个个脸上都写满惊奇，我觉得这种众人皆醉我独醒的感觉真是太棒了。但转瞬间我又愣了一下，不对，他们的表情不对。

如果我额头上有天眼，他们看到的话，不应该是这种表情。唯一的解释是，我额头上的天眼没了。

我下意识地摸了一下，额头只是额头，没有别的。

天眼去了哪里？

我掩饰了一下慌乱，不等他们发言，赶紧递进到另一个话题上："你们看见阿佐了吗？"

"阿佐？"班主任看了看左右，脸上顿时疑惑丛生，"阿佐什么时候来了？"

我后背有些发凉，之前明明看到阿佐在他们后面冷眼观望，似乎那些枪手，就是在执行他的命令。可是为什么，我竟然会得到这样一个回答？难道我会看花眼？绝对不可能，画面里清清楚楚，又没有马赛克。

那么，阿佐到底是怎么来到这里的？

我疑惑，面前这三个人比我更疑惑。我只好含糊地说："刚才太紧张，可能看错了，也许是一起来的杀手。"

"不是只有三个吗？"魏星跟朵蓝面面相觑。

"阿佐！阿佐！"班主任嘴里一遍遍地念叨着，神色也跟着一点点转变。目睹他的表情，我陡然心头一紧：不会是因为我刚才说过的话，班主任此后才会特别"注意"阿佐吧？

我斟酌了一下，问："你们接下来什么打算？"

朵蓝脱口而出："我们来这里，是想见一个人。可还没见到这个人，就被这帮杀手控制住了。真是虎落平阳被犬欺，谁能想到卖土特产的居然是杀手！他们应该去当演员。"

"他们为什么杀你们？"

站在我面前的三个人都摇了摇头，我便不再追问。

魏星和班主任已经开始处理现场，搜了杀手的身之后，他们并没有什么收获。只得把尸体装进麻袋，丢进湖里。

看着剧情反转，我有点儿沾沾自喜，这最后一趟穿越可谓功不可没。

我很随意地问："你们想见的人，是谁？"

朵蓝望了班主任一眼，后者点了点头。

朵蓝一字一顿地说："冯云山。"

我摆摆手："别开玩笑了。"

朵蓝的眼睛却一瞬不瞬地望着我，表情要多严肃就多严肃。

我大惊："太平天国南王冯云山？！"

"嗯，就是他。"

我结结巴巴了半天，才说出一句完整的话："如果不是你们的脑袋坏了，就是我的耳朵聋了。"

班主任轻轻一笑："谁的都没有坏。冯云山确实没有死，他一直活到现在。我们发现，他每年都会来一次天山天池。"

我心说，怪不得关于他的坟墓的传闻，传得那么邪乎，原来人家压根儿没有死。只是有一点让我很困惑：万一真的见到冯云山，我该用何种方式跟他打招呼呢？

班主任压压手，意思是大家都坐下来慢慢等。

我们找了个地方，以石头做掩护，探出脑袋朝天池眺望。风景虽然极好，我却丝毫没有被吸引。

忽然，我心里冒出一个疑问："你们怎么知道冯云山每年都会来这里一次？"

班主任皱了皱眉："说来话长，我一直在研究太平天国。我发现，在洪秀全的生命后期，他曾下达了一项特殊而隐秘的任务。任务的执行者就是冯云山，世人皆知他战死于全州蓑衣渡，其实真相是，他根本没有死，而是去执行任务了。这项任务就是寻找永生之地。"

我在心里犯起了嘀咕：看这意思，冯云山后来应该是找到了。

"冯云山一度把目光聚焦在天池上，长白山天池、木兰天池，都有太平军活动过的痕迹。最终，冯云山的脚步停在了天山天池，他似乎发现了什么迹象。可惜，他真正找到的时候，洪秀全已经死了，被曾国藩挫骨扬灰。当时的太平天国已经土崩瓦解，为求安稳，他一直没有把这个秘密说出来。后来，他把长生的法门用在了自己身上。我之所以知道这些，是因为不久前，我从洪秀全的族弟洪仁玕的墓里，发现了一副残卷，上面有详细的记载。如果我没看到这副残卷，洪仁玕恐怕是世界上唯一知道这个秘密的人。"

我心里一片澄澈，这洪仁玕曾经在千岛湖出没过，想必，他在冯云山的墓里发现了什么，一个没忍住，用文字记录了下来。

班主任寻思了一下，继续道："我之所以知道冯云山每年都会来天池一次，是因为，天山天池在每年的最近几天，都会出现异常，有人说会见到一些奇异的光。所以我推测，这和冯云山有关。"

我陷入沉思，开动脑筋消化这些新知识。

不知不觉中，傍晚慢悠悠地来了，冯云山却一直没有出现。

我有点儿急躁，集中精力扫视湖岸，就在这时，身边的朵蓝戳了我一下。

"看，湖中央站着一个人！"

Chapter Five 熟悉

我身子一抖，顺着她手指的方向看去，果然，那里隐隐有一道白光，看形状，正是一个人身体的轮廓。

白光？我若有所思。但很快，魏星冷不丁地说了一句话，打断了我的思绪。

他的声音颤抖着，很明显是在打哆嗦："为什么冯云山看起来……那么像阿佐？"

我连忙去辨别湖心那道身影的脸，这一看不打紧，震惊瞬间上升了一个等级。不仅仅是像，简直就是一个人！

因为我知道阿佐的身份，他是李元昊的一缕残识，如果他同时也是冯云山的话，那背后必定有个天大的阴谋。

他在两个风云变幻的时代里，都扮演过重要角色，都拥有过足以改变历史命运的力量！想想真是太可怕了。

在我目瞪口呆的同时，那道白光踏着湖水，朝我们这边飘过来。我赶紧躲好，眼睛几乎贴在石壁上。

白光接近湖岸的时候，我已经确定，这个人就是阿佐。

阿佐身上的白光一直没有消失，他就这么曳着光，径直来到一块硕大的山石脚下。

奇怪的事情发生了，白光甫一接触到山石，山石的颜色突然变浅，从皴青色渐渐变成琥珀色，然后是水晶一般的透明色。我们都被唬得屏住了呼吸，一时间天地无声。

最后，我清晰地看到，透明的山石中央，困着一只鸟！

我脑海里闪电般浮现出三个字：妙音鸟！

而且，石头里的妙音鸟竟然还是活物！

白光浸入山石的时候，它的身体抖了一下，然后，做出鸣叫的姿势。当然，叫声完全传不出来。

紧接着，我看到白光如炼乳般，从它嘴里进入它的身体，与此同时，阿佐身上的白光一点点消退。

白光入体之后，妙音鸟身上的羽毛逐渐散发出一种夺目的神采。

这……完全是在喂养啊！

我冷静下来，绞尽脑汁地厘了厘，慢慢厘出了一点儿头绪：

如果阿佐就是冯云山的话，那么可以断定，冯云山替洪秀全寻找到的长生之道，就是香巴拉的复活之力。

这就是阿佐莫名消失，突然又从湖心出现的原因。

那么妙音鸟呢？

妙音鸟很可能是太阳车一直寻找的目标！胖子说，处于下一重世界的人，总想往更高一重跑，太阳车恐怕就是想靠妙音鸟来实现自己飞升无量佛境的目的。至于妙音鸟是他找到的，还是阿佐找到的，目前还无法确切地知道。

不过我猜测，很可能是阿佐找到的，这是他的底牌。他和太阳车一直相互利用，以阿佐的心机，掌握一个把柄来钳制一下对方，极有可能。

再大胆地猜测一下，很可能当初李元昊还活着的时候，就发现了妙音鸟。所以太阳车才会不择手段地想用天珠复活他。

之前我和胖子已经谈到，李元昊兴许也来自香巴拉，那么他和太阳车之间的渊源，在今天看来，又复杂了一些。

李元昊、冯云山、阿佐，根本就是一个人，这个人看护着妙音鸟。他每年来天池一次，采撷香巴拉的灵力，喂养它。

这可能就是香巴拉的门户经常莫名打开的原因。

我心潮起伏地想完这一切，手心里都开始冒冷汗了。

这时，阿佐完成了喂养，白光从他身上彻底退去，他面前山石的颜色也一点点加深。那只妙音鸟，从挣扎的状态中渐趋平静。

骤然，谁的手机铃声响了……

阿佐循着声音，瞬间扭过头来。我们谁都没有迟疑，夺路狂奔。

跑了一阵，我突然想起，阿佐身上已经没有白光了，那他现在应该只是一个凡人，我为什么要怕他呢？

想通这一点，我霍地顿住脚步，朝身后连开了好几枪。

在我的带动下，他们三个也不跑了，跟着我朝黑暗里乱开枪。

眼前黑乎乎的，早已没了阿佐的踪影。

枪声落下，班主任想了想，让我们先回去，他留在这里。

我不知道他留在这里具体想干什么，但原因肯定和阿佐有关，或许是为了等他再出现。看来，班主任执念很深。

朵蓝和魏星表示担忧，但班主任显然主意已定。

正准备离开，朵蓝的电话又响了。看来，刚才那不合时宜的铃声就是从她这里响的。

接完电话，朵蓝把声音压低，对班主任说：千岛湖那边在电话里说……

千岛湖？我脑门一亮，霍地想起那次千岛湖湖底之旅。会不会是……朵蓝是在告诉班主任，他们已经成功偷拍到盗墓贼的活动计划了？

在上一轮，他们利用我去千岛湖盗墓，我敢肯定，他们曾经言之凿凿地说过的话，是在骗我。他们不是无意间拍到盗墓计划的，而是在蓄意为之。

他们一直想去冯云山的墓里一探究竟。

刚才被我干掉的那些杀手，应该就是阿佐派来的，因为，他已经察觉到什么，所以选择赶尽杀绝。看来，班主任与阿佐之间的仇怨，也不是一天两天的了。

告别班主任，我们三个先行离开，不知是幸运还是不幸，这一路上再也没有碰到阿佐。

Chapter Six 奇异隧道

离开天池之后，我们上了一辆车，这车是班主任他们早就准备好的，停在路边隐蔽处。

我们火速离开这个是非之地。

轿车从陌生的公路上驶过，人迹罕至，十几里不见一盏路灯，整个世界仅剩下车灯和几亿光年外的星光，对抗无边无际的黑暗。

这条路像是没有尽头，怎么开，都回不到现实世界。渐渐地，我们心头的慌乱被困意占据。

魏星克制着瞌睡，心无旁骛地开车；我在副驾驶上呵欠连天，终于忍不住了，头从椅背上栽下来，靠着车窗睡着了；朵蓝呢，她静默地和窗外的黑暗对视。

我睡得正香，忽然车身颠簸了一下，瞬间把我惊醒。

我激灵了一下，扭头去看魏星的情况。

这一看不打紧，我登时吓得魂飞魄散，魏星竟然闭着眼睛开车！

我用最快的速度打了他一巴掌，魏星蓦然醒转。

我大喊："你竟然睡觉！开着车呢，拜托！"

魏星充满歉意地笑了笑，也没有解释，手下握紧了方向盘。

朵蓝看到这一幕，也心惊胆战了一下。

我嘟囔了几句"不靠谱儿"，强调说，幸亏魏星及时醒来，要不然非铸成大错不可。真是司机一瞌睡，亲人两行泪呀！

这么一来，我再也不敢睡了，决定采取措施，眼睛一眨不眨地监视着魏星。

我刚才那一巴掌，打得魏星整个心都提了起来，迟迟没放下，所以暂时没有再犯困。可时间一长还是坚持不住。

平静无波地行驶着，骤然，一团黑影从挡风玻璃前擦过，车身也传来一声钝响。

魏星马上急踩刹车，因为太过仓促，后车轮抱死，轿车如遭一只无形的手猛推，猝然侧滑到路边。

车内的我们在惯性的作用下，纷纷朝一侧倾斜。事发太突然，连惊呼都来不及喊出来。等车子顿在路边，我们在面面相觑中脸色惨变。

魏星惊魂不定地问："是不是撞人了？"

我内心惴惴，这个鬼地方怎么可能会有人？如果撞的不是人，又是什么？

"下车看看吧！"朵蓝说。

车门打开，我们各怀心事地走下来。魏星走在最前面，打开了从车上拿下来的手电筒。光线很弱，在浓浓的夜色中一点儿也不显眼，倒把气氛烘托得更加紧张。

手电筒的光柱走在我们前面，照着黑漆冰冷的路面，忽然，光柱发现了点点血迹。朵蓝最先吸了口气。

光线顺着血迹继续向前，血迹渐密，慢慢连成了一条线。这条线牵着我们的视线，一直牵到血迹的来源处。

即使有了极其充分的心理准备，等看到那一幕，所有的准备工作全都白费了。

溅射的血液，支离破碎的尸体，扭曲变形的面容，骇然绝望的双目，暗哑凝固的惨呼，这些全都没有。有的只是，直接让人崩溃发疯的画面。

那画面，隔过了视觉冲击，完全不经过大脑的支配反应，直接锤砸心弦，砰砰砰，我们的呼吸全都乱了，不停地倒吸凉气。

我们看到一个人躺在眼前，一个绝对不可能出现的人。

这个人是朵蓝。

地上的"朵蓝"穿着和朵蓝一模一样的衣服，唯一的不同，是她死了。而且很显然是被撞死的。

也就是说，朵蓝坐在一辆车里，这辆车撞死了走在路上的朵蓝。

我敢肯定，看着"自己"躺在地上，看着"自己"的血淌到脚下，朵蓝的心情绝对不能仅仅用恐惧来形容。远远不够，无论用哪一种人类能体会的情绪来形容都不够——她像是看到了末日，流星如审判的重锤，裹着滚滚天火自苍穹砸下，平整的地面天坑密布，世间眨眼一片疮痍。

朵蓝陷入愣怔的状态，像是在神游太虚。

片刻后，朵蓝似乎感觉到我和魏星的目光在注视着她。我们的目光，让朵蓝找回了记忆，方才发生的一切如潮水般倒灌回她脑海。她打了个激灵回过神儿来。

我不无担心地问："你没事吧？"

朵蓝没有点头也没有摇头，只是看着地上的"朵蓝"问："怎么办？"

我拿了主意："放到车上。"

恐怕这是目前最好的办法了。

魏星二话没说，和我配合着把尸体抬起来。

魏星忍住心颤，忍住腿抖，忍住头皮发麻，忍住能忍住的一切，终于把尸体安放到后备厢里。这一路真可谓举步维艰，他肯定会这么想。

"走！"朵蓝神情严肃。

"慢着！"我又跑回现场，弯腰从路边连挖了几捧土，胡乱地撒在血迹上。

等我忙完了跑回来，发现魏星和朵蓝已经坐进车里，车已经从路边倒了出来。我直接跑到副驾驶门外,拉开门时,看到朵蓝把我的位子抢了。

朵蓝说:"我要坐前面。"

我想了想,大义凛然地说:"好。"

我独自一人在后排坐好,贴着后背座椅的地方,就是后备厢。离得太近了,就像和死去的"朵蓝"背靠着背。

轿车快速开动。

现在,我要忍住后背发凉,忍住后脑勺发冷,忍住能忍住的一切。

还有一种奇异的感受,我们都能感觉到:车不仅仅是在夜色中穿行,而像是在两个世界穿行。另一个世界我们进不去,但和我们无限接近,里面黑乎乎的景象可想而知。

这辆车的终点是哪里?我不敢确信。

一切信号都消失了,像是被看不见却又如影随形的肚腹吞噬干净。

没有信号,没有路标,只有一条无穷无尽的路,路上所有的景致都被染成黑色。

我开始想象:我在高空俯瞰这条路,路上,孤独的车灯奋力撕开黑夜,黑夜却紧随不舍,被撕裂后转瞬又弥合在车尾。

那不像一条路,倒像是一根线。

我们被遗忘在两个世界的交界线上。

我们都很默契地没有再提后备厢里的尸体,既然谁都说不出个所以然,那就最好沉默。车速越来越快,这代表着我们的心情:尽快走出这段诡异的路途,找到人烟,找到能替代黑暗的阳光。

突然,魏星说话了,他说,也许是因为他在开车的缘故,他有一种奇特的体验:汽车正在重复一段路,走完一遍之后又来了一遍,起点和终点都固定在那里,但他感觉不到。只能感觉到重复、重复,无从逃离。

朵蓝显然也觉察到异常,她转过头看我,不安地问:"你怎么看?"

我考虑着魏星的话,觉得有道理,正想发表这个观点,魏星忽然推翻了自己。

魏星手指前方："原来是我的错觉。看，前面有灯光。"

果然，在车灯照不到的前方，隐约有一道光弧。这光弧很突兀，像是飘浮在漆黑一片的宇宙中央，等着吞噬群星。

魏星下意识地减缓车速，他搞不清楚那是什么，不敢妄动。

我努力睁大眼睛，直到把眼泪都睁了出来，再辅以联想，才终于搞清楚那是什么。我长舒了一口气说："你们都太神经过敏了，那是隧道。"

魏星和朵蓝定睛分辨，很快发现我是对的。那一道光弧，是镶嵌在隧道入口轮廓上的灯光。

我也很珍惜这个被认同的机会，继续发言："我有一种直觉，这个隧道，它有一点儿危险。"

这句话没有人愿意相信，但它同样让人无力反驳。在这种时刻说出这样的话，我肯定不是故意吓唬同伴，这真是直觉。

不光我有这样的直觉，朵蓝和魏星肯定也有。只是他们不说，因为说出来只会渲染紧张气氛，此刻最不稀缺的，就是紧张。

汽车一点点接近隧道，有风从隧道里灌出来，吹在挡风玻璃上，摩擦着车身，呼呼的。

在距离隧道口还剩 10 米远的地方，魏星踩了刹车，车速消失不见，整辆车像冻僵了一样，和拱形的嘴巴对望。

嘴巴里有灯光，但这灯光存在的唯一目的，似乎只是为了让你看到它。

车里的我们都目不转睛地盯着这张嘴巴看，如果在平时，一条隧道根本不足以受到这么大的重视。但现在不一样，因为它不光关系到能否顺利通行。

如果视线悬浮在半空中朝下往，你会发现，隧道口就像一只巨大的拱形手掌，扼住了这条路的咽喉。它似乎在等待我们的车进去之后，马上把隧道箍紧。

能操纵这辆车的魏星正在犹豫，他不敢擅自做任何决定，最好的办法是征求我和朵蓝的意见："好像有古怪，进不进？"

我和朵蓝相互看了一眼。我摇了摇头，朵蓝点了点头。

"你干吗摇头？"朵蓝表示不满。

我尽量摆出不违心的表情："我的意思是，不要停了，进去吧。"

"走！"朵蓝定定地看着前方。

魏星驱动汽车，车轮慢慢转动，向着那只拱形的手掌驶近，缓缓驶入。车身全部进入隧道之后，我们骤然感觉空气变凉了，寒意穿过车身，透过衣服，拂着我们的皮肤。

既然已经进来，魏星便没那么保守了，他踩下油门提升车速。等车速上了 60 公里 / 小时，风声紧跟着改变，不再是呼呼地摩擦过去，而是凄厉地呼号而过。

朵蓝和魏星都神色专注地看着前方，我则在打量着隧道，谁都不作声。隧道里的壁灯反射进我们的瞳孔里，光点在瞳仁深处越聚越多，像寥廓星空的倒影。

隧道很平常，我们紧绷的神经做好了应对异常状况的准备，却什么都没有等到。汽车提心吊胆地驶入，安然无恙地驶过半程，心有余悸地跨越大半程，一场虚惊地脱出隧道。这感觉就像，弓弦已拉紧，但没有放箭，于是发出去的所有情绪都落入虚无。

汽车把隧道丢在身后，又走在漆黑一片的路途上。我们的心像是在真空中飘浮着，没有庆幸，没有慌乱，有的只是一言难尽的空虚与淡漠。

我最先打破默不作声的状态,说"我的直觉是错的,这隧道没问题。"

我问朵蓝："有网络吗？"

朵蓝看了看手机："没有。"

"信号呢？"

"也没有。"

魏星宽慰我们的同时也在自我安慰："看来手机在这里还没有普及，所以连信号都懒得给。"

我没那么盲目乐观："胡扯，国内还有缺手机的地方吗？"

魏星抗议："我是在安慰你，太不领情了，好心当成驴肝肺。"

"你这是自欺欺人。"

"我这是境界高，有领导眼光。"

眼看我们就要吵起来，朵蓝赶紧插话："别吵了！试试广播。"

她的话提醒了魏星，他拧开车载收音机，却只听到一阵刺刺啦啦的声音，换了几个频道都是如此。

魏星没放弃，又选了一个频道。刺刺啦啦的声音忽然不见了，我们屏息等待，蓦地，从收音机里传来一声短促尖锐的号叫，声音空灵扎心，像是一只在夜色中滑行的隼龙！

怎么会是隼龙呢？我百思不得其解。难道，香巴拉那边发现了时间倒转，派出隼龙来阻止我了？

这么一想，我马上紧张起来。

紧接着，叫声又被模糊的电波噪声替代。

那一声号叫倏忽而来又倏尔消失，时间极其短暂，却让朵蓝听得心惊不已。她紧盯着收音机说："这个声音我听到过。"

"什么时候？"我问。

"在车祸现场，我发了一会儿呆，就是这个声音把我叫醒的。"朵蓝言之凿凿，但这句话很没有说服力，我和魏星不信。没理由朵蓝听到了我们却毫无感知。

"真的！"朵蓝追加了一句。

魏星说："我相信你，但有个问题，这是什么东西叫的？"

"如果我猜得没错的话，应该是一只隼龙。"我说应该，是因为我也拿不准。

"隼龙？"他们异口同声。

这个词语解释起来很困难，我只好言简意赅地说："是一种上古神兽，不好惹。"剩下的，就让我慢慢去引导吧。

朵蓝的目光闪烁着："听起来它的胸腔很大，身体应该也很大，至少比鹰大。"

"别猜了。"我打断他们说，"我在想另一个问题，这次我们三个都听到它叫，证明它真的存在。它的声音为什么会在广播里？广播是靠什么传信号的？"

"无线电波。"魏星回答，"也可以叫它电磁波，因为电磁波包括无线电波。"

"手机不是也要用无线电波吗？和这个收音机用的一样吗？"

"不一样，频率不一样，手机用的是高频。"

我认真地说："你们听听，有没有一种可能，这个声音可以靠无线电波传输，特别是广播用的无线电波。"

魏星认真地想了想，断言："如果有这种可能，那么，发出这个声音的东西，不应该在我们的空间里存在。"

"什么意思？"朵蓝问。

"我们从收音机里听到人声，是因为人声经过一道转化，成了一种信号。如果一个人，一个动物直接说话，不经过转化，我们就能直接从收音机里听到，这不可能。至少从我的知识范围理解，没有可能性。"魏星的语气斩钉截铁。

看来，我引导成功了。

"你的意思是……"朵蓝的目光闪烁着，"是那种东西？"

朵蓝打了个激灵，眼睛的余光朝身后瞥了瞥，表情里满是忌惮和怯意。

"也不能这么说。"我连忙纠正她，"另一种时空的东西，不一定是那种东西，也有可能是别的东西。在我们的世界之外，可能还存在着另一个世界。"

魏星眼睛一亮，说："我大彻大悟了！这个会叫的东西，还有后备厢里的那个她，都是从另一个时空来的。对不对？"

"差不多。"我赞叹说。

魏星蹙着眉头："哎呀，不想了，我就不信天不会亮，我就不信这条路上没有人家，我就不信……"

很突然地，他把自己的话硬生生咽了下去，眼神一定，惊讶地看着前方。

我顺着他的视线看去，只见，在车灯找不到的远处，又出现了一道光弧。

"看前面！"我的手指过去。

在我的提示下，朵蓝也都注意到了。不期然地，我们三个的神经又绷了起来。

又是一个隧道口！

不可能吧，我们都自动屏蔽掉心里那个最担忧的想法。

距离隧道口越来越近，魏星又拿不定主意了，和上次一样，他停了下来。

"我想听听你的直觉。"魏星回头问我，他的语气和表情，完全不是在开玩笑。

"我的直觉是……"我慢吞吞地说，"算了不故弄玄虚了，走吧。"

这句话确实缓和了气氛，我本能地感觉到我并没有那么忧虑。和胆怯一样，勇气也能蔓延开来。

在我们无声的凝视下，汽车驶入隧道，这一次，速度一上来就不慢，风声贴着车身呼号而过。

有了上一次的经验，我们都掐死了自己吓自己的状态，虽然少不了紧张，但有了更多精力观察周围。特别是我，从进入隧道后，我就一路盯着壁灯在看。

光点一个接一个地后掠，仿佛这些光在推着汽车朝前走，没过多久就把它推向了隧道尽头。这一路也没有任何波折，汽车下一秒就要冲出去。

这时候我情不自禁地怪叫一声。

魏星不明就里，还以为我在提醒什么，猛然踩了刹车。

"邪了怪了！"我的声音听起来就很怪。

"怎么了？"朵蓝问。

我左右观望："这条隧道，怎么感觉和刚才过的那条一模一样？"

朵蓝没说话，她在分析我的说法。这种感觉她应该也有，只不过不愿意承认。而且，她没有像我那样，仔细观察第一条隧道，所以顶多只会觉得似曾相识。

我一字一字清晰地说："第一条隧道里，进入隧道后，左侧第五盏灯、第二十五盏灯是坏的，这一条隧道也是。"

朵蓝和魏星都没想到，我会观察得这么仔细，更没有想到，两条隧道存在着完全相同的直接证据。

魏星意识到不妙，踩油门快速冲出了隧道。驶出 300 米之后，汽车停在路边。

"不是错觉。"魏星喃喃道，"这条路一直在重复。"

我道："不是整条路都在重复，肯定是在即将接近第一个隧道时才开始重复的，毕竟，目前重复的是隧道。"我摆了摆手说，"也许两条隧道真的很相似，也许是我数错了呢。"

朵蓝说"但愿你错了。如果再碰到这样的一条隧道,那就有问题了。"

"事不过三。"我总结说，"出现三次，绝非偶然。"

魏星开车往前走，我们目不转睛地盯着前方，这一次，几乎在同一时间，我们发现了一道光弧。

是隧道！

怪异的气氛弥漫在车厢里，魏星放慢了车速，轿车慢慢接近了隧道，无声无息。

这次，我们的心情跟前两次完全不同。我们不再担心隧道里会有什么东西，我们担心的是整条隧道。

等车速完全降下来，魏星说："我听大家的，还走不走？"

我一锤定音："走，只要车还有油，我们就要走下去。"

魏星的脚落在油门上。

我感觉，他的脚像是踩在冰面上，一踩下去仿佛就会牵动整个冰面，大面积的崩裂坍塌转瞬即至。

进入隧道的瞬间，一片荒凉感扑面而来。车里虽然坐着三个人，但感觉空荡荡的，我们仿佛都被时间的囹圄隔离。

在各自的牢笼中，我们呼吸的频率变得很慢，体内血液流淌的速度也慢了下来，恰恰相反的是，心跳的节奏很快。怦怦怦，怦怦怦，分不清到底来自谁的胸膛。

朵蓝和我在做同一件事：留意左侧的壁灯。

魏星用车速配合着他们。

"一、二、三、四、五。"

我嘴里念念有词，数到五的时候，我顿住了，因为那盏灯是灭的。我看了一眼朵蓝，感觉到她的注意力更加集中。

我能想象到，她眼神里的惶惑愈演愈烈，拼命想要掩饰，却掩饰不了分毫。

我们都想早点儿离开这个完全吃不准的叵测之地，但魏星又不能加快车速；魏星想发问，却又担心会打断我们。他只能强迫自己镇定，同时忍住所有不适的感觉。

隧道出口渐行渐近，那是一个硕大的黑点，无数的黑暗逆着汽车行驶的方向往隧道里灌。它们凝重浓稠，似乎不可穿破。

在车灯的映照下，团簇在隧道出口的黑暗又像是一只独眼，盯着我们驶入一个早已设定好的阴谋。

"二十一、二十二、二十三、二十四……"

左侧第二十五盏，是坏的！

我又看了一眼朵蓝，这次，朵蓝也看向我。我们用目光交换着彼此心里的寒意，不，是恶寒。

朵蓝移开目光，催促魏星："走，快走！"

魏星已经从此刻的气氛中感知到自己想要的答案，加速朝前冲。

如果说汽车是离弦的箭，那么车里的我们就是紧绷的弦。呼，脱离隧道的一瞬间，黑暗重新包抄了我们。

当然，我们只是从隧道里出来，隧道留给我们的阴影，我们注定无法轻易地走出。

魏星把车停在路边，三个人你看看我，我看看你，像是三根乱麻纠绕在一起。

我打破沉默："确定了，我们在走重复的路。"

"为什么会这样？"朵蓝问。

我和魏星都没法儿回答，在这样的困惑面前，性别丝毫不占优势。

"不能再往前走了，我肯定这条隧道还有很多，永远走不完。"我冷静了一下，"我建议掉头。"

朵蓝没有说话。

"我同意。"魏星举手说。

我们一起看向朵蓝，朵蓝无声地点了点头。

汽车掉头，面向那条刚刚走出来的隧道。刚掉转，我就发现了异常，隧道的出口也镶嵌着弧形的灯光，看起来和入口一模一样。我把这种感觉说了出来。

"不可能，不可能这么邪乎。你完全想多了，入口和出口一模一样很常见。"魏星认为自己说的是常识，所以说得理直气壮。

可无论他怎么说，我心里的疑虑还是难以打消。

汽车驶入隧道，我在心中疑虑的作用下，眼睛一眨不眨地看着壁灯，左侧的壁灯！

"一、二、三、四……"

我在心里默数着，数到五的时候，我简直不敢相信自己的眼睛，不由自主地发出一声惊呼。

惊呼方落，汽车便戛然顿住。

"怎么了？"魏星惊问。

我震惊地看着左侧的第五盏灯，顺着我的视线，魏星和朵蓝也注意到，那盏灯是坏的！

"不可能！"我激动地表达疑惑，"我们掉头了，应该在右侧啊。"

"一共多少盏灯？"魏星问。

"30盏。"回答的是朵蓝，"每侧30盏。"

我在心里暗暗思忖：刚才出隧道的时候，左侧第二十五盏灯是坏的，第二十五盏也就是倒数第五盏，那么现在，按道理应该是右侧第五盏是坏的才对，可情况恰恰相反。

我看了看右侧第五盏灯，亮着，没有任何故障。坏掉的确实是左侧第五盏。

"为什么还是左侧？"魏星脸上写满大大的问号。

我想了想，被忽然涌上来的想法吓住了，不禁头皮发麻。

魏星也想到了这一点，他没有征求我和朵蓝的意见，直接驱车往前走。

接近隧道尽头了，不约而同地，我们的目光都紧盯着左侧的灯！

左侧！第二十五盏！是坏的！

这盏坏掉的灯像是红灯，看到它，魏星条件反射地踩了刹车。汽车顿住，我们的思绪也都顿了一下，大脑瞬间空白。

良久之后，我们才从惊悸中反应过来。

现在，我已经确定了自己的想法——"掉头没有用。"我说了出来。

魏星困惑到了极点，挠着头苦思冥想，头抬起来时，更加茫然了。他不愿意面对现实："可我们明明转了方向啊！"

"是的，我们转了。"我用强调的语气说。

"会不会，路也跟着转了？"朵蓝的想法很大胆，说完就被自己吓了一跳。

我们都在思考一件事：这怎么可能？

"路怎么转？"我的表情里有一丝忧愁。我试着想象了一下那画面，短时间内实在想象不到，脚下的路是怎么神不知鬼不觉地掉头的。

魏星和朵蓝都看向我，我在压力中绞尽了脑汁，终于抬眸说："这种情况，的确有可能是路也跟着掉头了。在我的见识之内，只想到一种可能。"

"快说！"魏星迫不及待。

我认真地想了想，组织了一下语言，说："这辆车掉头的同时，车前面有一段路忽然悄无声息地从整条路中自动拆下来，在空间里水平折转，转了整整 180 度。这样，车面对的又是原本进隧道之前的那段路。车沿着折转后的路面继续行驶，我们又从隧道原来的入口进，出口出。"

"如果我们继续往前走，能出去吗？"朵蓝弱弱地问，她知道希望很渺茫。

我神色凝重："我觉得不能，很可能会像我们掉头之前一样，这条隧道重复出现在我们面前。"

"那又该怎么解释呢？"朵蓝问。

我垂首思考，魏星见我良久未说话，便给出了另一番解释："你们看啊，可以把我们面前的路分为两个板块，有隧道的路段是板块 A，经过隧道之后的路段是板块 B。我们经过板块 A，走到板块 B，这时候，板块 A 嗖一声从我们头顶飞过，又排到了板块 B 的前头，这就相当于插队。因为板块 A 插队了，原本属于板块 A 的位置就空了下来，板块 B 就自动后退。就类似于这种模式，两个板块嗖嗖地交换着位置，但一直都在固定好的范围内。结果就是，我们不停地面对隧道，其实从头到尾只有这一条隧道。你们说有没有道理？"

我和朵蓝都在认真地听着，各自寻思着。在魏星充满希冀的目光热切注视下，我点了点头，说："有道理，但是……"

魏星不满："不要说但是，除非你有更好的解释。"

我摇了摇头。

魏星骄傲地说："看，没有吧。我的就是标准答案。"

我没争辩，说："用你的说法，可以解释为什么隧道在路上重复；用我的说法，可以解释为什么掉头之后跟没掉头一样。但我认为这些都是想当然，一种设想，仅凭这些设想，解决不了问题。"

"确实解决不了问题。"魏星心悦诚服。

"也许有什么关键之处被我们忽略了。"说着，我看着左侧的第二十五盏灯，问，"总共多少盏。"

"你是不是健忘啊？三十盏！"魏星回答。

我看到左侧的一排灯，忽然眼睛一亮："也许还有一种解释。"

魏星和朵蓝都精神一振。

我的声音都变了："左侧正数第五盏灯是坏的，倒数第五盏灯也是坏的。它们是什么关系？"

魏星愣了愣："兄弟关系？"

"不要搞笑，我说的是正经事。"

魏星抗议："我说的也是正经事。"

我不跟他争："它们是对称关系。"

"对称关系"这四个字一出口，朵蓝马上恍然。魏星也哇了一声说："确实如此啊，我怎么没想到？"

我趁热打铁说："我认为，问题不单单出在路上，还出在隧道上。很有可能，在我们行驶到隧道最中间那条线的时候，隧道忽然折转，我们又向原路行驶。"

我停顿了一下，观察两位听众的面容，意料之中的是，他们难以理解。

魏星问："你是说，在行驶过隧道正中间那条线的时候，我们的车忽然在我们不知情的情况下掉头了吗？如果掉头，那盏坏灯应该在右侧啊。"

"不是掉头。"我摇头，"这么跟你说吧，这条隧道可能只有半条，其中半条在这个空间里，剩下的半条在另一个空间。它们之间互相连接，但所通往的方向、隧道里的陈设完全一样。"

"方向完全相同的两条路，还彼此连接？"魏星的声音不由自主地变大，"我想想能不能用我的板块理论加以解释。"

魏星一本正经地想了想，从他的表情看，他已经发现行不通。无论板块怎么放，都无法解决左侧两盏对称坏灯的问题。

魏星当然不会直说，只是很谦虚地表示："我先听听你的解释。"

我用右手大拇指和食指，比出一个"U"形，其他的手指全都握住。看着这个"U"形，他说："我设想，隧道就像这个字母，我们沿着其中一条线往里走，比如沿着食指往里走，走到最中间的分界线，也就是我手掌虎口的位置，空间开始发生折转，我们又沿着大拇指往前走。注意，大拇指和食指指着相同的方向，我们又走了回来，根本用不着掉头。"

魏星颇以为然："走出去之后呢？"

我耐心思索了一下，说："走出去之后，就会再遇到一条路，一条空间扭曲造成的路。"我用左手点了点右手的大拇指指尖和食指指尖，"这条路连接着这两个点。于是，无论我们怎么走，都走不出去。"

"这条路有没有可能也是 U 形的？"朵蓝问。

"有可能。"我连眨了几下眼，说，"也许这两个 U 形闭合着，像这样！"

我用左手做出和右手一样的动作，两只手的 U 形对合在一起。

我给自己配音："所以，无论我们在哪里掉头，都没有用。"

魏星不满意了："嘻，你直接说，我们沿着一个圆在转圈不就完了吗？"

这句话一出，我们都很泄气。推理推了半天，没想到是这个结果。

魏星提出疑问："可是我为什么感觉不到自己在画圆？"

我笼统地说："可能是空间扭曲的缘故，我们感觉不到。"

魏星丧气地说："现在我假设，你这个高大上的想法是对的，那么，这个想法能解决问题吗？"

我尴尬地说："不能。"

"所以，我们还是先走出隧道再说吧。"

魏星的话提醒了我和朵蓝，我们还一直待在隧道里。

魏星准备驱车往前走，忽然，耳边传来朵蓝的声音。

——"有可能！"

魏星手忙脚乱地又把车停好。

"什么有可能？"魏星问。

朵蓝一字一顿地说："有可能出去。"

就凭这句话，她马上成为我们目光的焦点。

朵蓝说："你们提到了三种模式：板块 180 度平行折转、板块飞移交替、U 形空间闭合，这三种模式，可能是其中任意两种组合在一起，才造成了现在的结果。但我更倾向于第三种，如果我们真的在画圆，那就很容易证明。"

我想到了她后面的话："你是说……"

我没有接着说下去，魏星以为我在卖关子，拍了我一下："赶紧说。"

"让她自己说吧。"我道。

朵蓝分别看了看我们，说："分头走。如果是个圆，我们定会遇见。"

魏星点头："我觉得这个办法靠谱儿。"

我也点头："至少可以验证我的想法。"

"那还等什么？"魏星激动起来。

"别急。"朵蓝打了个手势，"在验证这个想法之前，还有一个想法需要验证。这条隧道的入口和出口都一模一样，如果它们本来就是一个地方，那么，如果车在出口停着，我往入口走，我就会在入口碰到这辆车。"

我鼓掌说："好想法，我陪你一起走。"

"那我再把车往前开一点儿，在出口等着。你们往另一个方向走，如果还能碰到我，那问题就出在隧道上；如果碰不到我，那问题就出在整条路上。到时候再一一排除。"魏星看了看腕表，告诉我们是凌晨3点15分，"我等你们15分钟。"

说干就干，我和朵蓝下了车。一置身到车外的夜色当中，我们便感到一股扑面而来的凉意。

和刚才说定的一样，魏星开车继续走，我和朵蓝则向着反方向行去。因为心里牵挂着结果，我和朵蓝的脚步都很急促。

隧道并不是笔直的，总体有一个弧度较小的弯，就像挑山工肩膀上压弯的扁担。走过隧道四分之三的位置，就能看到出口。

我和朵蓝一路小跑，在能看到出口的时候，我们同时顿住。在我们的视线里，出口处空荡荡的，没有魏星和汽车。

朵蓝没有就此松口气，也没有因此而有疑惑。她很平静，比我还要平静。

"继续走！"朵蓝定定地看着出口处暗涌着的黑暗。

我不敢迟疑，追了上去。我知道，朵蓝想要验证整条路了。

快出隧道时，一阵风从出口处吹了过来，风阴森森的，像是被黑夜染过色。

朵蓝忽然顿住脚步，呆呆地站在那里。

我跟着停下来，看到朵蓝表情入神，像是在感受着风。

"风！"朵蓝嘴里喃喃。

"风怎么了？"我好奇地问。

朵蓝慢慢回头，望向我，眼神里多了一丝若隐若现的光彩："我想起来了，风一直都是从这个方向吹过来的。我们的车掉头了，风还是从这个方向吹来。如果说我们所处的空间发生了扭曲，为什么风向没有变？风，应该也算是空间里的物质。"

我像是受到点拨，脸上有种豁然开朗的神态，也感受了一下风向，由衷地赞叹说："太聪明了，也许我们之前的所有推测都是错的，空间没有扭曲，问题出在别处。"

朵蓝点头说："魏星就在另一端等着，我们去找他。"

"好！"我像是受到鼓励的孩子，登时信心倍增。我也不管朵蓝的决定对不对，乐颠颠地撵了上去。

我们跑了四分钟后，看到了另一端的隧道口。几乎在同一时间，我们顿住了脚步。迫使我们停下来的，是震惊。

隧道口空荡荡的，像是从来没有人来过。

"人呢？"我问。我只是问问，并不想得到实质性的回答。

"肯定不到 15 分钟。"朵蓝道。

"以我对魏星的了解，他肯定不会提前开溜。"朵蓝一副信心十足的样子，"他会等足我们 15 分钟。"

"那为什么不见了？"我有一点儿气急败坏。

"别冲动，让我想想，好好想想。"

想来想去的结果是，朵蓝和我一样变得气急败坏。

　　朵蓝摇了摇头，蹲下去，手掌捂着脸，掌背抵在膝盖上："什么都证明不了！我们都错了！事实比我们想象的更复杂，不是一层圆，是两层，三层，圆里套着圆，我们永远走不出去的。"

　　我在她对面俯下身子："别沮丧，一定有办法的。你看看我。"

　　"不看，我不看。"

　　"你必须看我。"

　　朵蓝感觉到我的语气变了，像是真的生气了，她抬起头来一看究竟。

　　这一看不打紧，她立刻吓一大跳。

　　好像，我背后多了一个人，一个远远超出我们想象的人！

　　"你站在你背后！"朵蓝喊了出来。

　　我马上就明白了，另一个我站在我背后！

　　脊背马上传来密集的哆嗦，我在电光石火中闪过无数个念头：转头？不转？感觉度秒如年。

　　朵蓝惊呼着朝后趔趄而退。

　　我狠了狠心，猛然回头，结果像是面对镜子一样，和"自己"对视。

　　让我想不到的是，这个我居然也在好奇地打量我，眼神里都流露出惊讶表情。好像是真的感到意外。

　　那个多出来的我是从哪里来的？什么时候来的？难道是凭空瞬闪来的？

　　朵蓝继续后退，完全控制不住。

　　我见她越离越远，往前冲了一步解释说："朵蓝，我是真的！"

　　另一个我居然做了相同的动作，说了相同的话。

　　我伸手拦住他，果断地说："不要伤害她！"

　　他一点儿也不示弱，打开了我的手。

　　眨眼间，我们便大打出手，谁都不客气，虽然是面对自己。看来，一个人最大的敌人，果然是自己。

整个过程，搞得跟真假美猴王似的，真狗血。

朵蓝才不管，她掉头就跑，远远地冲了出去。身后，两个我都在喊她，但她充耳不闻。

我多少有些失落，这一失落不打紧，紧跟着就失神了。

失神之后就是失手。

我一着不慎，挨了一记手刀，脖子一麻，就这么失去了知觉。脑海里的最后一个念头是：朵蓝怎么办？

然而奇怪的事，我失去知觉后不到三秒，居然看到了朵蓝。

就像是在玩游戏，血尽之后的我在空中飘着，成了第三者视角，看着游戏里的参与者。看着朵蓝，我甚至能感受到她所感，想到她所想。

朵蓝冲到隧道另一端，迎着风冲了出去。在脚步迈出隧道口的一瞬间，她忽然定住了，因为她感觉到风向变了，不是从面前吹来，而是来自身后。

朵蓝不相信这是真的，退了一步回到隧道里，这时，风又从正面吹拂过来，荡开她脸庞上的头发。她往前走一步离开隧道，风马上从背后卷来，又把头发撩到脸庞上。

一步之差，风向骤然改变，这种奇怪简直难以形容，体会起来都觉得是虚幻。

朵蓝骇然转身，注视着这条隧道，呼呼的风从里面灌出来，像是在回应她的讶然，又像是在嘲笑她的大惊小怪，更像是在宣告自己的诡秘。

朵蓝对它没有丝毫留恋，只想远远地逃开，念头支配行动，她撒开步子跑得像一阵风，好像要逃开身后风的追赶。

她成功了。刚开始，风如影随形，随着她奔跑的距离拉长，身后那股追赶她的力量偃旗息鼓。朵蓝得到喘息之机，她停下来，大口地呼吸。

就在这时，一个闪念从朵蓝脑海里跃出。

为什么要沿着这条路一直走？为什么不朝路两侧走？

在这个念头的作用下，朵蓝的呼吸陡然慢下来。她看了看道路两侧，都弥漫着一模一样的夜色，很均匀。

第一个念头，她决定走右侧，但她的脚步把这个念头否决了。大脑想去右侧，脚步却不由自主地迈向了左侧，就像是身体的本能反应。

朵蓝没有多想，也没有精力看路，只是凭着脚的踩踏推测路面。脚下的路长满了草，滑滑的，茸茸的，像是走在初春草深及踝的草原上。尽管朵蓝没有去过草原，但她就是这么想象的。

走着走着，朵蓝忽然迟疑了，脚步慢慢停下来。她霍地意识到，长满脚下的不是草，质地不一样，而且踩起来没有草地该有的声音。准确地说，她像是走在一只动物长满绒毛的身体上。唯一的差别是脚下"动物"的身体已经硬化。

她弯下身体触摸了一下，在指尖碰到"草地"时，手指猝然弹开。自己最担心的事情发生了，这不是正常的路，也不是正常的草，它干干的，没有水分，所以踩起来，绝对不会发出草地才会有的湿润的挣扎声。

朵蓝心里直犯嘀咕，有个声音告诉她，不能再往下走了；同时又有个声音告诉她，必须走下去。

朵蓝内心狂乱地挣扎着，难以安宁，现在的她做不出任何决定。

意乱如麻中，她眼角的余光忽然捕捉到一点儿亮光。她仔细分辨了一下，那一点儿亮光一分为二，向她这边缓缓靠近。

是一辆车！

朵蓝的精神无意间抖擞了一下，不管是谁的车，有车就有人，她必须抓住这个机会。哪怕最后只能证明深陷这种困局中的她不是孤独的，那也值得义无反顾。

在朵蓝拿定主意之前，她的脚已经迈开了步子，这一路跟跟跄跄，着急忙慌，她又冲向那条路。

等她火烧火燎地赶到路边的时候，那辆车恰好距她不到 30 米。30米对于一辆行驶中的汽车来说，不值一提。

朵蓝把握着时间，从路边朝这辆车冲去，根据目测，她有把握将这辆车逼停。但在冲出去的一刹那，她心里忽然翻腾起强烈的不适感。这种不适感的来源，是似曾相识。

眼前的画面似曾相识！

这个念头在电光石火间蹦出来，朵蓝想有所反应已经不可挽回。她冲出了路面，冲到这辆车前，然后她看见，开车的是魏星。

顷刻间，那种仿佛见到末日的感觉乍然降临，无以复加的累卷裹着她，让她无法自拔，让她寸步难移。

嘭，一声闷响。

朵蓝的身体擦过挡风玻璃，被甩出去两丈远。落在地上的那一刻，剧烈的疼痛袭遍全身，她差一点儿晕厥。但事实是，晕厥对她而言是一种奢侈，她已经处于奄奄一息的状态。

朵蓝看到汽车的车轮抱死，汽车方向一变戛然顿住，然后车门打开。

那熟悉的三个人从车里下来。

然后一道光束一点点朝自己移过来……

朵蓝感觉到前所未有的疲惫，眼皮很沉重，她拼尽全力想坚持一下，可完全徒劳，因为她身上所有的力量加起来，都不能再撑开眼睑。

闭上眼的那一刻，她有种前所未有的轻松。好像一直困扰她的烦恼困惑，都跟她没有关系，整个世界都跟她没了关系。

我在空中飘着，以第三者视角观察着朵蓝，感受着她的每一缕心迹。我想不通到底是怎么回事，这真是一场游戏吗？抑或，是一场梦？

内心深处纷乱如麻。

更让我想不到的是，几乎就在朵蓝闭上眼的同时，我听到啪的一声，这声音很细微，似乎是从我心底传出。然后声音陡然放大，大到我完全无法承受。

啪，我的意识彻底消散。

Chapter Seven 龙行

怦怦，怦怦。

我忽然听到了心跳声，声音是那么近，伸手可及，好像我的耳朵就贴在一颗鲜活的心脏上。我的第一个意识是：自己还没死！这个想法让我有一丝侥幸。紧接着我意识到，这心跳声是从自己身体里传出来的。

心脏像是重启了一样，也让我的精神为之一振，所有的疲惫都消失了，像是刚从焕发生命的初春沐浴归来。

耳朵里传来嗞嗞的声音，应该是重新开始流动的血在朝头部涌。这声音持续了半分钟，渐渐消散，我的意识完全恢复了。空荡荡的身体里又被之前所有的烦扰占据。只不过，这烦扰里多了一份莫名的轻松。

我睁开眼睛，发现自己不是躺在隧道里，而是在车里的后排座位上！我坐正身子，这才发现自己刚才的姿势是倚靠着车门。

难道我睡着了，做了一场梦吗？

我疑疑惑惑地看前面，朵蓝和魏星都在那里，也是刚刚醒来。汽车呢，它侧停在路边。

我们都是一样的表情，困惑、忧愁、懵懂，又轻松。就像我们结伴从焕发生命的初春沐浴归来。

第一个说话的是魏星："我怎么在这里？"

我和朵蓝都不知道，因为这是我们都想弄清楚的问题。

第二个说话的是我："说说看，你们都经历了什么？"

魏星晃了晃脑袋，说："我在隧道口等你们，等了不止15分钟，还多等了3分钟。"

我和朵蓝同时感到诧异，对望一眼。

我的语气是从来没有过的正经："不是吧。我们在10分钟内又跑回去找你了，你已经走了。"

"不是吧？"魏星也郑重其事地说，"我发誓我等了至少18分钟。"

"你别发誓了，看看你的表是不是坏了。"我提醒道。

魏星抬腕看表，这一看，表情马上变了，脸好长时间没抬起来。

我拉过他的腕表看一下，也愣住。

"怎么了？"朵蓝问。

"3点15分！"我说，怕朵蓝不能意会重点所在，我又重复了一遍，"现在才3点15分！"

——在我们决定分头走的时候，魏星看了看腕表，当时显示时间是凌晨3点15分。也就是说，折腾了这么半天，时间没有变。

"怎么会这样？"朵蓝满头雾水。类似的疑问，今天重复的频率相当高。

"不管它了。"我表态，"后来你去了哪里？"

魏星回答："后来我就按照约定，一直往前开。走着走着，忽然看到前面有人招手，让我停车。那个人是我自己！我一慌张，车就翻到路边。我晕了过去。"

"这里是你翻车的地方吗？"我看向窗外。

"不用看，明显不是。"

挖过魏星的经历后，我又看向朵蓝："你呢？"我的目的很明确，验证我晕倒后看到的是不是真的。

朵蓝神色郑重地说："我看到两个你在打架……"

魏星看了一眼我，似在求证。

"是的。"我点头，"另一个我不知道是打哪儿冒出来的，我看他不顺眼就揍他了。"

"后来呢？"魏星问。

"后来我就被打晕了。"我摊手，耸肩，一脸诚恳。

朵蓝接着讲自己的经历，当她讲到自己被车撞飞时，魏星的表情变得很难看。

"然后呢？"他问。

朵蓝余悸未平："然后你们三个下车，不，是我们三个，不，还是你们三个。你们三个下车去看地上的我。"

这画面我们都经历过，很容易想到一块儿。

"是循环！"我断言，"时间循环到了最早的那个点。"

这句话，说中了我们心里的恐惧点，气氛一下子变得更深沉。

"那现在呢？我们在什么地方？"朵蓝透过车窗朝外看。

我也朝外看了看，看不清楚外面具体的样貌，但我凭感觉想到了一个地方。

朵蓝惊呼一声："我们又回来了！"

这句话一出口，我和魏星都哑然，心里只剩下无穷无尽的惊慌。它不是无端而来，但怎么也揣摩不透。就像心里长了块结石，硌得慌，但说不出结石具体在哪里。

不约而同地，我们打开车门，走下车，回头望。

不管是车停的位置还是气氛，都跟上一次车祸发生后一模一样。

我抢先打开手电筒，手指开始颤抖。

我带头走向车祸现场，神情分外专注。走出 5 米之后，我身上的每一根神经都成了紧绷的弦，连嘴上的神经都绷着，以至于结结巴巴："注意了，马上要看到受害者了。"

没有任何回应。

我觉得不对劲，一转头，蓦然发现身边没有一个人。

我惊出一身冷汗，连忙回身，只见魏星和朵蓝还站在车尾。这也太让我意外了，我自认为自己的小心脏已经经不起折腾。

我忙不迭地跑回去，气恼地问："怎么不走啦？"

魏星没看我，手扶在后备厢上，说"我要确定后备厢里有没有东西。"

我立马呆住，是啊，是得确认一下。我马上忘掉埋怨，比身边的两个人还要投入。

魏星用眼睛牢牢地盯着后备厢，好像那双眼能直接打开它似的。等准备得差不多了，他一举手掀开后备厢。

那具尸体不见了踪影！后备厢里还保持着安放尸体之前的样子。

我们都被突如其来的惊讶攫住，即使能事先想到这画面，还是无法接受。魏星默默地合上后备厢，我们转过身去。

手电筒的光柱一点点向前走，去寻找车祸受害者，意料之中地，我们发现了血迹。

看着血迹，我们不免愕然，因为血的颜色是黑色的！新鲜的黑色血液，仿佛还带着温度。定睛看太久，这温度似乎能灼烧眼球。

脚步继续向前，血液连缀成线，然后这条线，牵出一摊黑乎乎的东西。

第一眼，我就看出来，这不是隼龙。

这个怪物的尸体渐渐变成一米见方的球状，像变异的癞蛤蟆一样浑身鼓着泡。

我们面面相觑，用目光讨论这怪物是什么，但谁都给不出答案。这东西，我们都见所未见。

很快，我们发现，怪物身上的每一个泡泡里，都有一道光在闪烁。

我和朵蓝看在眼里，都不禁皱起了眉头。但魏星却看得兴致盎然，浑然忘记了恐惧。看到兴起，他竟然俯低身子，举着手机借光凑眼细瞧。

"乖乖！"魏星不知道发现了什么，声音里洋溢着激动与惊叹，"你们肯定想不到，每一个泡泡里，都有一条隧道！"

我和朵蓝被这句话惊得半天反应不过来。

"你说什么？"我问。

"泡泡里有隧道！"魏星的声音里充满探索的乐趣。

我和朵蓝小心翼翼地凑到魏星身边看，只见，泡泡里的光竟然是一小截儿光弧！把隧道入口处的光弧缩小几十倍，就是这个样子。

看来，魏星的眼力不可谓不犀利，观察力不可谓不独到，当然，还有别具一格的想象力。

魏星按捺不住好奇，伸手指去戳那肥皂泡，手指即将触碰到泡泡表面时，理智又把他的手拉回。

"哈哈。"魏星居然没心没肺地笑了出来，"原来我们撞的，是这个玩意儿。好玩儿好玩儿。"

说着，魏星又跃跃欲试地把手伸出去。

我一把拉住他的胳膊："别乱动。"

"哈哈，我故意吓你的。阿嚏！"

魏星冷不丁地打了个喷嚏，一道口水喷到了地上的怪物身上。

沾了口水之后的泡泡忽然颤抖了一下，然后，开始膨胀！膨胀引起了连锁反应，所有的泡泡都开始疯长！

眨眼间，地上怪物的躯体扩大一倍。

我们连忙退后，屏息凝神看得目瞪口呆。

"我有一种不祥的预感。"魏星目光闪烁地说。

"我也有。"我说。

咔，魏星对着地上的怪物拍了张照。他还意犹未尽，想录个视频，完全没有注意到，在拍照的闪光刺激下，这怪物疯长的速度更可怕。

我拉了一把魏星："快跑！"

魏星收了手机，看到怪物生长的情势，只得把录像的想法扼杀掉。我们朝着汽车一阵狂奔，因为胳膊摆动剧烈，手电筒的光束凌乱不堪。

我们刚扑到车边，身后的怪物已经长到一层楼高。

"快快快！"魏星上了车之后，不停地催促。

我和朵蓝都上了车。

魏星拧了一下车钥匙，没打着，他又试了一下，还是没打着！

"别紧张！"朵蓝安慰。

"快点儿啊！"我催促。

魏星慎重地捏紧钥匙，又拧了一下，终于响起悦耳的引擎启动声。

耽误的时间只是分秒之间，但那怪物在这极其短暂的时间里，又疯涨了一倍，现在它有两层楼高了。

离车最近的气泡只相隔三米！

这气泡可怕的地方在哪里？没有人知道，所以它更加可怕。

魏星尽了自己的最大努力，终于在气泡碰到车身之前，驾车如炮弹般弹了出去。

我一直眼瞅着后挡风玻璃，在气泡终于被甩开的时候，长长地舒了口气。

不用我提醒，魏星已经把车速越飙越高。自打坐上这辆汽车以来，直到这一刻，我才对这辆汽车感到满意。

看这辆车狂奔的样子，好像它才是最害怕的。的确，如果气泡意在杀戮，那么它首当其冲。

当然，我坐在最后一排，一旦汽车坚持不住，我认为，首当其冲的人就变成我了。所以，我的眼睛一刻也没有离开后挡风玻璃。

我看见，那怪物已经停止生长，正在身后飞快地变幻着形态，活似一只变形金刚。我借助气泡里光弧发出的光，隐约辨认出，这怪物长出了一对翅膀！

怪物的脸像一只猫头鹰，身体像猴子，这个脸像猫头鹰的猴子长出了一对翅膀！

我看傻了也吓傻了，眼睛瞪得滚圆滚圆，我知道世界上有怪物，但不知道有这种怪物。也许现在的情形都是梦境，我掐了掐大腿，想把自己唤醒，可掐下去除了疼没有别的感受。

那个脸像猫头鹰的猴子振翅飞起，风风火火气概万千地朝汽车追来。

"追上来啦！追上来啦！"我不停地渲染着紧张气氛。

不管我怎么喊，魏星除了加快车速，没有别的办法。他已经把挡位调到最高，把油门踩到了底。

我坐在车里，感觉自己像呼啸的风一样，卷着落叶一掠而过。可问题是，那只怪物也像风一样，而且看起来风力还要更大一点儿。

有句话叫祸不单行，我感觉，用这个词形容眼下的状况，再恰当不过。

很快，我看到了前方的光弧。此时此刻，黑暗中的这道光除了希望，什么都能代表。

凭眼前的车速判断，这光弧离我们一点儿也不远。我刚反应过来，光弧已近在眼前。即使面前是刀山火海，也要硬着头皮继续向前。

隧道口的风被击碎，撞在隧道壁上，破风的汽车闯进了隧道。

那怪物在追到隧道口的一瞬间，忽然再一次变幻形态，收回翅膀，身体化作一条长龙，一头扎进隧道直冲过来。

它所及之处，隧道里的壁灯遽然灭掉，不给它们眨眼的机会。那感觉，就像它在吞噬光明，走到哪里，光明就终结到哪里。

我还发现，这条龙触角很短，眼睛幽暗如深潭。

这条龙的速度太快了，好像全世界的风都在推着它前行。须臾之间，它御风而至，我眼睁睁地看着组合成龙嘴的气泡贴到了后车窗玻璃上。

然后，后车窗玻璃眨眼变成焦炭一样的颜色，像是被闪电劈过一样。玻璃变飞灰，随风零落散去。

"啊！快跑！"我的声音陡然增大了十几倍。

魏星实在没有办法了，如果下车推有用的话，我想他会乐意这么做的。

至于我，我甚至愿意牺牲一点儿自己的颜值换来更高的车速，但这完全是痴人说梦。

这条龙的两只眼睛，从破碎的后挡风玻璃贴进来，饱含着狠戾暴虐之气的视线紧逼着我。我吓得肝胆俱裂，身体狠命朝前倾，几乎挤到了主副驾驶座之间。生死关头，魏星和朵蓝只得忍住嫌弃，给我留下充足的容身空间。

我像猴子一样攀着前座，回眸盯着近在咫尺的龙头。这条龙很专一地看着我，眼神里那种瘆人的阴森愈演愈烈，可怕的程度，足以跟来自地狱的恶魔平分秋色。

忽然，这条龙张开了嘴巴，一声惊天动地的咆哮塞满了车厢，几乎把车架吼成零部件。我脸上的肌肉被声波震得片片飞起。

嘶吼声中，龙头猛抵了一下车身，汽车尾部的铁皮炭化飞起，并迅速朝前蔓延。现在，这辆车变成了敞篷。

"要烧到我啦！要烧到我啦！"我歇斯底里地喊。

魏星大概被我喊得心慌意乱，手下一抖，敞篷车像贪吃蛇般开始蜿蜒，先撞到左边的石壁，又撞到右边的石壁，这两下撞击影响深远，车子彻底失控，一路摇摆不止。魏星显然从没经历过这情况，忙乱中来了个急刹车，这一下更是不得了，汽车原地转向180度，完成一次掉头。

我着实松了口气。

该紧张的是魏星和朵蓝了，那条龙直冲挡风玻璃而来。

局面难以收拾，唯一的方法是加速倒车，但这需要时间，魏星的操作时间和汽车的反应时间加起来，足够那条龙把汽车彻底摧毁两次了。看来，结局已经注定。

但魏星没有让我失望。

只要还有一口呼吸，就不能放弃。

魏星完美地诠释了这句话。他挂了倒挡，油门一踩到底，汽车轮胎高速运转，催动车身向后。

但为时已晚，龙头已经撞在挡风玻璃上。

玻璃破碎、炭化，飞向魏星和朵蓝，眼看就要飘到他们脸上……

骤然，一道强光出现，照穿了整条隧道。光芒的强度超过了人眼所能承受的极限，车里的我们都闭上了眼睛。

在彻底合上眼睛之前，我看到，这道突如其来的光把龙照得通体透明，其中一部分身体如空气般凭空消失。

长龙发出痛苦的吼叫，但叫声刚从喉咙里传出便烟消云散，如巨雷方起，就被遮天的穹顶盖住，所有的余音都被斩断。那不到三分之一秒的短促呼号让人听起来极不舒服。

与此同时，我的眼睑感觉到光线在急速变亮，整辆车内，整个隧道甚至都暖了起来，似乎太阳在飞速朝地球靠近。最后，光的强度达到最大，似乎能穿透眼皮，即使闭着眼睛，我们还是能感觉到身边一片光明。

但这光明仿佛对人没有伤害，只是单纯地亮，却不霸道；只是单纯地温暖，却不炙热。它让这个世界纤毫毕见，却不伤害这个世界。

时间还不到，还不能睁眼，仿佛有个声音在教我这么做。

虽然闭上了眼睛，魏星手脚上的动作还在维持。汽车一路直退，风从敞开的车尾呼呼地刮进来。

光明注满隧道，达到最大限度的饱和。置身其中，忽然有种幻觉，仿佛远古的时光踏步而来，曾经生命中美好的画面历历在目。

我顿起疑惑：难道，自己死了吗？这就是死亡的感受吗？祥和、奇异、瑰丽，无法言传。

但我的呼吸和心跳告诉我，这不是死亡。

担忧自己死去的心情，只是一个闪念，发生在万分之一秒。而想明白自己没有死，则经历了长长的3秒钟。

3秒钟过后，我的注意力重新集中到极度离奇的光线上，别的感官全都失灵。等眼睑的感受恢复正常，其他感知能力一股脑儿地回来了，最先回来的是听觉。

我听到汽车在飞驰。

我听到胖子的声音在我耳边：忘了告诉你，倒转时间会被惩罚，这就是对你的惩罚。不过幸好，有我在。

我叫了一声："死胖子你在哪里？"

下一秒，我睁开眼睛。

睁眼的一瞬间，汽车从隧道口飞退而出。

久违的黎明从后脑勺扑到眼前。

黑夜消失了，黎明取而代之。光线里带着怡人的温度，让人感到无比幸福。特别是劫后余生的我们，幸福得简直要哭出来。

魏星猛踩刹车。

汽车在清晨的道路上停稳。

我们相互确认彼此的安全，幸运的是，虽然受到极大惊吓，每个人都安然无恙。当然，汽车就没这么幸运了，车身已经炭化了一半，我们像是开着一块有着四个轮子的钢板。在我们头顶，除了还剩下20厘米宽的车顶，其余的全是天窗。

"几点了？"我问。

魏星看了看表："六点半。"

有蹊跷，但我们都无法解释。

我们的视线最后聚焦在隧道口。

此刻，有一股烟雾从中飘出，这雾润润的，像是氤氲在池塘水面上的水汽。只看它，完全想象不到隧道里刚发生过噩梦般的凶险。

周围万籁俱寂，祥和得过分。

倏尔，我的耳朵捕捉到一丝若有若无的声音，这声音很快变真切。

是引擎声！从隧道里传来的引擎声！

声音越来越大，只听声音，我已经能猜出那是什么。

紧接着，不可思议的一幕出现了，从隧道口，忽地飞出一辆摩托车！

摩托车没有减速，径直朝他们冲来。摩托车上的骑手戴着安全帽，看起来酷酷的。

只是，骑手的身材有些胖。

骑手控制着摩托车飞掠而过，仿佛超然世外的来客。

擦身而过的瞬间，他朝我望了一眼，点了点头，然后一刻不停地远去。

看着这位骑手，魏星和朵蓝都不明所以，我却隐约感觉到，这个人一定是胖子，是他在帮我们。

他在送我们回到整件事发生的起点。

Chapter Eight 不一样的告别

脱离不可思议的危机之后，我们直奔机场。

顺利上了飞机。

在飞机上，我透过舷窗望着变幻莫测的云层，横生苍穹之间，无穷诡变的感慨。

下了飞机，朵蓝和魏星要走了，与我告别。就在这一刻，我注意到朵蓝看我的眼神里有一丝跃动。

我走过去，她趁机握住我的手，往我手心里塞了一张字条。

我握紧字条，看着他们坐进出租车，离我远去。

我小心翼翼地将字条展开，几行小字跃入眼帘：

我知道，你不是跟踪我们来的。

班主任在寻找永生之法，你要不要一起来？

谢谢你救了我们，多保重。

飞吻。

看完字条，我在欣喜之余心底一遍遍唏嘘：在上一轮故事中，班主任已经找到了永生之法，可他不知道，却还在苦苦求索。世间悲哀，莫不如此。

还是先回家，睡一觉吧。

Chapter Nine 宠物

掏钥匙开门，关门，换鞋，这寻常的步骤，忽然让我觉得熟悉。

也许平淡的生活，才是我真正需要的吧。心神之中走过兵荒马乱，便会格外渴望平静。看着熟悉的房子，我深谙"天下之大，不如苟安于斗室"这句话的道理。

我的视线落在咖啡机上，它提醒我，也许我需要喝杯咖啡。

按照以往的定量，我认认真真地冲了一杯。

犒赏自己的时候到了，我坐下来享受咖啡的温香。经过牙齿与舌尖的咂摸，咖啡缓缓流下，喉咙里马上泛起一股奇妙感觉，就像美女手指的抚摸，脉脉透着温情……

就在这时，突兀的电话铃声响起。

我陡然一惊，这一惊，不仅仅是铃声引起的，还有别的可怕的元素。

看着杯子里咖啡的涟漪，我的手抖了抖。

我犹豫着，到底要不要接这个电话？

电话就在沙发旁的扶手柜上，一伸手，就能捞到。

但我迟迟没有行动。

在铃声响了 10 下之后，我心里蓦地涌起一股气息，这股气终于促使我伸出了手。

听筒里传来一个男人的声音："喂。"

我没有回应，但他肯定听到了我的呼吸。

"我想请你解决一个宠物。"

Chapter Ten　刺客

在挣扎了许久之后，我还是去了郊外。

那里有一幢独栋别墅和一条通往别墅的小路。

我把汽车横在小路中央，打开引擎盖，假装修车。

引擎声由远及近，向我的车靠过来，并最终停下。车窗摇开，一个肥头大耳的家伙冲我猛摁喇叭。

我没有理他，继续手里的活儿，现在，手枪的消音器已经装好了。

那个肥头大耳的家伙把自己挪下车，大腹便便的身体向我这边靠近，我们完成了一段熟悉的对话。

最后，他脸上浮现出一抹讽刺和绝望的笑。

我受不了这种笑，我依然想让它停止。

子弹帮我完成了这个任务。

Chapter Eleven 闪电

处理完现场，我果断撤退。

汽车逆着别墅的方向飞驰，下一站是环城高速。只要上了高速路，我就完全湮没于车流中，杳不可寻了。

车顶有星星点点的雨滴落下，有变大的趋势。我打开雨刷。

一道闪电劈开了车灯前的空气，车子经过的时候，我甚至闻到了一股焦煳味。紧跟着是雷声，轰轰隆隆，像是有人在云朵上方点燃炸药包。

我就像预言家一样，准确地预言了这一切。

随着电闪雷鸣的节拍，汽车奔跑得更加欢快。高速路近在眼前，减速……

要不要右转？还是就此停下？

一条是重新开始却吉凶未卜的路，一条是万劫不复但不乏温情的路。

我该怎么选择？

渐渐地，我定下心来，磨动了方向盘……

就在我磨动方向盘，还没有完全转过来的时候，斜对着马路的那一侧车身突然袭来一道强光，还不等我看清楚，一道巨大的阴影直直地冲刺过来。

我根本不知道它是从哪儿来的。

嘭！巨大的声浪转瞬间将我淹没。

在剧烈的冲击下，我的车完全身不由己，结结实实地撞在了路边的护栏上。

我感觉耳朵在向外涌血，头晕目眩。

眼角的余光中，那个撞过来的巨大阴影居然又一次把车灯正对着我，灯光和我之间的距离在飞快地拉近。

我猛然意识到什么，电光石火之间想把车子发动，却发现一切努力都是徒劳。想打开车门跳下去，可惜为时已晚。

耳朵里陆续传来钢铁撞击声、摩擦声、断裂声、玻璃破碎声，还有我若有若无的鼻息。

听觉还在苟延残喘，半秒钟过后，就和我的呼吸一起离我而去……

不知过了多久，我醒过来。

雨水从车顶漏下，淅淅沥沥地冲刷着我的额头，伸手一抹，全是殷红色的血。

汽车骨架已经完全变形，看起来就像一只被揉捏的玩具。我竭尽全力，从破损的车门间隙里挤出来。

脚步踉跄，趔趄着往前走。

人影幢幢，汽车呼啸，视线所及的一切都光怪陆离。我找不到出路。

有人对我指指点点，也有人不顾而去。

闪电隐隐约约，炸雷纷至沓来。它们像是在跟我打招呼。我弯腰弓背，抬起头来，企图和闪电对视。

马上，我就接收到了它们更进一步的问候。

炫目的白光直劈而下，从遥不可及的苍穹，一路延伸到我的天灵盖上。

闪电消失的刹那，我倒了下去。

我在医院里醒过来，发现自己躺在病床上，屋子里稍微有意思一点儿的东西，只剩下我和手铐。

我抓住机会，试图把手铐打开。3分钟后，我发现自己只能停留在试图的阶段。这让我很沮丧，更沮丧的是，我注意到门上的玻璃映出一张脸，是一张戴着大檐儿帽的脸。不用猜就知道，那是监视我的警察。

警察的脸贴过来，是想观察我的动静。令我万万没想到的是，他居然推门而入，难道他有一双火眼金睛，窥伺到我的不轨行动了吗？

警察进来的动作有点儿迟缓，与其说是自己走进来，不如说是被人推进来。我发现了端倪：他是闭着眼睛进来的！

第二只脚刚落地，他就斜着身子栽倒了。

从他身后闪出一位医生打扮的人，随手把门关死了。我马上感觉到，他肯定不是真的医生。

果然，他在我面前扯下口罩。

那一瞬间，呈现在我眼前的是一张我绝对想不到的脸。

我惊问："是你？"

他说："是我！"

我又问："你怎么知道我在这里？"

"我就是知道。"

这算哪门子回答？我用眼神表示不满，紧跟着问："你为什么救我？"

"我救你，是因为我要带你参加高中同学会。"